Arrêtez de piquer mes sous !

Du même auteur
aux Éditions J'ai lu

Les saintes chéries, *J'ai lu* 248
Vas-y maman, *J'ai lu* 1031
Dix-jours-de-rêve, *J'ai lu* 1481
Qui c'est, ce garçon ?, *J'ai lu* 2043
C'est quoi, ce petit boulot ?, *J'ai lu* 2880
Où sont mes lunettes ?, *J'ai lu* 3297
Arrête ton cinéma !, *J'ai lu* 4251
Mais, t'as tout pour être heureuse !, *J'ai lu* 4597

Nicole de Buron

Arrêtez de piquer mes sous !

© Flammarion, 1992

AVIS AU LECTEUR

Le lecteur trouvera dans ce livre en forme de coups de gueule joyeux, écrit avant les élections de mars 1993, des références à des hommes politiques qui ne sont plus en place. Y compris ce pauvre Monsieur Bérégovoy. L'auteur étant, par nature, pessimiste («l'humour est une façon polie de survivre»), n'est pas sûre que nos nouveaux maîtres fassent mieux que leurs prédécesseurs.

Au citoyen/lecteur de juger. Et de rire. «La gaieté change l'hiver en été», dit le proverbe.

NB

AVERTISSEMENT

1° — Ainsi que l'aurait dit mon très cher Maître Alexandre Vialatte : « Tous les renseignements donnés dans ce roman sont exacts... sauf erreur de ma part. »

2° — J'avais décidé de ne dire que la vérité, rien que la vérité, mais j'avoue que ma faconde d'écrivain m'a parfois entraînée à enjoliver certaines anecdotes.

3° — A tous les mauvais coucheurs qui voudraient m'attaquer, je rappellerai simplement que la 17e Chambre du Tribunal Correctionnel de Paris a relaxé Guy Bedos, poursuivi pour diffamation par Jean-Marie Le Pen, estimant que « l'humoriste n'était pas tenu à la même rigueur que le journaliste ». Ah ! Ah !

1

**LETTRE À MONSIEUR LE CHEF
DE MON CENTRE DES IMPÔTS**

2 octobre

Inouï...! Incroyable...! Saisissant...! Bouleversifiant...!

Non, Monsieur le Chef de mon Centre des Impôts, je ne veux pas plagier Madame de Sévigné mais vous exprimer ma plus profonde stupéfaction.

Et ma tristesse indignée.

Alors que je paie des impôts depuis QUARANTE ET UN ANS, sans un seul jour de retard — sauf, peut-être, au début de mon premier mariage : l'époux d'alors n'étant pas aussi sérieux que je l'aurais souhaité (et vous aussi sûrement) —, que depuis QUARANTE ET UN ANS, donc, je vous envoie des déclarations, des bordereaux, des lettres... et de l'argent !

... BEAUCOUP D'ARGENT !!! (c'est du moins ce que me chuchote mon porte-monnaie)...

... aujourd'hui, vous me demandez de vous certifier que j'existe !

Parfaitement !

VOUS ME RÉCLAMEZ UNE DÉCLARATION D'EXISTENCE.

C'est un choc cruel pour moi.

Naturellement, je n'espérais pas être connue de vous comme Stéphanie de Monaco ou Nanard Tapie. Mais je pensais que vous aviez suivi ma modeste carrière avec sympathie à travers mes déclarations de revenus et constaté avec bonheur que je vous adressais des chèques de plus en plus élevés et de plus en plus nombreux. J'espérais même, je l'avoue, être décorée de l'Ordre du Contribuable Méritant par Monsieur le Ministre des Finances au cours d'un grand cocktail officiel (déductible de mes frais professionnels).

Quelle blessure pour mon amour-propre !

Deux hypothèses. Soit votre ordinateur a eu un grave trou de mémoire, cas rarissime, pour ne pas dire inconnu, chez un Ordinateur Fiscal. Soit c'est ma faute, ma très grande faute !

Je ne me suis pas assez attachée à me faire connaître de vous et de vos services pourtant si compétents et tellement présents dans ma vie. Je n'ai pas cherché à créer des liens entre nous, à susciter votre sympathie, même votre amitié... (là, je rêve peut-être un peu ?). Je me suis faite, au contraire, toute petite comme une souris dans son trou.

Quelle erreur !

Aussi, désormais, chaque fois que j'enverrai à notre belle Administration Fiscale Française le montant des impôts, taxes, cotisations, prélèvements obligatoires, timbres, contributions spéciales ou non spéciales, participations, vignettes, etc., qu'Elle me réclame inlassablement, je me permettrai d'y joindre quelques mots personnels faisant part à qui de droit de mes soucis de contribuable perpétuellement en train de racler ses fonds de tirelire. Et de mes réflexions de citoyenne pas toujours d'accord quant à l'emploi de ses quatre sous.

Peut-être ainsi s'établira-t-il un dialogue fructueux entre des fonctionnaires, des élus, des ministres même parfois lointains, hélas, et des Français qui rêvent d'être aimés (si ! si ! je vous assure !).

A bientôt !
A très bientôt !

2

LETTRE À MADAME L'INSPECTRICE DE MES IMPÔTS

15 octobre

Madame l'Inspectrice de mes Impôts,

C'est aujourd'hui le dernier jour du règlement à Monsieur le Percepteur de ma **taxe d'habitation** pour mon cher vieil appartement parisien. Comme la majorité des Français, j'attends l'ultime moment pour payer. Ce qui doit exaspérer le pauvre homme qui se languit depuis des semaines sans rien voir venir et, le 16 au matin, se retrouve écrasé par des centaines de sacs postaux remplis de chèques. Vilain petit geste de mauvaise humeur de contribuable, je reconnais. Et bête espoir qu'un miracle va se produire. Que Monsieur le Ministre des Finances va apparaître à la télévision, nimbé de lumière angélique, les bras ouverts comme le Christ, en déclarant d'une voix ivre de tendresse : « Chers enfants, vos péchés, je veux dire votre **taxe d'habitation,** vous est remise... »

Mais, loin de moi le désir de vous écrire pour me plaindre. Je trouve normal d'être taxée sur la chance que j'ai d'habiter depuis quarante et un ans dans un vieil appart que j'adore, dans un quartier que j'adore, dans un Paris que j'adore. Tout cela pèse son content d'or. Aussi je l'envoie sans discuter.

Néanmoins, j'aimerais faire quelques remarques.

Ainsi, je lis sur le papier que vous m'avez envoyé : **taxe d'habitation votée et perçue par la Commune** (ça, c'est Paris), le **Département** (toujours Paris), la **Région** (l'Ile-de-France)... et **divers organismes.**

Quels divers organismes ?

J'ai appelé votre bureau et appris que mon Inspecteur était une Inspectrice (vous). Et que vous étiez en congé pour cause de maternité. Permettez-moi, au passage, de vous féliciter de donner un enfant à la France et à son Trésor Public. Et de vous reprocher de ne pas nous avoir avertis de cet heureux événement, nous autres, vos contribuables, nichés autour de vous comme des poussins confiants.

Dans le cadre des chaleureuses relations que je désirerais voir s'établir entre fonctionnaires et assujettis, j'aurais été heureuse de faire une collecte pour offrir un lapin en peluche à la petite Julie. En échange, vous nous auriez fait parvenir quelques photos avec notre prochaine imposition.

En attendant, j'ai demandé à votre remplaçante la date de votre retour pour vous adresser ce jour-là un petit bouquet de bienvenue. Elle a refusé de me l'indiquer. Marmonnant je ne sais quelle histoire de bombes. Comment voulez-vous créer des rapports amicaux entre Services Publics et Citoyens si les premiers manifestent une telle méfiance envers les seconds ? Passons !

J'ai cependant interrogé cette dame si soupçonneuse sur cette affaire des « divers organismes ». Elle a paru stupéfaite. Elle n'avait jamais remarqué la mention en question et ignorait totalement de quoi il pouvait s'agir.

Franchement, Madame l'Inspectrice, ce n'est pas très sérieux ! Vous demandez de l'argent, vous ne savez même pas pour qui ! Quel commerçant oserait établir une facture aussi vague sans déclencher indignation et refus chez ses clients ?

De plus, vous m'augmentez le montant de base à payer de **frais de gestion de la fiscalité directe locale.** Cela couvre quoi, ça ? Un travail supplémentaire ? (Vous restez plus tard au bureau ?) Ou le prix du papier ? Peut-être même de tubes entiers d'aspirine ? Bizarre. Lorsque je vends un article à un journal, je ne compte pas mes frais de crayons et de trajet en autobus! Et quand j'achète un livre, le libraire ne rajoute pas 10 francs pour l'emballage. Je reconnais pourtant que le charcutier a l'exaspérante habitude de peser ma minuscule tranche de jambon du dîner avec un énorme morceau de papier kraft, ce qui revient à payer ledit papier au prix du jambon. Mais laissons là ces mœurs charcutières!

Il y a plus grave.

Depuis 1991, sans prévenir les mauvais Français qui n'ont pas le temps de lire le *Journal officiel* (tant pis pour eux, hein!), vous avez ajouté — en plus de ce que vous ajoutiez déjà — **un prélèvement sur bases d'imposition élevées.** D'habitude, un bon commerçant fait un rabais à ses meilleurs clients. Vous, c'est le contraire. A partir de 30 000 francs — soit le loyer annuel à Paris d'un placard avec douche pour étudiant —, crac, une taxe supplémentaire! Plus on paie, plus on doit payer!

Qui a décidé cela? Qui l'a voté? Mon député? Que j'aille lui tirer les oreilles...

Mais j'ai appris pire encore. Votre remplaçante m'a signalé qu'il était question pour l'année prochaine:

— d'augmenter les impôts parisiens de 6 %, peut-être même de 8 % d'un seul coup;

— de calculer la taxe départementale — qui était jusqu'ici de 0 % (voilà ce que j'appelle une bonne taxe!) — non plus sur la valeur locative de l'appartement, mais sur les REVENUS du locataire. Tant pis pour les sournois qui préfèrent vivre dans des logis modestes et économiser pour leurs vieux jours! Punis les mauvais patriotes qui ne vivent pas à la hauteur de leurs moyens! Et préfèrent ne pas habiter de ravissants hôtels particuliers comme Monsieur Nanard Tapie mais cacher sous leurs chaussettes des livrets de Caisse d'Epargne*!

---

* Il semblerait que cette augmentation soit repoussée pour des raisons électorales.

Qu'ils quittent Paris, ces radins, et laissent leurs F3 à des sociétés. Que notre magnifique capitale devienne un gigantesque ensemble de bureaux. Au moins, ça, ça rapporte à l'Etat.

Mais je résisterai, Madame l'Inspectrice, je résisterai.

S'il ne reste qu'une seule locataire dans ma rue, je serai celle-là.

Je lutte depuis quarante et un ans...

... contre la disparition des merceries, des marchands de couleurs, des petits tapissiers qui se déplaçaient pour me changer une simple tringle à rideau, des boulangers-pâtissiers qui faisaient leur pain et leurs gâteaux eux-mêmes. Tous remplacés par des banques, toujours des banques, encore des banques. Je n'ai désormais que cent mètres à parcourir pour aller retirer de l'argent que je n'ai pas, mais je dois cavaler un kilomètre pour acheter un bon baba au rhum.

Oui, Madame l'Inspectrice, je me bats pour garder à mon cher quartier son caractère de village.

Je souhaite personnellement la bienvenue aux différents potards qui se succèdent à la pharmacie du coin de la rue.

Je me ruine en pirojkis et en saumon fumé à l'épicerie russe, tenue par un moujik botté, afin qu'elle ne se transforme pas, à son tour, en boîte de nuit avec faux tziganes marocains.

J'écoute pendant des heures la libraire-papetière me parler, inconsolable, de la mort de son petit basset écrasé par un coursier, dont tout le quartier a porté le deuil (du basset; le coursier, lui, a failli être lynché). Dernière nouvelle dramatique : elle s'en va ! Il ne restera plus une seule des cinq librairies du quartier. Personne avec qui dire du mal de Marguerite Duras tout en achetant ses livres.

Je supplie la teinturière — qui travaille encore à la main — de ne pas céder sa place à une de ces agences immobilières dont la prolifération, semblable à celle de l'algue tueuse en Méditerranée, est un autre fléau de la capitale.

Je bois mon café tous les jours chez le bougnat, natif d'Issoire, près de Buron, et qui m'appelle sa cousine. (Un client de passage entre. La porte ne se referme pas. Cris des habitués : « La porte ! La porte ! » Le client : « Elle ne peut pas se refermer toute seule, votre porte ? » Le bougnat : « Ch'est une porte auvergnate. Elle ne che referme que quand on a payé. »)

J'ouvre des comptes, comme en province, chez le quincaillier (cher Monsieur Albert qui porte encore une blouse grise), le boucher (cher Monsieur Léon qui me garde de la bavette bien goûteuse), et même au kiosque à journaux (chers Jacques et Ahmed à qui j'envoie des cartes postales de vacances et qui les accrochent sur le présentoir des quotidiens).

Je suis fidèle à Madame Georgette (l'épicière aux cheveux blonds platinés) qui sait que je ne la trompe pas avec la supérette du marché.

Je reste loyale à mon traiteur qui, de berrichon, est devenu libanais puis chinois. Je me suis ainsi nourrie successivement de poulet à la crème, de couscous et de crevettes au gingembre. Madame Li me demande, dès que j'entre dans sa boutique aux senteurs exotiques, si j'ai bien travaillé le matin et comment va mon rhume. J'irai jusqu'à manger du chien farci pour éviter qu'un dix-septième Institut de Beauté avec UV ne prenne sa place.

Parce que, comme je vous l'ai dit, Madame l'Inspectrice, je suis farouchement attachée à mon vieux quartier, mon immeuble sans façons, ma rue tranquille.

Enfin, pas si tranquille que ça ! Ma voisine du premier étage a été agressée juste devant la porte cochère par un jeune couple qui voulait lui prendre son sac. La pauvre vieille a essayé de se défendre (moi, je donne *tout, tout de suite*). Elle a reçu des coups sur la tête. Elle est morte à l'hôpital. Les locataires au complet ont assisté à son enterrement. Mais aucun ministre. Ce n'était qu'une honorable dame âgée et bretonne. Pas d'intérêt politique.

Autre inconvénient : le bruit causé par les énormes camions qui déchargent pendant trois heures à la Salle Pleyel les instruments d'orchestres entiers. Au bout de dix minutes éclate un concert de cris et de klaxons des automobilistes bloqués et furieux. Auquel répond le chœur d'injures des déménageurs de pianos et de contrebasses. Des bagarres éclatent parfois. La musique n'adoucit pas les mœurs, contrairement à ce que l'on dit.

Elle n'adoucit pas les miennes, non plus, quand, à deux heures du matin, les clients de la boîte de nuit berbéro-slave sortent bavarder et rire très fort sous mes fenêtres. Et me réveillent. Alors, là, Madame l'Inspectrice, je dois vous faire, avec honte, un aveu !... Il m'arrive de me lever, d'ouvrir en tapinois mes volets de fer et, en chemise de nuit sur le balcon, de renverser une carafe d'eau sur la tête des braillards. (Tiens ! Prends ça sur la gueule !) Et de courir me recoucher en écoutant avec ravissement les hurlements de fureur des couche-tard inondés.

Mais à part ces petites nuisances, mon vieil appartement est calme. Si calme que, depuis quarante et un ans, tous les soirs à 5 heures, j'entends, tandis que je feuillette les journaux, les petites filles des voisins du dessous (cinq familles se sont succédé, toujours avec petites filles jouant du piano) exécuter leurs gammes, inlassablement. *Do, ré, mi, fa, sol.... La lettre à Elise...* et, en ce moment, une allègre sonate en *ré* majeur de Haydn. Bravo, Aurélie.

Vous comprenez que rien que pour cette attendrissante petite musique et le gros bourdon de l'église russe qui sonne la messe, les mariages, les enterrements, les Pâques (où les popes sortent en procession dans leurs chasubles brodées, bannières déployées, chantant des cantiques de leurs magnifiques voix de basse), je m'accroche là comme une moule à son rocher.

Malgré vos impôts cachés.

Parce que, Madame l'Inspectrice, j'ai fait une découverte déprimante. Dès qu'on examine une facture de près, on voit surgir plein de petites **taxes sournoises** dont un contribuable innocent ignore souvent l'existence.

J'ai ainsi appris que les 2,5 % de droit au bail de mon loyer n'étaient pas destinés à ma propriétaire (une charmante pharmacienne retraitée), mais au Trésor Public qui les reverse à l'ANAH (Agence Nationale pour l'Amélioration de l'Habitat).

Lequel organisme — dont je n'avais jamais entendu parler — n'a pas une seule seconde songé à « améliorer » le très antique ascenseur de mon immeuble, si petit, si étroit qu'un gros monsieur ne peut y entrer s'il n'y est pas poussé (quant à en ressortir!...). Et si capricieux (l'ascenseur, pas le gros monsieur) qu'il tombe en panne régulièrement. Y compris un samedi alors qu'un taxi commandé par téléphone m'attendait dans la rue pour m'emmener au déjeuner d'anniversaire de Petit Garçon. Ma chère concierge, notre Maman de l'immeuble, étant partie dans sa campagne pour le week-end, j'ai dû crier une demi-heure avant qu'un immigré ceylanais — qui glissait clandestinement des cartes publicitaires sous les portes — ne m'entende et n'aille chercher la voisine du second. Laquelle renvoya gentiment (et paya) mon taxi, fou furieux, qui l'insulta. Puis elle appela le Service Dépannage de la Maison OP dont les réparateurs étaient partis déjeuner, EUX.

Quand je finis par arriver chez ma fille, le rôti était brûlé, j'avais fait pipi dans ma culotte et Justine avait déjà prévenu de ma disparition la moitié de ma famille en émoi.

En plus du loyer proprement dit, je paie à ma gentille propriétaire des charges. Je croyais que c'étaient les siennes. Pas du tout. Elles sont constituées par une 1re **taxe de voirie,** une 2e **taxe pour l'enlèvement des ordures ménagères** et une 3e dite **taxe de balcon.** (Pourquoi pas une taxe d'échauguette ?)

Et le prix de l'eau.

Parce que j'ai l'eau courante !

J'avais bien songé à y renoncer et à me rendre à la fontaine tous les matins, une amphore sur la tête, comme une simple femme africaine, mais il n'y a dans mon arrondissement ni fontaine publique, ni puits, ni noria entraînée par un chameau (que fait le Maire ?).

L'eau présente une particularité à Paris. Elle est comptée au forfait. Que vous soyez un vieux célibataire pas très propre qui se livre à une petite toilette de chat, de temps en temps, ou une famille de douze personnes qui prennent chacune un bain quotidien.

A noter que le prix du mètre cube, au départ, de la brave vieille flotte atrocement javellisée qui sort au robinet est DOUBLÉ à l'arrivée par encore et toujours des **taxes sournoises.** Taxe de location de compteur (où est-il, ce compteur ?). Taxe du Service de l'Assainissement (ça, ça doit être la giclée de Javel). Taxe de transport et épuration (une autre giclée de Javel ?). Taxe de contre-valeur de pollution (kèk cèk ça ?). Taxe du Fonds National Développement Adduction d'Eau. Taxe du Prélèvement Milieu Naturel (personnellement, je trouve que cette taxe-là ne devrait pas rentrer dans les poches du Percepteur mais dans celles du Bon Dieu, responsable de la pluie, des sources et des nappes phréatiques. Autrefois, on lui adressait prières et cierges pour qu'Il éloigne la sécheresse. Regardez ce qui se passe depuis que le Fisc garde les sous !).

Vous me direz que j'ai déjà bien de la chance d'avoir de l'eau dans le VIIIe arrondissement alors que le monde entier commence à en manquer et qu'à Ouagadougou elle est polluée. C'est vrai. Mais je me suis laissé dire qu'à Paris on utilisait de la vieille eau usée « recyclée ». J'aime mieux ne pas savoir ce que cela signifie et boire du Vittel.

Je reconnais aussi que mon appartement a, luxe inouï, l'électricité. Je pourrais m'éclairer à la bougie, toujours comme à Ouagadougou, et éviter ainsi des taxes locales de 13,20 % sur 80 % du montant HT de l'abonnement EDF et de la consommation, plus 18,60 % ou 5,5 % de TVA, c'est selon... (vous m'avez suivie ? Sûr ?... Alors, répétez !). Je tiens à féliciter le Technocrate qui a mis ces calculs au point. Il a raison : pourquoi faire simple quand on peut faire compliqué ?

Ah ! j'allais oublier l'assurance (obligatoire) pour l'appartement. Sur laquelle 10 % sont reversés par ma Compagnie au Trésor Public, qui a décidément ses petites pattes dans toutes les poches. Et sur cette somme, le savez-vous vous-même, chère Madame l'Inspectrice, il est prélevé 5 francs pour Monsieur Habache (rubrique : terrorisme). Sans préciser s'il s'agit de soigner les victimes d'attentats de Monsieur Habache, ou lui-même, comme on l'a vu l'année dernière.

Mon assureur m'a déjà prévenue d'une voix lugubre. Ma « multirisque appartement » va augmenter l'année prochaine pour permettre aux compagnies de payer une partie des dédommagements dus aux hémophiles morts du Sida après les transfusions de sang contaminé de Madame Georgina Dufoix, du Docteur Garretta, et de tous les « responsables non coupables » de ces malencontreuses erreurs thérapeutiques.

Mais je bavarde, je bavarde. Et il faut que je coure au bar-tabac acheter un timbre pour poster mon chèque au Percepteur. Avez-vous remarqué comme moi qu'à Paris il y a de moins en moins de bars-tabacs qui vendent des timbres (« J'en ai plus. Z'avez qu'à aller à la Poste ! »), occupés qu'ils sont à fourguer tous ces billets de loterie et jeux divers qui ruinent le peuple ? Mais de cela, je parlerai une autre fois.

En attendant, je vous adresse, Madame l'Inspectrice, mes meilleurs sentiments de contribuable. Un gros bisou pour la petite Julie.

3

LETTRE À MONSIEUR LE MAIRE DE PARIS

16 octobre

Monsieur le Maire de Paris,

Je suis heureuse de vous annoncer qu'hier j'ai payé avec plaisir à mon Percepteur ma **taxe d'habitation** dont 7,88 % vous reviennent.
Parfaitement. Avec PLAISIR!
Pour moi, Paris demeure la plus belle ville du monde, la plus agréable à vivre (enfin presque), la plus gaie, la plus propre…
… malgré les crottes de chiens.
Et pourtant, je sais les efforts que vous déployez pour lutter contre ce fléau de nos trottoirs. Nul ne peut ignorer vos milliers de balayeurs noirs tout habillés de vert, avec leurs poétiques balais d'un vert fluo plus pâle (une trouvaille, cet accord couleur prairie), qui nettoient inlassablement nos rues. Aidés par vos 100 petites motos-crottes qui zigzaguent entre les passants (comment s'appelle le conducteur : un moto-crotteur ? Pas facile pour draguer : « Qu'est-ce que tu fais dans la vie ? — Ch'ui un Moto-Crotteur ! » Non. Il doit répondre comme les Percepteurs qui n'osent jamais avouer leur métier : « Fonctionnaire ! »).
Pour en revenir aux saletés de nos chers toutous, j'avais beaucoup aimé votre première campagne de publicité : « Apprenez-lui le caniveau ! ».
Les affiches de Ronald Searle étaient tellement drôles que j'en riais toute seule dans la rue.
Il est vrai que je n'ai pas de chien (à Paris). Et à la

campagne, je n'ai jamais pu dresser mes bergers allemands à déposer leurs énormes crottes ailleurs que dans le parterre de rosiers. Ce qui surprend mes visiteurs qui trouvent que mes roses... ne sentent pas la rose.

Cela ne m'empêche pas de militer pour la présence dans notre belle capitale des chéris à leurs pépères et à leurs mémères contre ceux qui les accusent des nombreux petits malheurs des Parisiens tous les ans. D'accord, la crotte, c'est glissant, mais les chiens n'ont jamais étranglé un petit garçon ni violé une petite fille. Quant aux baignoires, responsables de plusieurs milliers de fractures du fémur, personne ne songe à les abandonner au pied d'un arbre, pendant les vacances d'été.

Je ne voudrais pas cafter, Monsieur le Maire, mais je me dois de vous le révéler : les chiens de mon quartier ont complètement ignoré votre première campagne de publicité. A mon avis, ils ne l'ont même pas lue.

Je veux quand même signaler que j'ai aperçu, un jour, à ma grande stupeur, un charmant caniche suivi d'une grosse dame armée d'un bout de papier journal. Avec lequel, ô miracle, elle a saisi la « chose » du toutou et l'a jetée dans le caniveau.

Je n'ai pas pu me retenir d'aller la féliciter.

C'était une femme de ménage portugaise.

Aussi je vous comprends d'avoir perdu patience et pris la résolution, dans le cadre de votre deuxième opération : « Gardons-nos-trottoirs-propres », de contraventionner les chiens mal éduqués de 600 francs à 1 300 francs. Mais à quoi correspond cette différence de prix ? Au poids du délit ? Avez-vous prévu des petites balances pèse-crottes ? Comme c'est ingénieux !

Puisque nous évoquons la propreté de Paris, je sais que les tags vous rendent fou furieux. Et que vous dépensez beaucoup de votre bel argent (enfin, du nôtre) pour les nettoyer illico presto.

Alors, là, Monsieur le Maire, permettez-moi une petite impertinence.

Les tags, c'est un peu de votre faute.

(S'il vous plaît, ne sautez pas en l'air et ne restez pas la bouche ouverte de surprise, comme un poisson hors de l'eau.)

Je m'explique.

Au nom de l'Art Contemporain, vous avez subventionné, l'hiver dernier, au Musée d'Art Moderne de la Ville de Paris, une exposition «Ateliers 92» de vingt et un jeunes artistes qui, suivant le texte de présentation, «n'hésitent pas à créer des univers où l'intime et le quotidien les plus personnels se mêlent constamment à la distance critique héritée du conceptuel».

Bien que mon quotient intellectuel, assez faible, je le reconnais, ne m'ait pas permis de très bien comprendre ces fortes paroles, j'ai voulu aller admirer les œuvres de nos jeunes Michel-Ange modernes.

Ont été présentés à mon enthousiasme néophyte:

... Un dessin (malhabile) de cul de dame avec quelque chose piqué dedans, qui ressemblait vaguement à un liseron ou au haut-parleur d'un vieux phonographe, le tout intitulé *Parfum*.

... Un simple 2 mal tracé sur une feuille blanche, titre: *Le 2 de 25* (ah! ah!), suivi sur une autre feuille d'un 5 du même graphisme: *Le 5 de 25* (ah! ah! ah!).

... Un vague rond — du même artiste: *Un carré qui ressemble plus à un rond qu'à un carré* (Dieu! qu'il est amusant, ce type!).

... Cinq traits au crayon: *Quelques cheveux* (pas brushés par Maniatis, en tout cas).

... Encore un cul (d'un autre poète), mais lui brodé au point de chaînette (si! si! brodé!) et en train de péter (si! si! en train de péter!). Titre du chef-d'œuvre: *Baiser le concept*. Pourriez-vous m'expliquer, Monsieur le Maire de Paris, si vous en avez le temps, ce que signifie: «baiser le concept»?

... Une plaque de cire d'abeilles recouverte de tessons de bouteilles, proposée — par le Musée — comme «un corps présent/absent au bord de l'évanescence». (Mes abeilles en bourdonneraient de stupeur si elles entendaient cela.)

... Quelques gouttes de plâtre blanc sur une toile brute, le tout décrit avec simplicité comme «plâtre sur toile». (Quand mon cher maçon, Monsieur Garcia, en fait autant sur le carrelage de ma cuisine, je l'obligeais jusqu'à maintenant à nettoyer. J'avais tort. Dorénavant, je descellerai les carreaux et viendrai les exposer religieusement à votre Musée d'Art Moderne de la Ville de Paris, sous l'appellation : *Carnaval cathare sur mosaïque dinatoire* — chic, non?)

... D'étranges trucs en bois et laiton (pour suspendre des vêtements?) sous le nom de «prothèse à humilité» (??) et «prothèse à dignité» (???) et exposés par le Musée comme «corps physiques manipulés, voire contraints...» (????).

Je vais vous faire un aveu, Monsieur le Maire, je suis sortie de votre exposition totalement abattue.

Il était évident que je ne comprenais rien à l'Art Moderne Contemporain. Mon QI esthétique était nul. Mon éducation artistique à refaire, que dis-je à refaire, à faire ENTIÈREMENT. A la poubelle, Botticelli, Vermeer, Vélasquez, Van Gogh, Nicolas de Stael!

C'est alors qu'errant tristement dans le quartier j'ai aperçu l'exposition Graffiti Art au Musée National de Chaillot. Autant commencer immédiatement mon instruction. Je suis entrée. Prête à tout.

Et... je ne sais comment vous l'avouer, pardon mon Père, je veux dire, Monsieur le Maire, j'ai été enthousiasmée. Par la vitalité joyeuse et sauvage, la violence des couleurs, la virtuosité du dessin de certains graffeurs. Et par leurs déclarations : «On ne veut pas faire comme tout le monde... On veut créer de belles images... Il faut d'abord se faire plaisir... et puis aux autres!» Merci les potes!

J'ai eu une idée. Pourquoi ne pas ouvrir les salles du Musée d'Art Contemporain de la Ville de Paris à ces créateurs explosifs de la rue, à la place des élèves des Beaux-Arts si platement gribouilleurs? Pourquoi ne pas créer le concours de la plus belle palissade de banlieue ou le prix Saint-Lazare du train le plus gaiement décoré ? En un rien de temps, tout ce petit monde exposerait dans les plus célèbres galeries internationales (comme Basquiat à New York) ou deviendrait dessinateur de BD comme Torpe (prix d'Angoulême en 1990).

Du coup, occupés par des vernissages bien parisiens, nos graffeurs n'auraient plus le temps de barbouiller nos murs, les statues égyptiennes du métro Louvre et les sinistres gares parisiennes.

Vous êtes indigné ? Et, avec vous, beaucoup de Parisiens ?

D'accord, je plaide coupable, Votre Honneur. Mais voyez-vous, j'ai été taggeuse moi-même.

Je devais avoir six-sept ans quand la France fut agitée de graves frissons politiques. Encouragée par ma gouvernante, dite « Mademoiselle », j'écrivais avec ardeur à la craie rose : VIVE LA FRANCE ! sur tous les immeubles du quartier.

Si mes aristocratiques grands-parents m'avaient surprise en train de me livrer à cette plébéienne activité, j'aurais été bonne pour huit jours de pain sec et d'eau fraîche, et ma chère Mademoiselle renvoyée dans son donjon familial en ruine.

Mais n'auraient-ils pas eu une attaque, mes chers ancêtres, de voir un certain Monsieur Christo emballer de chiffons l'un de nos plus jolis ponts de Paris ? Et d'entendre le peuple s'esbaudir : « Superbe !... Fantastique !... Génial ! »

Personnellement, j'ai passé des nuits sans sommeil à me demander en quoi c'était tellement épatant de faire disparaître les merveilleuses pierres du Pont-Neuf sous une bâche mal ficelée.

Bon ! bon ! je plaide encore coupable. J'admets ne rien comprendre non plus aux beautés de l'ART ÉPHÉMÈRE. Comme ce déménageur chargé de livrer un certain nombre d'objets précieux à Drouot pour une grande vente. Au dernier moment, quelqu'un s'aperçut qu'un « chef-d'œuvre » de Christo avait disparu. Panique. On interrogea le déménageur, qui jura n'avoir rien égaré. Juste cru bon d'enlever un morceau de kraft froissé qui empaquetait un caillou et de jeter le tout, croyant à une erreur...

Mais il y a pire.

Quand je sors de mon cher vieux quartier et que je vais flâner dans Paris, j'aperçois des choses, enfin des trucs, enfin des constructions que, dans le secret de mon cœur, je ne peux m'empêcher de qualifier d'« horreurs architecturales ».

Beaubourg, par exemple.

Pouvez-vous m'expliquer quelle mouche a piqué le cher Président Pompidou, qui avait l'air si raisonnable de l'Auvergnat qu'il était, pour qu'il encourage la construction d'une usine à gaz au cœur de notre magnifique capitale ?

Et quand je dis « usine à gaz », ce n'est pas en l'air.

J'ai lu que c'était là le but de l'architecte, un Monsieur Renzo Piano, qui a déclaré avoir voulu « casser le mur de méfiance entre le grand public et l'art moderne en construisant quelque chose qui lui soit familier, comme une usine... ».

Je me demande si ce Monsieur Renzo Piano a, une seule fois dans sa vie, parlé avec un ouvrier. Personnellement, je n'en ai jamais rencontré désireux de se promener le dimanche avec sa copine ou sa petite famille dans un lieu qui lui rappellerait son sale boulot de la semaine.

Avez-vous récemment visité, Monsieur le Maire, notre Temple de la Culture Moderne ?

Spectacle grandiose.

La rouille a gagné. La peinture des gros tuyaux extérieurs s'écaille. L'énorme tube en verre accroché comme un orvet le long de la façade principale est sale. Constellé de grosses crottes d'oiseaux (tellement énormes que je me suis longuement demandé quels volatiles géants pouvaient produire des fientes pareilles). Des recoins sombres s'exhale l'odeur nauséabonde des pipis de clochards et de leurs chiens. Vu d'avion, le bâtiment ressemble à une vieille batterie d'automobile abandonnée de façon incongrue dans la ravissante mer grise des toits parisiens. Si la charité chrétienne ne me retenait pas, je réclamerais que l'on pende Monsieur Renzo Piano par les pieds à l'une de ces poutrelles de fer qui « ornent », paraît-il, la façade de cette hideuse carcasse, fleuron d'une nouvelle école d'architecture : le style « chantier ».

Et la Pyramide Pei ?

Bon, là, je vais vous faire plaisir. Je ne la trouve pas si laide que ça. Mais ne s'accordant malheureusement pas, mais alors pas du tout, avec les façades du Louvre derrière. Comme dirait le grand photographe Doisneau, « ça ne s'arrange pas ensemble ». Ce mépris de l'harmonie des lieux m'a beaucoup tracassée. Jusqu'au jour où j'ai entendu Monsieur Lang, Ministre de la Culture et de l'Education Nationale, déclarer, avec sa mine charmeuse, que la Pyramide en verre était « le symbole de la transparence du socialisme face à l'autoritarisme brutal de la droite ».
Je ne l'avais pas deviné.
Cependant, je ne peux m'empêcher de me demander sournoisement ce qui se serait passé si l'architecte, le Chinois-Américain Monsieur Pei, avait osé installer son truc au cœur de la Cité Impériale à Pékin. A mon avis, Monsieur Deng Xiaoping l'aurait immédiatement envoyé se recycler pour quelques années dans une rizière perdue du Houang-ho.

Autre désastre. Si la vue du palais du Louvre de « l'autoritaire et brutal Henri IV » (mais non, Grand-Père, ne te retourne pas dans ta tombe ! Monsieur Lang causait, causait, c'est tout !) est gâchée par la

Pyramide Pei, la perspective, célèbre dans le monde entier, des Tuileries, de la Concorde, des Champs-Elysées, de l'Arc de Triomphe et du ciel derrière, me semble complètement abîmée par l'Arche d'Alliance de la Défense. Dont on aperçoit un bout s'avançant, comme avec honte, derrière l'Arc de Triomphe.

Si vous voulez mon opinion, cette Arche, construite par l'architecte danois Johan Otto Spreckelsen, ressemble à un gigantesque bâti de porte, sans porte. Avec un échafaudage oublié dans le vide. Et quelque chose qui a l'air (de loin) d'une grosse couette à trous-trous suspendue en l'air (?).

Un jour, dévorée par la curiosité, je suis sortie de mon quartier pour aller voir de près cet étrange machin. Et j'ai découvert que l'échafaudage contenait des ascenseurs. Johan Otto les avait-il oubliés dans son projet initial ? Ce genre d'étourderie arrive, dit-on, aux plus grands architectes. Mais oui ! Quant à la couette, il s'agissait de deux immenses bâches de toile parsemées de hublots de verre (pour faire marin ?), arrimées par des filins d'acier. A quoi servent-elles ? Monsieur Lang n'a pas daigné donner là d'explication politique. Peut-être symbolisent-elles les nuages sur lesquels le Socialisme entraîne le Peuple vers un Avenir radieux ?

Ou s'est-on aperçu, une fois l'Arche construite, que le vent, le maudit vent, s'engouffrait dessous à une vitesse folle et menaçait d'emporter, le jour de l'inauguration, Monsieur Mitterrand et les officiels pour une gigantesque trempette dans le bassin du rond-point des Champs-Elysées. Et, devant l'éventualité d'un si effroyable désastre, a-t-on ajouté à la hâte, en guise de coupe-vent, des emballages rachetés en solde à Christo ? (En Provence, on plante des cyprès ; c'est plus joli.)

Avez-vous jamais eu le courage, Monsieur le Maire, de grimper jusqu'à la terrasse panoramique ?

Et de vous apercevoir comme moi — avec stupéfaction — que la vue sur Paris y est très laide ?

La faute en revient aux immenses tours de la

Défense construites au premier plan dans le plus grand désordre, avec des tailles différentes, des sens différents, des matériaux différents. Une angoissante cacophonie.

Remarquez, depuis, j'ai vu plus laid. Par exemple à Evry ville nouvelle. Trois cents architectes y ont conçu chacun leur chef-d'œuvre, sans tenir compte du voisin, au cri de : « Moi, c'est moi ! » (quelqu'un a déjà dit ça, non ?). Le résultat est effrayant. Une Caisse d'Epargne en carreaux blancs, des cubes de béton, des rectangles en brique, des parallélépipèdes en ciment, des immeubles en verre-miroir, des tours rondes vitrées ressemblant à des bocaux de cornichons, un projet de cathédrale en forme de cylindre à toit oblique avec des meurtrières en guise de fenêtres, etc.

Mais je m'égare en banlieue, alors que la vue de Paris — de la Défense — est déjà assez triste comme ça. Comme l'a remarqué le Prince Charles au sujet de Londres : « L'aviation allemande, pendant la guerre, y a fait moins de dégâts que les architectes modernes. »

Un cri m'a échappé. La Tour Eiffel avait disparu. Qui avait piqué la Tour Eiffel ? Non ! Ouf ! Elle était là. Mais invisible : dentelle marron sur le fond marron de la Tour Montparnasse, cette dernière comparée par un architecte jaloux de celui qui l'avait construite à « une immense plaque de chocolat ». (Parce que, en plus, il paraît que les architectes se détestent entre eux. Autant que les hommes politiques, les médecins et les archéologues. On n'est pas sorti de l'auberge !)

Pour en finir avec l'Arche de la Défense, j'ai lu que la Cour des Comptes avait fait aigrement remarquer que son prix, estimé au départ à 1,3 milliard, aurait atteint à l'arrivée près de 2,7 milliards. Un comble. Non seulement c'est laid, mais c'est cher. Et non seulement c'est cher, mais c'est deux fois plus cher que prévu. Heureusement que Monsieur Garcia, mon brave maçon, ne se trompe pas comme ça dans ses devis quand je lui fais construire un nouveau hangar agricole. Sinon, il y a longtemps que je serais ruinée. Non! Car je ne l'aurais pas réglé! Un devis est un devis. Fait pour être respecté, ne trouvez-vous pas? Il est vrai que je paie avec mes propres sous gagnés à la sueur de mon front, et non pas avec l'argent des contribuables (je sais, ma remarque est mesquine. Mais un contribuable a tendance, hélas, à être mesquin).

Autre estimation désastreuse, toujours selon la Cour des Comptes: celle du Ministère de l'Economie et des Finances à Bercy. Evaluation de départ: 3,57 milliards. Prix à l'arrivée: 7,547 milliards. Pourquoi diable ne pas avoir confié la construction des bâtiments à Mammouth qui «écrase les prix», plutôt qu'à des architectes comme Messieurs Borja Huidobro et Chemetov, qui m'ont l'air d'avoir eu tendance à faire danser l'anse du panier? Mais aussi et j'insiste encore une fois: pourquoi accepter les dépassements? Sans compter que le colossal édifice principal ressemble à la fois à un palais stalinien noir et blanc et à un pont inachevé dont seule la première pile plonge dans la Seine.

Bref, une autre «horreur architecturale».

Monsieur Balladur, épouvanté, refusa tout d'abord de s'y installer et squatta l'aile nord du Louvre déjà démolie en partie. Il tint bon deux ans. Pendant lesquels les difficultés dues à la complexité du projet furent telles qu'une «mission de sauvetage de Bercy» fut créée.

Enfin, Monsieur Bérégovoy finit par se décider à déménager dans ce sinistre endroit. D'où il ne rêvait, semble-t-il, que de s'échapper. On pardonnera donc au pauvre homme la construction d'un héliport — en forme de crêpe — sur le toit (dangereux par grand vent), et de deux vedettes fluviales qui lui permettaient, en principe, de se rendre au plus vite dans le centre civilisé de Paris et en particulier à l'Assemblée Nationale. Hélas, il paraît qu'elles ont failli se retourner deux fois et flanquer le Ministre des Finances de la France à la flotte. Quelle horreur! Depuis, elles servent uniquement à balader sur la Seine nos invités étrangers. Tant pis pour eux. Monsieur Bérégovoy en revint à l'emploi banal du convoi officiel escorté de motards arrêtant brutalement la circulation, comme ils aiment à le faire au point de provoquer parfois des accidents chez les simples citoyens terrorisés. Cela explique la hâte avec laquelle notre cher Grand Argentier se rua à Matignon lorsqu'il fut nommé Premier Ministre.

A propos de notre Temple des Sous Publics, pourriez-vous, Monsieur le Maire, informer de ma part Messieurs les Ministres actuels des Finances, de l'Economie, du Budget et de l'Industrie, dont les bureaux et appartements donnent sur la Seine, que si les immenses vitres de leur côté sont nettoyées impeccablement, intérieur et extérieur (j'ai vérifié avec le doigt), elles sont très sales du côté de la passerelle réservée au petit personnel qui enjambe la rue de Bercy et où ils ne doivent jamais mettre les pieds.

Vu en face un étrange tumulus couronné de quatre énormes poteaux en béton et d'une structure de poutrelles métalliques (toujours le style «chantier»). On m'a dit qu'en dessous il y avait le Palais Omnisport de Bercy. Est-ce qu'on y enterre les Ministres de la Jeunesse et des Sports comme les chefs celtes, dans leurs tombes, avec leurs chevaux ?

Prochaines «horreurs architecturales» prévues : trois gigantesques boîtes à chaussures en verre, quai Branly, en guise de Centre de Conférences Internationales. Définies par un certain Antony Hunt comme des «structures simples (...) agricoles» et décorées intérieurement par le groupe «Epinard Bleu». Je peux jurer à Monsieur Hunt n'avoir jamais rencontré, dans la campagne française, de ferme ou de poulailler en forme de boîtes à chaussures en verre ni également d'épinards bleus. D'autre part, pour construire ce Centre (style «Tupperware») on a coupé 109 arbres. Crac! Pouvez-vous, Monsieur le Maire, rappeler respectueusement à Monsieur le Président de la République que, lorsque le Baron Haussmann obtint de diminuer le parc du Luxembourg pour ses travaux d'urbanisme, l'Empereur Napoléon III et l'Impératrice Eugénie furent conspués par le public de l'Odéon. Quelle tête feraient Monsieur et Madame Mitterrand si le peuple les huait, écolos en tête, à la sortie de l'Elysée, au cri de : « Assassins ! Assassins-de-nos-arbres ! » ?*

Autre merveille en cours : la Très Grande Bibliothèque, qui ressemble à une table retournée avec quatre immenses tours en verre en forme de jambes en l'air. Un débat furieux a éclaté à son sujet. Des « intellectuels » pétitionnent contre la *Tontonthèque*. Des mauvaises langues prétendent que si la climatisation tombait en panne dans ces fameuses tours en verre, le stock de livres serait grillé par le soleil comme un vulgaire méchoui. Et que les jardins prévus sont tellement profondément enterrés que la lumière n'y parviendra jamais, ce qui posera des problèmes aux fleurs et aux jardiniers.

Et voilà que nous arrive de Los Angeles Franck O. Gery, pour construire le Centre Américain de Bercy, dont on qualifie le style d'« architecture de tremblement de terre ». Parce que ses constructions ressemblent, par avance, à ce qu'elles deviendraient si la terre tremblait. Bravo ! Pour une fois, on ne pourra pas reprocher à la France d'être en retard d'une guerre.

Je crois savoir, Monsieur le Maire, que vous n'êtes pas responsable de ces « horreurs architecturales », conçues par la Mission des Grands Travaux dirigée par Monsieur Biasini, sous la tutelle de Monsieur Lang, lui-même inspiré par Dieu (le vrai : Monsieur Mitterrand).

---

* Aux dernières nouvelles, il semblerait que ce projet soit en panne, le tribunal administratif ayant déclaré illégales les procédures du Gouvernement. Où allons-nous si maintenant l'Etat n'observe plus ses propres lois ?

Mais je ne vous ai pas vu protester. Ni défiler. Ni organiser une pétition ou un référendum dans la population parisienne. Donc, vous aimez? Impossible! Je vous soupçonne d'être en fait timide. Si! si! Je vous trouve souvent à la télévision un air de petit garçon inquiet. S'il vous plaît, Monsieur le Maire, ne vous laissez pas impressionner par ces bâtisseurs sans âme. Défendez votre Paris, enfin, le nôtre, enfin, le mien. Enfin, celui qu'aime le monde entier.

En trouvant par exemple des constructeurs moins délirants que Monsieur Chemetov qui s'est vanté d'avoir utilisé, sous le Jardin des Halles, des blocs de béton brut énormes comme «des morceaux d'une ville effondrée restés prisonniers sous terre». Tant pis si je dois passer pour une *ringarde*. Je préfère me promener dans les Jardins de Bagatelle plutôt que dans les décombres d'une ville effondrée, captive sous terre. Ou autour de la Bibliothèque Municipale du XVe arrondissement en béton noir inspiré à Monsieur Franck Hamoutière par la pierre noire de la Ka'ba de La Mecque et par le monolithe, noir également, du film *2001, l'Odyssée de l'espace* (ça doit être ça, le style «Pompes Funèbres»). Ou au pied des tours Fiat et Elf à la Défense (également verre noir et granit noir) qui, pour Monsieur Roger Saubot, «dialoguent comme une femme en robe du soir à côté d'un homme en smoking». Handicapée mentale comme je suis, cela ne m'avait pas sauté aux yeux.

Même Jean Nouvel, dont j'aime beaucoup l'Institut du Monde Arabe, veut, à son tour, bâtir sa tour à la Défense en forme de mince tuyau de 420 mètres de haut disparaissant dans les nuages. Au cri de: «C'est moi qui vais construire la tour la plus élancée du monde, tra la laire!» Personnellement, je me refuse à vivre en haut d'un tuyau de 420 mètres. Quelle angoisse!

Et l'Eglise s'y met. Après la «cathédrale» d'Evry de Mario Botta, elle médite une église dans le XVe en forme de cube de métal, entouré d'une résille en acier inoxydable. Si vous voulez mon avis, Dieu horrifié n'y mettra jamais les pieds. Prévenez Monseigneur Lustiger.

Ne pourriez-vous également, Monsieur le Maire, glisser parmi tous ces mâles quelques femmes? Il doit bien exister quelques architectes du sexe dit faible en France, que diable! Qui, elles, n'oublieraient pas les escaliers, refuseraient les bureaux en triangle comme dans l'Arche de la Défense (quelle joie de travailler dans une entame de camembert!), se méfieraient de ces façades entières de verre dont elles savent que c'est une corvée effrayante à entretenir.

Exemple: la Pyramide Pei nécessite quatre jours de nettoyage par mois. Au début, effectué par des guides de montagne (importés de Savoie) suspendus par une corde à une grue. Maintenant par un robot conçu spécialement en forme de char d'assaut avec chenillettes en mousse. Malheur si cet exemplaire unique tombe en panne! Ou si le Louvre, en fin d'année, n'a plus de crédits d'entretien. La Pyramide devient inexorablement sale en quelques semaines.

Pourquoi ne pas exiger alors de Monsieur Pei qu'il vienne lui-même (service après-vente) frotter ses vitres Saint-Gobain spéciales avec sa propre chiffonnette?

Et Jean Nouvel? Astique-t-il personnellement les milliers de cellules photoélectriques qui devraient tamiser automatiquement la lumière dans son Institut du Monde Arabe, mais qui ne tamisent plus grand-chose, murmure-t-on, parce qu'il n'a pas pensé que l'air parisien contenait une poussière grasse qui s'y colle? La moindre ménagère qui «fait» ses fenêtres toutes les semaines l'aurait prévenu.

Je me demande, du fond de ma nullité, si le grand drame de l'Architecture Moderne Française, qu'elle soit «high-tech», «façadière», «dématérielle» ou «zorglub» (inspirée de la BD), etc., n'est pas que ceux qui en décident n'en subissent pas les conséquences. Quand Louis XIV faisait construire Versailles, il allait y habiter. Monsieur Mitterrand ne vit pas dans son Arche d'Alliance, mais au Palais de l'Elysée —

construit au XVIIIᵉ siècle — ou dans sa charmante petite maison ancienne de la rue de Bièvre. Ou, encore plus délicieusement, dans sa bergerie rustique de Latché.

L'appartement de Monsieur Lang donne sur la très belle place des Vosges (XVIIᵉ), qu'il ne quitte que pour la noble ville de Blois ou son splendide vieux mas du Luberon.

Déjà Monsieur Pompidou nichait dans l'Ile Saint-Louis, sur le bord de la Seine, pas très loin du ravissant hôtel particulier Grand Siècle de l'architecte Fernand Pouillon, spécialiste des grands ensembles dont les habitants n'ont qu'une envie : s'enfuir ! Et près de celui, rue du Dragon, d'Emile Aillaud, responsable des banlieues sinistres de Chanteloup-les-Vignes et de Grigny-la-Grande-Borne.

Ne croyez-vous pas, Monsieur le Maire, qu'il serait civique de faire voter une loi obligeant les responsables (et coupables) à vivre dans leurs propres réalisations architecturales ? Pendant au moins un an. Avec femme et enfants.

Ainsi Pierre Parat quitterait-il son brave vieil immeuble de la Mouffe pour la Tour Totem (quai de Grenelle), qui a l'air d'un gigantesque présentoir de cartes postales en béton. Ou mieux à Evry (toujours) dans une de ses HLM en forme de pyramides biscornues peintes en vert pistache et rose bonbon. (Le dernier grand chic : pour faire gai, peinturlurons !)

Carlos Ott serait obligé d'abandonner l'adorable rue Furstenberg, à Saint-Germain-des-Prés, pour un appartement à lui réservé dans l'Opéra Bastille qui, d'après Paco Rabanne, « ressemble à un garage Renault 1930 » et, pour Charles Dantzig, « à un hôpital précédé d'une arche de traviole ». Tandis que les Saubot, père et fils, s'installeraient à la Défense dans une de leurs tours noires, et non plus dans leur chaleureuse demeure béarnaise entourée de bois et de vignes.

Monsieur Cacoub irait travailler dans ses bureaux d'avant-garde en glaces-miroirs du Ponant, quai Citroën, et dirait adieu à son immeuble affreusement bourgeois de l'avenue d'Iéna avec porte en bois sculpté et heurtoir en bronze.

Quant aux responsables de nos banlieues si laides et si tristes, qu'ils ont l'air d'avoir bâties sans se soucier des malheureux qui allaient y vivre, allez, hop! tous aux Minguettes!

Je suis prête à parier à vingt contre un qu'on verrait alors disparaître ces cages à lapins cafardeuses, ces hideuses boîtes à humains, ces aquariums sales où chacun est exposé aux regards de tous. Et surgir une nouvelle architecture plus humaine, plus harmonieuse, où l'on aurait envie de rentrer le soir, de passer ses dimanches, d'être heureux. Et que ce petit banlieusard interrogé à la télé sur son plus cher désir dans la vie et qui répondit naïvement : «habiter dans un quartier plus beau», serait enfin comblé.

Mais je suis sûre que vous partagez secrètement mon point de vue puisque vous avez prévu dans votre budget de cette année l'embellissement des Champs-Elysées. Avec rénovation esthétique et culturelle.

A propos de rénovation, puis-je me permettre de vous en suggérer une ? (Oh! toute petite et pas bien chère, vous allez voir!)

Celle des sanisettes.

Ce n'est pas que je sois contre le principe. Au contraire. J'ai été, au début, enchantée de leur installation, moi qui ne peux rester (pardonnez-moi cette confidence très intime) plus d'une demi-heure à me balader dans Paris sans courir faire pipi. Comme beaucoup de femmes, d'après les statistiques de l'Insee (oui, oui, l'Insee établit des statistiques même là-dessus).

Hélas! je n'ai jamais pu me décider, pendant des années, à entrer dans une de vos sanisettes. Ni aucune de mes amies à qui j'ai fini par l'avouer. Ni 80 % des Parisiennes (toujours d'après l'Insee). Pourtant, vos petites toilettes publiques ont l'air propre. Elles ne sont même pas vilaines.

Alors ?

D'après mon enquête, elles ont un côté hermétiquement clos qui donne l'impression angoissante qu'une fois entré dedans, on ne pourra jamais plus en ressortir.

C'est tellement vrai qu'hier j'ai voulu y faire une petite visite avant de vous écrire. Eh bien, j'ai prévenu l'Homme par téléphone : « Si je ne suis pas rentrée pour le dîner, viens me délivrer avec les Pompiers dans la sanisette de la place des Ternes. »

Et j'ai été bravement glisser mes 2 francs dans une fente entre un panneau d'avertissement : « Les enfants de moins de dix ans doivent être accompagnés » (ah bon ! Pourquoi ? C'est dangereux ?) et un autre portant un éclair noir sur fond jaune (oh ! là ! là ! On risque d'être électrocuté là-dedans ?). Une épaisse porte métallique s'est ouverte lentement, silencieusement, implacablement. J'ai eu un moment d'hésitation. Mais l'héritière d'une lignée d'ancêtres-morts-courageusement-pour-la-patrie ne pouvait reculer. Je suis entrée. L'épaisse porte métallique s'est refermée lentement, silencieusement, implacablement.

Allait-elle vraiment se rouvrir dans quatre minutes comme je l'avais lu quelque part ? Ou allais-je rester enfermée dans cette prison hermétique où personne ne me retrouverait avant dix jours (le temps que l'Homme distrait et amnésique s'aperçoive de ma disparition). A moins qu'un balayeur sénégalais ne finisse par entendre mes cris, mes sanglots et mes coups contre l'épaisse cloison de béton et, hilare, n'aille avertir son chef qui lui-même courrait prévenir les Pompiers : « Y a une so'ciè'e enfe'mée dans les cabinets, place des Te'nes ! » Trop tard ! Peut-être aurais-je déjà succombé de terreur et d'asphyxie comme ce colonel italien retrouvé mort au bout de huit jours dans les toilettes de la gare de Rome. Ou cet Anglais resté six jours à l'état de cadavre dans celles d'un hôpital londonien. Brrr !

Bref, c'est dans un bel état de panique que j'ai regardé autour de moi. Le siège étrangement bas ressemble à un bidet. Un vrai Niagara y gronde sans cesse, vous donnant l'impression que vous allez être emportée dans le trou d'évacuation par des flots furieux. A ce sujet, je suis surprise que Madame le Ministre de l'Environnement, si prompte à réclamer l'interdiction d'arroser nos jardinets en été sous prétexte de sécheresse, n'ait pas lancé ses foudres contre un tel gaspillage d'eau. L'explication me semble évidente : elle non plus n'est jamais entrée dans une sanisette !

Et puis, l'affreuse découverte : le précédent utilisateur de l'endroit avait pissé à côté du siège. Un homme ! Il n'y a que les hommes pour pisser à côté du siège d'un cabinet, quand ce n'est pas dans le lavabo familial. Ce qui énerve prodigieusement les femmes. On connaît le cas d'une Simone qui, n'en pouvant plus d'exaspération, planta un couteau de cuisine dans la fesse droite de son mari, lui sectionna l'artère fémorale et le tua. Elle fut acquittée.

J'avoue avoir hésité un bon moment avant de me décider à partager un lieu aussi privé avec un homme inconnu (et sale). « Courage, me suis-je exclamée intérieurement, soyons d'avant-garde ! Foin des tabous ! La mode est désormais unisexe ! »

Je descendis mon pantalon, mon collant, ma culotte...

... et la porte métallique se rouvrit lentement, silencieusement, implacablement. Dévoilant mon intimité aux yeux des passants amusés.

Je me jurai de continuer à courir les toilettes des cafés parisiens.

Autre aventure, contée par nombre de livres et de guides écrits par des touristes étrangers effarés.

D'abord, il est impossible d'entrer dans un bistrot, même modeste, pour y faire juste un petit pipi. Le patron, derrière son comptoir, a horreur de cela et vous guette d'un regard méfiant. Quelquefois il m'arrive d'essayer de déjouer sa surveillance. Je tourne la tête avec agitation dans tous les sens comme si je cherchais quelqu'un avec qui j'aurais rendez-vous et qui ne serait pas là, le traître. Je repère « l'endroit » et, si le patron détourne une seconde son œil de merle inquisiteur, hop, je cours m'y enfermer. A noter qu'en règle générale les WC sont accolés au téléphone, ce qui permet d'entendre des conversations passionnantes : « Tu sais, Blancard, le chef du service, hier, il n'a pas arrêté de regarder mes seins... Ouais ! mais je te l'y ai calmé ! Si vous continuez, j'y ai dit, je vous dénonce au comité d'entreprise... » Ou bien : « Allô, ma chérie ? J'suis en réunion, là, chez un client et je rentrerai tard. M'attends pas ! » ou encore : « La Société Schmoule ? C'est Monsieur Robert. J'ai la grippe ! un sale virus ! Ouais, ouais, y en a partout en ce moment. Ouais, ouais, je vais rester sagement couché ! »...

Je plains beaucoup la Reine d'Angleterre qui a fait insonoriser les toilettes de Buckingham Palace. Elle doit s'ennuyer ferme. Hélas, malgré leur côté distrayant, les cabinets des cafés parisiens ne sont pas très engageants (probablement pour éviter que les clients ne s'y attardent). La peinture des murs est sale. La lumière, sinistre. Le réduit, minuscule. Ce qui pose des problèmes en hiver quand je porte mon gros manteau de (fausse) fourrure. Je l'enlève... et je ne sais plus quoi en faire parce qu'il n'y a nulle part de crochet pour le suspendre. Je le pose donc sur le sol pas très propre (berk !) et je fais face au problème...

... WC à la turque ?...

... ou WC avec siège où l'on peut s'asseoir ?...

Le premier cas réclame des articulations en bon état pour s'accroupir sans basculer en arrière ou éclabousser ses chaussures (qui seront de toute façon trempées par une brusque trombe d'eau quand vous tirerez la chasse. Même si, méfiante, vous avez tenté de vous enfuir avant d'avoir remonté votre culotte).

Deuxième cas de figure. Le plus courant. Les toilettes ont un siège. Problème : puis-je poser sans risque d'attraper quelque maladie dite honteuse mes petites fesses bien propres après des milliers de fesses inconnues ? Tous les médecins et Associations de Consommateurs ont beau jurer que les précédents utilisateurs n'ont pas laissé de microbes, Sida inclus, rien à faire. Je-ne-les-crois-pas! Je-n'arrive-tout-simplement-pas-à-les-croire! Du reste, je ne suis pas la seule. Je me suis laissé dire que certaines touristes africaines essayaient de se percher comme des poulets sur le siège en porcelaine. Qui parfois se cassait sous leur poids. (Cris. Pompiers. Hôpital.) Quant aux Japonaises, elles sont tellement stressées (chez elles, les WC sont entretenus comme un temple et il existe même une fête des Toilettes, le 10 novembre) qu'un psychiatre japonais s'est installé à Paris pour les soigner.

Dans certains «petits coins» de luxe, il existe des distributeurs de revêtements en papier. Mais on ne peut pas toujours traîner autour du Ritz.

Alors, j'essaie de recouvrir l'endroit où je vais poser mon précieux derrière de papier toilette.

Il n'y a pas de papier toilette.

Quand je quitte cet endroit peu sympathique — après avoir lu des inscriptions malveillantes sur la porte: «Lucie a du poil aux pattes», «Joëlle, ton cul ressemble à la tête de Sabatier», «Ce matin, à 10 h 34, Joxe a souri», etc. —, un grondement d'eau avertit tout le café que j'ai sacrifié aux nécessités impérieuses de la nature.

Et alors là... je n'ai pas le courage de ressortir dans la rue, l'air désinvolte mais le dos fusillé par le regard haineux du patron. Je m'approche donc lâchement du comptoir. Et je m'entends commander: «Un quart Vittel.» J'adore l'eau de Vittel. Mais vous connaissez son slogan: «Bu-vez...E-li-mi-nez!»

Voilà pourquoi vingt minutes plus tard, je pars à la recherche d'un deuxième petit café où je vais boire un deuxième quart Vittel qui me fera courir dans un troisième petit café, et ainsi de suite.

Aussi, Monsieur le Maire, je me permettrai de vous prier avec insistance, en tant que femme et contribuable, de demander à Monsieur J.-C. Decaux, responsable, je crois, des sanisettes parisiennes, de rendre celles-ci plus accueillantes. Peut-être en les peignant en vert avec des fleurettes au pochoir. Ou en les recouvrant de lierre comme une cabane de jardin. Ou en y faisant jouer carrément une musique entraînante : une marche de l'Infanterie de Marine, par exemple. Par ailleurs, un peu de publicité serait la bienvenue : « Découvrez le charme des plus secrets monuments de Paris ! Prenez le risque d'y entrer. Vous en ressortirez saines, sauves et soulagées ! »

Merci. Vous aurez le droit à ma reconnaissance et à celle d'une grande majorité de femmes, Parisiennes et touristes étrangères. Ça compte, non ?

D'autre part, Monsieur le Maire, je tiens à vous féliciter pour la façon dont vous et votre collaboratrice, Madame **Espaces Verts,** veillez amoureusement sur les parcs, les jardins, les parterres de fleurs, les arbres, les pelouses, qui constituent un des attraits de notre capitale.

Avec le Guignol du Luxembourg.

J'y ai passé, il y a quelques mois, un des plus merveilleux après-midi de ma vie.

Avec ma petite-fille de trois ans.

J'étais un peu inquiète au départ. Aller voir le Petit Chaperon Rouge avec une jeune personne blasée par la télévision, les dessins animés japonais, les tortues Ninja, ce n'était pas gagné d'avance.

A ma grande surprise, la salle était bourrée d'enfants. Et l'ambiance fut digne d'un concert de la Mano Negra, l'un des orchestres préférés de Monsieur Lang. Dès que le loup pointait son vilain museau, les mômes (et moi avec) criaient d'un même élan au Petit Chaperon Rouge : « ATTENTION…!!! LE LOUP!!!!… IL EST LÀÀÀÀÀÀ!!!!! » Et quand la Mère-Grand se cacha dans la huche à pain et que le Petit Chaperon Rouge se mit à la chercher, ce fut du délire. Tout le monde se leva en hurlant : « DANS LE COFFRE!!! DANS LE COFFRE!!! » Bref, grâce à vous, j'ai revécu avec ma Nini un moment exquis de mon enfance. Et nous n'avons pas regretté, ni elle ni moi, l'affreux Exterminator.

En ce qui concerne le Jardin des Tuileries, je sais qu'il est sous la tutelle directe du Ministère de la Culture. Et que les travaux de rénovation ont commencé.

Enfin.

Depuis des années, le spectacle était affreux. Tandis que les grues, les marteaux-piqueurs, les ouvriers casqués s'agitaient à grands frais sur la place du Louvre, le parc où, enfant, j'avais tant couru derrière un cerceau, fait mes premiers pas en patins à roulettes et déjeuné, petite secrétaire, d'un sandwich, devant le grand bassin, MES Tuileries étaient honteusement laissées à l'abandon. Les arbres n'étaient pas entretenus. Les bancs de bois pourrissaient. Les escaliers de pierre et les statues s'effritaient (une Diane Chasseresse n'avait plus de bras et sa biche plus de pattes). Seuls étaient toujours là les petits ânes bien gras et gais qui regardent les enfants, les yeux brillant d'envie de les emmener faire un tour sur leur dos.

Le nouveau programme m'inquiète cependant. Il est prévu d'installer des cafés-brasseries, des salons de thé, des espaces musicaux (allons bon ! moi qui aimais tant ce coin de silence au cœur de Paris). Et encore et toujours la fête foraine. Franchement, ne pourrait-on installer la grande roue, les autos-tamponneuses, les tirs à la carabine, etc., ailleurs que dans un jardin redessiné par Le Nôtre et où se promènent les fantômes de Marie de Médicis, venant admirer ses volières d'oiseaux-chanteurs, Henri IV mâchonnant ses tartines frottées d'ail, Louis XIV devisant avec son Jardinier en Chef, la Grande Mademoiselle méditant la Fronde, Charles Perrault rêvant à Cendrillon... Et mon ancêtre, Joseph-Léonard Flûry, l'un des six cents gardes suisses de Louis XVI massacrés là, désarmés, pendant les émeutes d'août 1792.

Pour en revenir aux forains, je les verrais très bien installés, par exemple, au Bois de Boulogne. Puisque maintenant, paraît-il, la prostitution n'y fait plus rage. A ce sujet, je vous avouerai avoir toujours été stupéfiée par les soucis que vous causaient, ainsi qu'à Monsieur le Préfet de Police, les ébats de ces messieurs-dames. Il y avait pourtant un moyen très simple de résoudre le problème.

Au lieu de s'en prendre éternellement aux «bonnes femmes», y compris à Madame Claude, pourquoi ne pas s'attaquer aux «bonshommes»?

Je m'explique.

Ce sont toujours les putes qui attrapent des contraventions pour «racolage». Or, j'ai regardé dans le Larousse. «Racoler» veut dire «recruter». Et qui recrute, je vous prie? L'Homme. Alors, hop, on rafle les mecs, ministres, ambassadeurs et émirs compris (allez! allez! pas de favoritisme), et on les condamne à quelques petits travaux d'utilité publique. Par exemple, on leur file un râteau et les voilà obligés de nettoyer les allées de toutes les cochonneries (que la pudeur m'empêche de préciser) qui y traînent, paraît-il, au petit matin.

En cas de récidive, photo de groupe dans *France-Soir*.

Quant à Madame Claude, je n'ai pas entendu dire qu'elle enfermait ses filles dans un bordel sous la menace, mais qu'elle aidait au contraire le Ministre des Affaires Etrangères à distraire les invités officiels de la France. Et ces oublieux n'ont même pas réclamé pour elle la Légion d'Honneur, comme pour Johnny Hallyday! Ingratitude, ton nom est Quai d'Orsay!

Mais je m'égare, une fois de plus. Je suis bavarde, je reconnais. En outre, on n'a pas toujours l'occasion de babiller avec Monsieur le Maire de Paris.

Autre requête. Ne pourriez-vous nommer parmi les 38 000 employés de la Mairie de Paris (38 000! Vraiment?)... un Monsieur **Bancs Publics?** Car j'ai le regret de vous dire qu'il n'y a pas qu'aux Tuileries que les bancs publics sont dans un état lamentable. Comme dirait l'autre : c'est un scandale! Alors que la moindre branche d'arbre est élaguée soigneusement, qu'on a installé 20 000 corbeilles et boîtes de propreté impeccables, 450 maxi-bornes devant les McDo pour les emballages de hamburgers (attention remarquable), 800 conteneurs à verre et je ne sais quoi encore, on mégote sur les bancs publics ! La peinture verte en est généralement écaillée, et parfois même les lattes de bois pourries. Y compris sur les Champs-Elysées !

Pourtant, ce n'est pas cher, un banc ! On en trouve d'épatants à 990 francs à la Samaritaine (qui vous ferait certainement un prix de gros).

Dans la foulée, pourquoi ne pas désigner également une Mademoiselle **Promotion-des-Arbres-dans-les-Ecoles** ? Autrement dit quelqu'un qui aurait la tâche d'apprendre aux jeunes Parisiens à reconnaître un marronnier quand ils jouent dessous.

J'ai été frappée par deux faits :

1. Mes petits-enfants, quand ils arrivent chez moi, à la campagne, sont incapables de distinguer un platane d'un cyprès. Je suis obligée de les traîner à la ronde en leur faisant répéter « chê-neuh... hêtreuh... ge-né-vri-éééér..., etc. » Alors qu'ils connaissent par cœur le PIB de la Mongolie-Extérieure.

2. J'ai rencontré une fois une classe entière, maîtresse en tête, dans les serres d'Auteuil, en train d'admirer la végétation.

« Enfin des écoliers à qui l'on apprend quelque chose d'utile ! » ai-je pensé, ravie.

La Maîtresse (désignant une plante) : Regardez bien, les enfants ! Cet arbre est très important. Sa sève donne du caoutchouc qui sert à fabriquer les... ? ... qui sert à fabriquer les... ?

Les enfants :...

La Maîtresse :... qui sert à fabriquer les pneus des voitures : son nom, c'est HÉ-VÉ-A !

Chœur des enfants : HÉ-VÉ-A !

La Maîtresse m'aperçut alors, mêlée à la classe, et leva un sourcil inquisiteur dans ma direction.

Moi (aimable mais obsédée) : Je vous félicite, mademoiselle, d'apprendre ainsi les plantes à vos petits élèves. Mais savent-ils aussi reconnaître un platane d'un cyprès?

La Maîtresse (désemparée et un peu agressive): Je ne sais pas. Ce n'est pas à mon programme.

Comme, à mon avis, il est inutile de compter sur l'Education Nationale pour enseigner des choses aussi simples et primordiales, surtout en ce moment où visiblement elle ne sait plus où elle en est, je propose que ce soit la Mairie de Paris qui s'en charge.

Pourquoi ne pas lancer un Grand Jeu de la Nature pour les petits Franciliens où les gagnants planteraient, dans le Bois de Vincennes ou en banlieue, un arbre qui porterait leur nom (et qu'ils iraient arroser le dimanche en famille)? Ils recevraient également leur poids en graines de cacao offertes par Vilmorin au cours d'une cérémonie officielle avec ministres et tout le bazar.

Autre idée de concours: le balcon le mieux fleuri de Paris. N'êtes-vous pas frappé, comme moi, par le nombre inouï de fenêtres vides de plantes? Des rues entières d'un gris hostile sans un seul pot de géraniums! Triste, non?

Il est vrai que les Parisiens ne sont pas faciles à mener. Je le dis à regret. Le moins sympathique à Paris, c'est le Parisien.

Il est morose, râleur, et surtout totalement indifférent aux autres.

Il m'est arrivé, l'année dernière, un incident qui m'a beaucoup impressionnée.

Je me suis étalée de tout mon long, plaf, comme une crêpe, sur le trottoir. Le choc fut tel que je fus incapable de me relever pendant de longues minutes. A quelques mètres, trois adultes parisiens bavardaient. Ils tournèrent la tête vers moi, me regardèrent, aplatie par terre comme une bouse d'éléphant... et reprirent leur conversation. Je fus relevée par une jeune étudiante américaine qui traversa la rue pour m'aider.

Peut-être pourriez-vous utiliser vos 1 426 panneaux d'informations de la Mairie de Paris pour lancer une campagne publicitaire comme vous l'avez fait pour les crottes de chien (enfin, contre).

PARISIENS ! RAMASSEZ LES MAMIES
TOMBÉES PAR TERRE !

Autre trait peu agréable des Parisiens : ils n'aiment pas les enfants. Si votre petit-fils, sur sa planche à roulettes, bouscule une dame, vous vous faites insulter malgré vos plates excuses. Que la même dame trébuche dans la laisse de votre clebs, elle sera tout sourires : « Oh ! qu'il est mignon, le toutou ! »

Vous ne me croyez pas ? Essayez donc d'entrer avec quatre jeunes enfants de trois à quinze ans dans un restaurant. Et admirez la tête du Patron ! Brusquement, toutes les tables (vides) sont « réservées ». Il ne vous reste plus qu'à traîner votre bande au McDo. Et à subir les foudres de Jean-Pierre Coffe au nom du Vrai Goût de la Bonne Cuisine Française. Il a raison. Mais je veux bien prendre le pari qu'il n'a pas de chérubins à emmener déguster un flan d'aubergines au coulis de tomate au Fouquet's, ou une choucroute chez Lipp.

Et je vous le dis carrément, Monsieur le Maire, vous non plus vous n'aimez pas tellement les enfants.
Sinon, il y aurait plus de crèches à Paris.

Savez-vous que, d'après l'un de vos propres services de la Mairie de Paris — je ne vous dirai pas lequel —, il y a dix demandes pour une seule place de berceau dans votre ville ?

Et d'après d'autres statistiques encore plus fiables, treize pour une !*

Ce qui n'empêche pas tous nos Hommes Politiques — qui n'ont jamais fourré un derrière de bébé dans une Pampers — de lancer des appels pathétiques

---

* Il paraît qu'il n'y a même pas de crèche pour les enfants de votre personnel de la Ville de Paris. Monsieur le Ministre des Finances en a créé une, lui, à Bercy !

pour que les mères françaises aient plus d'enfants. L'avenir de la patrie dépend, paraît-il, du numéro 3. A noter que ces mêmes Hommes Politiques ont rarement eux-mêmes plus de deux héritiers.

Et si nous tentions une expérience?

Je vais vous prêter le sac de couchage de ma fille cadette et vous emmener dormir sur le canapé du salon d'une de mes jeunes copines, Francine.
Réveil: 6 heures du matin. Hé oui! C'est dur! Vite faire sa toilette, s'habiller, secouer le Mari qui grogne mais fonce à son tour dans la salle de bains, préparer le petit déjeuner.
7 heures, réveiller Elodie, dix mois.
7 h 10, biberon d'Elodie.
7 h 30, réveiller François, quatre ans. L'aider à s'habiller (boutons et lacets) et à déjeuner.
8 h 15, le Mari emmène Elodie à la crèche s'il a pu y obtenir une place par piston (je ne vous dirai pas laquelle des trois filières est la meilleure). Ou chez la Nounou s'il n'y a pas de crèche, pas de place, pas de piston. Nounou agréée ou au noir, qu'importe! N-o-u-n-o-u! Le Mari disparaît ensuite à son bureau.
8 h 30, Francine (et vous) partez déposer François à l'école. Un quart d'heure de marche sous la pluie — loin de votre voiture officielle et de votre cher chauffeur Jean-Claude. Cela vous remettra en mémoire vos vertes années d'étudiant fauché que vous avez peut-être un peu oubliées. Dommage. Puis course dans le métro (vous vous rappelez le métro?). Bureau.
13 heures. Vous comptiez déjeuner somptueusement avec Monsieur Sobtchak, le Maire de Saint-Pétersbourg, dans votre belle Mairie. Erreur. Vous avalez un sandwich tout mou et courez avec Francine au milieu d'une foule hystérique aux Galeries Farfouillettes acheter ce qui manque toujours, malgré les super-shoppings du samedi, à une mère de deux enfants.

16 h 30. Apparition d'un personnage très important dans la vie d'une famille parisienne : la Jeune Fille.

La Jeune Fille va chercher François à l'école et Elodie à la crèche et ramène tout ce petit monde à la maison. A noter que, même si François peut rester à la garderie maternelle jusqu'à 18 heures et Elodie à la crèche jusqu'à 18 heures, 18 h 30 (passé ce délai, elle est menacée d'être déposée au commissariat de police par des puéricultrices qui doivent, à leur tour, cavaler chercher leurs propres bébés à la crèche de banlieue), la Jeune Fille est cependant indispensable. Afin d'assurer l'intérim avant le retour de Francine que son bureau retient parfois jusqu'à pas d'heure pour terminer un dossier.

19 heures. Retour de Francine essoufflée. Elle a couru dans le métro et vous aussi, au coude à coude avec quelques centaines de milliers d'autres travailleurs fourbus. Départ de la Jeune Fille. Bain des enfants. Vous aidez. Vous redécouvrez qu'il y a des petits qui crient pour ne pas aller dans l'eau et d'autres pour ne pas en sortir. Vous essuyez la salle de bains inondée.

19 h 30. Dîner François. Vous donnez une cuiller pour papa, une cuiller pour maman.

20 heures. Biberon Elodie. Vous, vous préparez le menu préféré des mères de famille débordées : jambon/nouilles. Ou nouilles/jambon.

20 h 30. Coucher François avec une belle histoire. Vous rassemblez tous vos souvenirs pour raconter les malheurs de la Petite Sirène. Tant pis si vous commencez à être carrément crevé et rêvez d'un bon bavardage pas fatigant avec Monsieur Sobtchak de Saint-Pétersbourg.

21 heures. Retour du Mari qui-n'a-pas-d'heure lui non plus (il est dans la police). Dîner. On se raconte la journée. Vous découvrez des choses sur la vie d'un flic de base et d'une secrétaire lambda que vous ne soupçonniez pas. Toujours ce maudit fossé qui sépare

le monde où s'agitent les Hommes Politiques et celui où vit tant bien que mal le petit peuple.

21 h 30. Vite, débarrasser le dîner. Faire la vaisselle. Mettre le linge sale dans la machine à laver. Préparer les vêtements, cartables, biberons, etc. ainsi que le petit déjeuner pour le lendemain matin. Cela fera gagner cinq minutes de sommeil. Repassage en regardant la télévision.

23 h 30. Ouf! Journée terminée. Quoi! Qu'est-ce que je vois? Vous essayez de filer en douce pour regagner votre confortable appartement à la Mairie, et fumer un bon cigare en compagnie du gospodine Sobtchak! Pas question! Veuillez, s'il vous plaît, redérouler votre sac de couchage. Et, sans râler, vous préparer à être debout demain à 6 heures. Après vous être levé trois fois pour calmer les pleurs d'Elodie dont deux dents poussent.

Et si vous n'êtes pas convaincu, demain nous irons passer la journée avec Agnès qui habite Sarcelles et a une heure de trajet matin et soir (bus-RER-métro) pour se rendre à son boulot. Se lève, elle, à 5 heures.

Cette course épuisante, c'est quand tout va bien. Mais il y a l'imprévu. La terreur des jeunes mères. L'enfant malade! La crèche les refuse. La Nounou hésite (elle garde un ou deux autres petits qui risquent d'attraper une rhinopharyngite à leur tour). Le bureau fait la gueule si Francine s'absente toute la journée pour cause de varicelle. C'est incroyable le nombre de patrons qui admettent sans s'émouvoir deux mois d'absence de leur collaboratrice pour une hépatite virale mais ne supportent pas que les enfants de celle-ci attrapent une otite. Ils soupçonnent toujours haineusement les bébés d'être malades pour les emmerder, EUX. Alors Francine supplie en pleurant la Jeune Fille de venir. Merci, Petit Jésus, si elle est libre toute la journée (à 40 francs l'heure). Tant pis si elle est philippine (et sans carte de travail) et apprend au jeune François un intéressant baragouin de mauvais anglais et de français incompréhensible. Sans compter que parfois Francine se demande si elle peut vraiment lui faire totalement confiance (il y a un type avec une drôle de voix qui lui téléphone souvent, a révélé innocemment François).

Soudain, le drame total éclate : la Nounou ou la Jeune Fille tombe malade. La belle organisation de Francine s'écroule. Une seule ressource : faire monter en catastrophe sa grand-mère de la Drôme. Mais tout le monde n'a pas une grand-mère dans la Drôme !

Pourquoi, Monsieur le Maire, n'accepteriez-vous pas, ainsi que vos nombreux adjoints, conseillers municipaux et maires d'arrondissements, et 38 000 employés, de faire de temps en temps des remplacements de grand-mères de la Drôme, au lieu d'assister à des cocktails sans intérêt ? Cela se saurait vite ! Un triomphe aux élections, vous feriez !

Vous pourriez aussi instituer la gratuité des crèches ! Que la crèche soit payante alors que l'école ne l'est pas est une honte ! Parce que ça coûte follement cher, un bébé. L'Insee évalue son prix à 4 100 francs par mois. Et plus il grandit, plus il pèse lourd dans le budget familial.

Franchement, Monsieur le Maire, il faut que l'instinct maternel soit drôlement fort pour que les femmes acceptent de vivre une telle existence marathonienne pour élever deux enfants.

Et vous leur en réclamez un troisième ?

Vous rigolez ?

Quelles solutions ? C'est votre boulot de trouver. Moi, je fais déjà le mien : voter et payer mes impôts.

Mais pourquoi pas un salaire maternel pour les jeunes femmes qui désireraient rester à la maison (77 % des Françaises sont pour) et élever des familles nombreuses ? Comme celle de Monsieur de Villiers qui n'arrête pas de se glorifier de ses six enfants (à noter qu'on n'entend jamais les commentaires de sa femme qui n'a pas très bonne mine, je trouve, sur ses dernières photos).

D'autre part, de plus en plus, les femmes, qui ont poursuivi des études parfois supérieures à celles des hommes, n'envisagent pas de s'arrêter de travailler (elles aiment leur job) et de rester toute la journée dans leur «unité d'habitation» (c'est ainsi que nos chers architectes appellent désormais appartements et maisons). Même avec de petits bras câlins autour du cou. Leur rêve : un travail à temps partiel. Mais il paraît que Syndicats et Patronat sont contre. Pourquoi ? Ce n'est pas rentable ? Et le bonheur des femmes et des enfants, cela ne vaut pas toutes les rentabilités ?

On en revient donc à la crèche. Gratuite. Qui fermerait à 19 heures (à moins que la jeune mère puisse quitter son travail à 17 heures). Et à des garderies-hôpital pour enfants à varicelle. Et aussi à des crèches de nuit (félicitations pour celle que vous venez d'ouvrir dans le XIIIe).

Quoi ? Vous criez que vous n'avez pas d'argent ?

Que le budget de la Ville de Paris ne vous permet pas de telles folies ?

Que la construction d'une crèche de 60 berceaux coûte 10 millions de francs ?

Qu'il faudrait augmenter les impôts locaux et que je serais la première à râler (exact) ?

Et si, comme un bon père de famille, vous faisiez des économies ?

Sur les subventions sportives, par exemple ? Evidemment, les sportifs, ça fait beaucoup d'électeurs, mais je suis sûre que ce détail mesquin ne vous touche pas ! Favoriser la hausse de la natalité française est quand même plus important que d'encourager une vingtaine de bonshommes à courir derrière un baballon.

Et, hop, vous supprimez...

... la subvention annuelle du PSG, soit 30 millions de francs, soit 3 crèches. Et de 3 ! Sans compter que, paraît-il, vous comptiez allouer un crédit supplémentaire — toujours au PSG — de 50 millions sur trois ans. 5 crèches ! Et de 8 !

… et le voilier de la VILLE DE PARIS qui a perdu l'America Cup malgré vos 45 millions… — plus 2,5 millions pour le mât — et la présence d'un psychologue surnommé « le dingologue » ! Presque 5 crèches !

… et la rénovation du stade Charlety estimée à 664 millions de francs. Alors qu'il y a déjà 14 stades à Paris, du charmant fronton de Pelote Basque au Parc des Princes.

… et le Trophée Automobile sur Glace de Paris où il a fallu transformer la pelouse de Reuilly en banquise avec 45 000 pains de glace saupoudrés de 500 tonnes de paillettes de givre. Tout ce mal — et ce fric — pour qu'une bande de vedettes excitées s'amusent à faire des glissades dans le XIIe arrondissement alors qu'on trouve plein de patinoires vides à Albertville ! Honnêtement, vous trouvez cela sérieux ?

Mais j'ai l'impression qu'il n'y a pas que les subventions sportives que l'on peut économiser.

J'ai lu dans un de mes chers magazines féminins que votre ravissante Madame **Culture** disposait d'un budget de 1 milliard 300 millions. Hé bé ! Ça en fait du sou !

Naturellement, en tant qu'écrivain, je ne peux que croire à l'importance de la culture. Le tout est de savoir s'il faut de plus en plus de culture pour de moins en moins de bébés.

Et puis quelle culture ?

Celle du Théâtre de la Ville ?

Pour y jouer « ROBERTO ZUCCO » ?

Je me permets de vous rappeler les faits.

Roberto Succo (avec un S) était un charmant garçon italien qui assassina sa maman et son papa à coups de couteau, de hache et de pic à glace. Et comme les malheureux étaient encore parcourus de soubresauts, il les noya ensemble dans la baignoire (il raconta ensuite d'une façon très amusante que sa mère faisait des grimaces comme une souris en train de crever).

Un auteur français, Bernard-Marie Koltès, s'inspira de ce délicieux jeune homme dont il fit «un personnage mythique, un héros comme Samson ou Goliath, monstres de force...» dans une pièce de théâtre: «ROBERTO ZUCCO» (avec un Z), qui fut jouée çà et là dans les Maisons de la Culture.

Jusqu'au jour où elle fut annoncée à Chambéry où vivaient la veuve et les enfants d'un des policiers abattus par Roberto Succo (avec un S). La jeune femme protesta au nom de son chagrin et de celui de ses deux petites filles traumatisées. Les policiers, amis du brigadier assassiné, la soutinrent. La représentation de la pièce fut interdite par le Maire de Chambéry.

On parla même de l'annuler à Paris.

Oh! là! là! Quel scandale!

Un tollé effrayant monta du chœur de nos intellectuels parisiens. Qui hurlèrent à la censure, à la liberté d'expression bafouée, aux groupes de pression obtus, à l'acte infâme (l'annulation de la pièce, pas l'assassinat). Ils évoquèrent le drame de l'auteur mort du Sida (ce qui a quand même une autre classe que de crever d'une balle dans la tête comme le flic Castello). Monsieur Roger Planchon écrivit une longue lettre enflammée dans *Le Monde*: «Résister aux Malfaiteurs» (les malfaiteurs n'étant pas, comme je l'avais cru bêtement au début, les assassins, mais les policiers).

Bref, le tapage fut tel (bien plus grand que pour défendre Salman Rushdie lui-même), que la pièce fut jouée.

Au Théâtre de la Ville.

Subventionné par vous. Pour le prix de 5 crèches par an.

Je reconnais que les critiques furent ravis. Certains parlèrent d'«acte poétique» (les mêmes qui s'indignent de la violence dans les dessins animés japonais). Chacun se félicita que l'Art fût plus « sacré » que le respect dû à une famille éprouvée.

J'ai l'honneur de vous demander, Monsieur le Maire, une subvention pour écrire à mon tour et faire jouer dans votre Théâtre de la Ville une pièce sur « un personnage mythique, un héros comme Samson ou Goliath, monstres de force, etc. » :

ADOLF Z'HITLER.

Merci.

Je vous prie, Monsieur le Maire, de me pardonner d'avoir abusé de votre temps pour vous faire part de quelques réflexions d'une modeste Parisienne. Mais ne croyez-vous pas qu'il est important pour un Homme Politique de savoir ce qu'il y a dans la tête d'une simple citoyenne/contribuable de base ? Cela évite parfois des surprises. Au moment des élections. Naturellement, je ne parlais pas pour vous.

P-S : Vous excuserez une dernière petite requête personnelle. J'ai remarqué que dans presque tous vos ateliers d'animation culturelle (ADAC — budget : 36 400 000 francs), on donne des cours d'Ikebana (art floral japonais). Cette mode nippone de trois petites plantes piquées de la façon la plus étrange possible dans un morceau de mousse en plastique vert commence à m'exaspérer. Au dernier concours à Bagatelle, toutes les fleurs étaient arrangées style « Ikebana ». Rendez-nous nos opulents, ronds et voluptueux bouquets français, généreux de pivoines épanouies, de lis royaux, de marguerites rustiques, de roses moussues, de tulipes éclatantes, de pieds-d'alouette légers, de lupins élégants, etc. Tels que les ont peints tous nos grands maîtres, de Jean-Baptiste Monnoyer à Matisse. Halte à l'invasion japonaise du magnétoscope Sony et de l'Ikebana !

4

**LETTRE À MONSIEUR LE MAIRE
DE MOUSTOUSSOU (AUDE)**

16 octobre

Monsieur le Maire de Moustoussou,

J'ai payé hier au Percepteur la **taxe d'habitation** de ma ferme, La Micoulette, sise sur le territoire de votre commune.

J'ai noté que la valeur locative brute de la maison était évaluée à 30 230 francs.

J'aimerais savoir par quels savants calculs, Vous, le Conseil Municipal et les Services Fiscaux, êtes arrivés à ce montant. Et si vous aviez tenu compte des éléments suivants :

Je n'habite pas seule dans cette modeste demeure, je la partage...

... D'abord avec des centaines de souris. Ces hordes de petites rongeuses, toujours affamées, ne cessent de grignoter les couettes de mes lits, le bas des rideaux, les draps dans les armoires fermées à clef et même les tuyaux des machines à laver (inondation, plombier, facture). Pourtant, je lutte contre cette invasion avec la dernière énergie. Aux quatre coins de chaque pièce, sous tous les meubles, sont déposés, sur de petits carrés de papier journal, de gros tas de blé empoisonné rose. Que j'achète par sacs entiers à la Coopérative Agricole. De quoi détruire à jamais la race souricière du département. Hélas, les trotte-menu de mon logis adorent ce produit qui, non seulement ne leur donne pas la mortelle colique, mais les engraisse.

Ma chère Apolline (vous la connaissez : l'ex-bonne de feu Monsieur le Curé, et plus même... d'après la rumeur du village qui — contrairement à ce que les esprits bigots citadins pourraient croire — la respecte d'autant plus : l'onction ecclésiastique a rejailli sur elle), ma chère Apolline, donc, qui vient de temps en temps faire mon ménage, m'a conseillé d'utiliser des tapettes. Vous savez : ces petits pièges antiques en fil de fer sur lesquels on pose un bout de gruyère comme appât et qui, clac, se referment sur la souris gourmande (à l'horreur de Brigitte Bardot). J'en ai acheté vingt d'un coup (des tapettes, pas des Bardot). Au début, ce fut un triomphe. Clac ! Clac ! Clac ! Apolline avait à peine le temps de courir d'une tapette à l'autre et de jeter les victimes dans le carré d'iris où règnent Germaine la grosse couleuvre et sa tribu.

Et puis plus rien.

— C'est le gruyère qui n'est pas assez frais, remarqua Apolline. Les souris le sentent. Elles sont comme nous, vous savez, elles aiment le meilleur.

Je courus chez Leclerc (32 km AR) acheter un morceau de qualité extra.

Sans résultat.

J'ai dû me résigner à l'évidence : « elles » avaient compris. J'essaie donc de cohabiter gracieusement avec « elles » et de ne pas piquer une colère quand je découvre une joyeuse nichée dans mon vaisselier Louis XIII (dont seule une porte est authentique), au milieu des paquets de nouilles.

Vous me direz : pourquoi n'avez-vous pas de chat pour manger vos souris ?

Parce que je redoute que mes chiens ne mangent mon chat.

... Habitent aussi sous mon toit des milliers de guêpes. Et quand je dis sous mon toit, ce n'est pas une figure de style. Sous chaque tuile se trouve un petit nid. J'ai mis des années à découvrir où se cachaient ces antipathiques hyménoptères. Non pas qu'elles me gênent particulièrement, sauf à midi précis où elles s'abattent en nuage serré dans mon réservoir-piscine, à l'heure exacte où j'y entre moi-même couler quelques brasses.

J'ai donc appelé les Pompiers (ah! ces chers Pompiers! Providence des campagnes) pour me débarrasser de ces emmerdeuses. Impossible, déclara le capitaine. Il fallait retourner chacune des 30 000 tuiles du toit, gratter le nid miniature, remettre les 30 000 tuiles en place.

Et recommencer l'année suivante.

J'ai donc conclu un accord avec mes guêpes. La moitié de la piscine comme abreuvoir pour elles et l'autre moitié réservée à mes exercices de natation. L'arrangement marche très bien. Elles se tiennent convenablement dans leur coin et ne m'ont jamais piquée. Ni mes petits-enfants non plus.

Mais je n'ose penser, Monsieur le Maire, à ce qui se passerait s'il me prenait la fantaisie de louer la maison à des inconnus!

... De temps en temps, au milieu de la nuit, je suis réveillée par des pas lourds dans le grenier au-dessus de ma tête. J'avoue avoir été effrayée la première fois. Un cambrioleur s'était-il introduit dans la maison par le toit? J'ai saisi ma carabine 22 long rifle, toujours posée à la tête de mon lit (je reconnais avoir un peu tendance à me prendre pour Calamity Jane) et, la torche électrique dans l'autre main, en chemise de nuit, les chiens sur les talons, j'ai doucement grimpé l'escalier en bois menant au grenier. Dont j'ai ouvert la porte brutalement — comme j'ai vu faire dans les films policiers — en criant: «Haut les mains!»

Dans la lueur de la torche, il y avait un adorable petit loir gris, aux gros yeux ronds et noirs et à la queue en panache, qui s'amusait comme un fou à sauter des poutres sur le parquet, boum, boum, boum.

— File et laisse-moi dormir, criai-je à l'animal qui, effrayé, disparut dans un trou.

Je redescendis dans mon lit à baldaquin (une fantaisie qui déplaît à mon maçon : « En v'là un truc de cinéma ! remarqua-t-il, goguenard... c'est pour Marilyn Monrô, *pas moinsse !* »).

Je ne pus me rendormir. Le bébé loir avait repris gaiement sa sarabande.

Le lendemain, dès l'arrivée de Monsieur Louis, je lui fis part de mon mécontentement.

Il est inutile, Monsieur le Maire, que je vous présente Monsieur Louis. C'est votre voisin au village et je crois que vous avez été au Lycée Agricole ensemble. Sachez simplement que je considère Monsieur Louis comme l'ange gardien de mon domaine de La Micoulette, et que j'ai pour lui plus d'affection que pour la plupart des membres de ma famille.

— Bah ! Un lérot, ce n'est pas méchant ! observa paisiblement Monsieur Louis.

— D'accord, mais il fait un tel tapage qu'il me réveille. Ce soir, je vais lui filer du blé empoisonné !

— Le lérot, ça ne mange que des fruits. Trouvez plutôt une grande cage pour l'attraper.

L'après-midi, je courus à Castelbrac (30 km AR) acquérir une grande cage chez le grainetier, et des bananes, que j'installai dans le grenier.

La nuit suivante fut infernale. Mon loir n'aimait pas les bananes.

Je retournai au marché (toujours 30 km AR) lui acheter de succulentes pêches de vigne (mes préférées et les plus chères).

Le lendemain matin, je trouvai enfin mon gaillard dans la cage, l'air surpris et indigné.

— Te voilà tout *cong*, hein ? lui dit Monsieur Louis. *Bong !* maintenant, je vais te tirer une cartouche dans la tête...

— Non !!! hurlai-je, ne le tuez pas ! Il est trop mignon !

— Alors, qu'est-ce qu'on va faire de ce petit

couillong ? demanda Monsieur Louis, un peu moqueur.

— Je vais réfléchir, marmonnai-je majestueusement.

Je commençai par me ruiner en pêches de vigne pour le nourrir. Mais cela ne pouvait pas durer. Monsieur Louis rigolait chaque fois qu'il passait devant la cage que j'avais installée sous le petit hangar agricole.

Alors, je mis celle-ci dans l'arrière de mon vieux break, et roulai doucement jusqu'à la grille du superbe château Renaissance, derrière la colline du Nord, dont les propriétaires — des snobs — ne me saluent même pas (et vous connaissez, Monsieur le Maire, l'importance d'un salut à la campagne. Des haines ancestrales se transmettent pour un simple bonjour oublié, trois générations auparavant).

J'ouvris la cage et lâchai le petit loir dans le parc, le plus près possible de la hautaine demeure.

— Bonne chance ! lui souhaitai-je, trouve-toi un beau grenier et empêche ces malotrus de dormir !

Je ne l'ai jamais revu. Mais quand un nouveau lérot s'aventure chez moi (l'année dernière, toute une famille qui adorait regarder la télévision s'était installée au-dessus de ma tête sur une poutre du salon), je répète la même opération de commando.

Et quand je croise mes voisins qui continuent à ne pas me saluer et qui ont, me semble-t-il, de plus en plus de cernes sous les yeux, je ne peux m'empêcher de leur adresser un large sourire faux jeton.

... J'évoquerai à peine, Monsieur le Maire, tous les locataires habituels d'une maison à la campagne qui courent inlassablement la nuit sur les murs en crépi : scarabées divers, punaises des bois, mille-pattes, grillons, araignées mangeuses de moustiques, etc. Ces malheureuses bestioles ont le don de provoquer des piaillements terrifiés chez mes amies parisiennes qui n'hésitent pas à se ruer dans ma chambre à 2 heures du matin :

— ... Chériiiiie ! Il y a une bêêêête chez moi !...

— Ce n'est pas une bête, c'est un adorable bébé lézard !

— Aaaah ! Je supporte pas !... Aaaah ! Comment tu fais pour l'attraper à la main ?

Ce n'est pas à elles non plus que je pourrais louer ma maison. Même si je ne leur révèle pas qu'à plusieurs reprises j'ai trouvé des petites vipères sous mon lit. Ce qui est tout de même, Monsieur le Maire, franchement désagréable. Surtout à minuit quand, abrutie par le voyage, j'arrive de Paris, où les reptiles se tortillent rarement sur ma moquette.

Sur le moment, je n'éprouve aucune panique. Un bon coup sur la tête avec la plaque à gaufres toujours prête dans la cheminée, et me voilà débarrassée. Mais pas tranquille. Et s'il y en avait d'autres bien lovés dans les draps ? Ou au fond de mes pantoufles ? J'avoue me livrer à une fouille en règle de ma chambre avant de me coucher. Et faire, le lendemain, boucher toutes les fissures des murs par Monsieur Louis qui ricane : « Une grosse vipère ? *Pas moinsse ? A y être*, c'était peut-être un boa !... »

Je serais également obligée de signaler à d'éventuels locataires les légers inconvénients suivants :

... Sur les quatre WC que j'ai fait installer dans la maison, il y en a TOUJOURS UN qui coule bruyamment. Après avoir payé au plombier — qui habite en ville : 30 km AR — l'équivalent d'un cabriolet Mercedes plaqué or, je bidouille moi-même mes chasses d'eau. Avec ni plus ni moins de succès que lui.

... Tous les soirs, à la tombée de la nuit, il faut fermer les volets. Or les murs de la vieille bâtisse sont si épais (un mètre de large) qu'il m'est impossible de le faire de l'intérieur de la maison. Je dois donc, même en hiver, dans la froidure, la pluie ou la neige, effectuer au galop le tour de la baraque pour décrocher les volets à l'extérieur, les pousser contre les fenêtres. Puis rentrer et faire le même circuit, à l'intérieur cette fois, un tabouret à la main pour grimper dessus afin d'atteindre les loquets desdits volets. Il m'arrive, par mauvais temps, de me livrer à cet exercice en robe de chambre en laine des Pyrénées rose, bottes de caoutchouc et immense poncho militaire en toile imperméable de camouflage.

Je crains, Monsieur le Maire, de ne jamais trouver de locataires qui acceptent de s'adonner à une telle manœuvre paramilitaire, tous les soirs, dans cette tenue extravagante.

Mais pourquoi, me direz-vous, vous enfermer ainsi à double tour alors que vous avez deux bergers allemands qui ressemblent à des fauves ? Certes. Hélas, mes chéris ont un défaut très embêtant pour des chiens de garde. Ils ont horreur d'aboyer, sauf quand ils sont dehors pour m'avertir qu'ils veulent rentrer dans la maison s'installer devant le feu de la grande cheminée. Ou la nuit, quand tout le monde dort paisiblement, pour signaler furieusement que passe un sanglier ou un renard sur la terrasse. Par contre, ils ne dressent même pas une oreille si une bande de gitans pénètre dans ma cour sous le fallacieux prétexte de me vendre des paniers ou de rempailler mes chaises. Je suis alors obligée de me livrer à toute une comédie de cinéma. Je sors, mes bêtes du Gévaudan sur les talons, réfugiées derrière mes jupes — parce qu'elles sont non seulement flemmardes, mais particulièrement peureuses. Néanmoins, à leur vue, les gitans, terrorisés, remontent illico presto dans leur voiture. Je saisis mes monstres par leur collier en criant : « Du calme, Blitz ! Du calme, Faxie ! N'attaquez pas ! » Les gitans détalent. Sans se douter que les féroces cabots qui se sont lancés à leur poursuite n'ont qu'une idée en tête : leur lécher les pieds. Hélas, comme chacun sait, l'amour est aveugle. Tels qu'ils sont, je les adore. Et, bien qu'ils me coûtent une fortune en kilos de viande, c'est moi qui garde mes chiens de garde.

Je me plains, je me plains, mais je reconnais, Monsieur le Maire, que ma ferme représente quand même certains avantages.

Par exemple, d'avoir l'eau du village, bien que j'en sois éloignée de deux kilomètres et demi. Précieux liquide sur lequel vous veillez jalousement, vous et le Conseil Municipal, une horde de fonctionnaires, le Sous-Préfet et Madame Ségolène Royal. Cette eau est une bénédiction. Ma copine Maureen qui habite dans une autre ferme isolée n'a qu'un puits. Qui reste obstinément à sec à la moindre sécheresse. Elle ne peut alors ni boire, ni prendre de douche (elle vient chez moi), ni laver sa vaisselle ou son linge. Sauf quand, de temps en temps, les Pompiers, pris de pitié, lui amènent une citerne pleine. C'est alors la fête, comme au Sahel.

Je vous signale cependant un petit problème avec ma chère eau.

Les canalisations qui l'amènent sont vieilles. Et de temps en temps, une grande mare ou carrément un geyser dans le chemin ou au milieu d'un champ signale qu'un tuyau a pété.

Là, deux cas.

La fuite a lieu AVANT le compteur.

La fuite a lieu APRÈS le compteur.

Première hypothèse. Je téléphone à la Compagnie en charge de l'eau du village. Et j'attends l'arrivée de ses employés. Calmement. C'est LEUR eau qui coule. Quatre hommes déboulent immédiatement dans une camionnette bleue et entourent l'endroit de la fuite. Trois se mettent à bavarder, appuyés sur leurs pelles, en regardant le quatrième — le plus jeune — creuser comme un fou. Ils s'en vont quand ce dernier a réparé et rebouché le trou.

Deuxième hypothèse. Beaucoup plus grave. La fuite a lieu après le compteur. C'est MON eau qui coule ! Que je paie. Et dont je suis responsable devant l'humanité tout entière. Monsieur Louis ferme le robinet d'arrivée et je téléphone frénétiquement à Monsieur Serge, mon plombier, pour lui annoncer que je vais me suicider s'il ne vient pas réparer la fuite dans l'heure. Il jure qu'il arrive sur-le-champ. Je traduis : dans les quarante-huit heures. Et je cours chez Leclerc (32 km AR) dévaliser le stock de Vittel puis passe chez Maureen prendre à mon tour ma douche chez elle. Pour la cuisine et la vaisselle, je puise dans le réservoir-piscine. Et je subis stoïquement les reproches au téléphone de l'Homme-de-ma-vie qui me harcèle pour que je fasse remettre en état mes trois puits. Hélas, l'analyse du liquide qui brille, moiré, dans le fond a révélé qu'il n'était pas potable. Malgré la présence des anguilles. (Les Anciens les utilisaient, comme vous le savez, pour s'assurer de la pureté de l'eau. Je parie que Madame Ségolène Royal, tout ministre qu'elle est, ignore ce détail. Les écolos n'ont rien inventé.)

Outre l'eau, j'ai le bonheur, comme à Paris, d'avoir l'électricité.

Malheureusement, mon installation est vétuste, elle aussi, et au moindre orage, crac, tout s'éteint y compris PPDA à la télévision. Avec le calme d'un vieux soldat qui a fait toutes les campagnes de France, je cherche à tâtons les allumettes dans la cuisine.

Les allumettes ont disparu.

Je pousse un rugissement de rage. Qui a fauché les allumettes ? Soit Monsieur Louis pour faire brûler des sarments au bord des vignes. Soit Petite Chérie pour fumer en douce une blonde dans sa chambre.

Je jure, à haute voix, que ces deux-là, c'est sûr, je vais les étrangler !

Et je repars, toujours à tâtons, dans ma chambre — en manquant m'étaler sur les chiens réfugiés dans mes jambes : ils ont aussi peur du noir, les pauvres gros ! — chercher la boîte de secours cachée... (je ne dirai pas où, même sous la torture). J'allume la bougie du chandelier prévu également en cas de panne. Et me dirige à petits pas prudents vers le téléphone pour appeler le Service de Dépannage de l'EDF.

Car, mille grâces soient rendues à notre belle Administration Française — et à mes impôts que je ne regrette pas dans ces moments-là de payer —, le Service de Dépannage de l'EDF fonctionne 24 heures sur 24. Une voix masculine recueille mon cri de détresse.

— Il y a des dizaines d'appels dans votre *coing*, pas *moinsse*, observe la Voix de l'EDF. Je ne sais pas si on pourra venir avant *demaing mating*.

Je pousse un hurlement d'agonie.

— Je suis seule dans une ferme isolée et non seulement je n'ai plus de lumière, mais plus de chauffage et mon frigo et mon congélateur se sont arrêtés. Tout sera pourri demain matin.

La Voix de l'EDF ne peut supporter l'idée d'un tel gâchis. Elle connaît l'importance du congélateur dans la vie d'une agricultrice.

— Bon. On va venir cette nuit.

— Merci! Merci! je m'exclame avec la ferveur d'un joueur de Loto qui a gagné le gros lot.

Je reprends ma place au coin du feu avec ma bougie dont la lumière tremblote à cause des courants d'air. Il y en a décidément beaucoup dans cette baraque. Je me promets de faire quelque chose... un de ces jours! Les chiens, toujours peu rassurés, se serrent contre moi.

Le téléphone sonne. Merde! Je repars avec mon chandelier et mes fauves collés à mes jambes. Mon cher voisin de la colline d'en face, lui aussi plongé dans l'obscurité, veut savoir si j'ai déjà téléphoné au Service de Dépannage de l'EDF. Oui. Mais nous convenons tous les deux qu'il vaut mieux qu'il l'appelle à son tour, histoire de bousculer nos chers fonctionnaires au cas où ils se seraient rendormis. Nous bavardons cinq minutes sur le temps pourri, «*qui n'accompagne pas!*» Je raccroche et retourne m'installer devant le feu avec ma bougie et mes chiens qui ne m'ont pas quittée d'un poil, c'est le cas de le dire.

Le téléphone re-sonne.

Enfer et damnation! Bordel de merde! Jamais tranquille, même dans ce coin perdu dans la France Profonde!

C'est l'Homme-de-ma-vie qui m'appelle de Paris. Il désire que je retrouve d'urgence dans son carnet noir oublié sur le bureau de la bibliothèque (au premier étage, à l'autre bout de la maison) l'adresse d'un vieux copain de lycée qu'il n'a pas vu depuis dix ans. Est-ce que cela ne peut pas attendre une heure de plus, étant donné la situation?

L'Homme-de-ma-vie, mon doux Seigneur, se met alors à hurler au bout du fil. Il m'a donné, il y a des années, un vieux groupe électrogène à mettre en marche, justement en cas de panne d'électricité. Et je le laisse pourrir sous un hangar! Je suis une ingrate et une sotte!

— Mais il est tellement énorme que je ne sais pas où le mettre dans la maison, je pleurniche, ni comment le faire marcher.

L'Homme ne veut pas s'attarder sur mon incapacité à me servir de machines qui comprennent plus d'un bouton: marche-arrêt.

Au milieu de l'engueulade conjugale, la maison s'illumine brusquement, la télé se remet à brailler (PPDA est rentré chez lui), le frigo à ronronner, le chauffage à chauffer. Hourra! Vive la Fée Electricité!

Un klaxon se fait alors entendre dans la nuit. Je sors sur la terrasse, mes braves chiens-loups toujours blottis derrière moi. Terrorisés à leur vue, les dépanneurs de l'EDF ne descendent pas de leur camionnette hérissée d'échelles. Ils se contentent d'entrebâiller prudemment une vitre.

— Vous avez des fils qui se touchent à cause des

branches d'arbres, le long du ruisseau. Nous reviendrons demain les couper!

Hein? Quoi? Abattre mes chers noyers et mes beaux peupliers d'Italie plantés de mes propres mains? Je manque m'évanouir.

— Ne vous dérangez pas! Je le ferai moi-même! je jure doucereusement.

L'EDF s'en va, rassérénée, sous l'avalanche de mes remerciements. Naturellement, je ne ferai rien couper du tout, juste élaguer quelques branchinettes par Monsieur Louis.

Mais la nuit n'est pas finie.

A peine bien au chaud sous la couette, en compagnie d'un bon bouquin, dans le silence profond de la nuit traversée par quelques gémissements du vent et les ronflements des chiens assoupis dans l'entrée, j'entends un sifflement.

Qu'est-ce qui peut bien siffler comme ça?

Et le téléphone re-re-sonne. Ce n'est pas vrai! Je lâche une belle bordée d'injures dignes d'un routier en colère en train de barrer une autoroute face à un char MX, et descends, en chemise de nuit, l'escalier glacé, pour répondre une fois de plus à l'odieux appareil.

Ce n'est pas l'Homme qui vient réclamer à nouveau l'adresse de son vieux copain, mais la Société de Télé-Surveillance de l'alarme, qui tient à me signaler — de Toulouse — qu'il y a quelque chose de détraqué dans mon installation (sûrement à cause de la panne d'électricité). Est-ce que mon tableau de commande ne chuinte pas?

— Non. Ça ne chuinte pas, ça siffle! Je vais voir quand même.

Je cavale, toujours en chemise de nuit, à l'autre bout de la maison où se trouve, planquée dans un placard, la centrale d'alarme.

C'est bien elle qui fait ce raffut, l'idiote! Je reviens au téléphone.

— Arrêtez et réenclenchez, dit la Voix de la Télé-Surveillance.
— Mais je ne sais pas sur quel bouton appuyer, je bêle. Ce n'est jamais moi qui m'occupe du fonctionnement de l'installation mais mon régisseur. Et, à cette heure-ci, il dort chez lui.
— Donnez-moi votre code personnel et je vous dirai comment procéder.
— Mais je ne le connais pas par cœur! Juste mon nom (et encore!).
— Alors, je ne peux rien faire! Rien ne me dit que vous êtes bien la propriétaire et pas une cambrioleuse…
— Attendez! Attendez! Je vais vous le chercher mon code personnel! je crie, effondrée à l'idée que ce satané bruit va m'empêcher de dormir toute la nuit.
J'allume les lumières sur la terrasse, je la traverse — toujours en chemise de nuit dans la nuit glacée — et entre dans ma bergerie-bureau. Les chiens, enchantés de cette petite diversion, s'enfuient dans les bois à la poursuite d'un blaireau. Je me mets à quatre pattes et, de dessous mon armoire Louis XIII (fausse également), je tire mes dossiers secrets. Mon code est dans le troisième.
Je reviens au téléphone. La Voix de la Télé-Surveillance est toujours là, au bout du fil. Elle m'indique la marche à suivre pour réparer. Le bruit bizarre s'arrête. Ouf! Merci! Bonsoir!

Vous vous étonnerez peut-être, Monsieur le Maire, que j'aie fait installer un système d'alarme tellement sophistiqué pour garder une simple ferme où il n'y a rien de valeur.
Je sais.
Mais j'ai déjà été cambriolée une fois, il y a quinze ans.
Et j'ai détesté.
Non pas que les voleurs aient pris grand-chose : le jambon pendu dans la cheminée, quelques bouteilles

de vin, mes deux chandeliers en cuivre, et... tous mes Moulinex ! Du grille-pain au couteau électrique, en passant par le robot.

Plus mes deux carabines et le fusil de l'Homme.

Prévenue immédiatement par un Monsieur Louis catastrophé qui avait constaté le volet fracturé dès son arrivée, à l'aube, j'ai sauté dans le premier avion. Et débarqué en taxi de Toulouse pour trouver la maison sens dessus dessous et les gendarmes déjà au travail sur les lieux du crime.

— Ce ne sont pas des gitans ! m'ont-ils claironné tout de go : ils n'ont pas pris votre chaudron en cuivre. Ce ne sont pas des jeunes : ils ne se sont pas intéressés à la télé. Ce ne sont pas des antiquaires : ils auraient embarqué le tableau de votre grand-mère et pas vos Moulinex !

— Mais qui pouvait en vouloir à mes Moulinex ? je leur ai demandé, perplexe... à moins que ce ne soit un coup de leur agence de publicité : « Une femme de lettres-agricultrice se fait voler tous ses Moulinex et menace : "Si les voleurs ne me les rendent pas, je me suicide !"... »

Les gendarmes hochèrent la tête.

— Plutôt un jeune qui monte son ménage. Et qui a travaillé chez vous parce qu'il savait exactement où se trouvait la barre de fer qui bloquait le volet.

— Je réponds des artisans que j'ai employés ! remarquai-je avec hauteur. Ce sont tous des honnêtes gens connus dans le pays.

Les représentants de la Maréchaussée ne répondirent pas. Ils semblaient moins sûrs que moi de la probité locale. Et surtout, ils étaient agités par la disparition de mes carabines et du fusil.

— Embêtant, ça, embêtant... grommelaient-ils entre leurs dents.

Je crus bon de m'excuser.

— Je suis peut-être un peu trop... euh... armée... car je suis souvent seule dans cette maison isolée... Mais ne craignez rien ! Je ne tirerai jamais sur un cambrioleur... Juste un petit peu en l'air pour lui faire un petit peu peur...

— Surtout pas ça! s'exclamèrent les gendarmes. Non! Non! Vous tirez deux coups. Le premier dans le type. Le deuxième en l'air. Mais ATTENTION! A nous, vous déclarez le contraire: vous avez d'abord tiré en l'air. L'agresseur a continué à défoncer votre porte. Alors, prise de panique, vous avez tiré votre deuxième coup dans les jambes. Légitime défense. Acquittement.

— Merci de votre conseil, ai-je répondu chaleureusement, je n'oublierai pas. (Je n'ai pas encore eu l'occasion de mettre en pratique ce précieux avis.)

Les aimables Pandores poussèrent des exclamations ravies quand je leur annonçai que j'avais retrouvé — toujours dans les dossiers secrets sous l'armoire — les numéros des armes.

— Cela va bien nous aider, déclarèrent-ils tout contents.

Contente, moi, je ne l'étais pas.

Une rage noire m'avait envahie. Je venais de découvrir, dans mon WC personnel, une énorme crotte.

Celle du cambrioleur.

Le salaud n'avait même pas tiré la chasse d'eau.

Je m'en plaignis aux gendarmes.

— C'est exprès, m'expliquèrent-ils, gênés. Pour montrer aux propriétaires... euh... qu'il les emmerde.

Trois mois plus tard, ils arrêtèrent le coupable, un jeune ouvrier carreleur, qui avait effectivement travaillé une journée dans la maison pour le compte d'un artisan innocent. Son garage était bourré de Moulinex volés à la ronde qu'il revendait d'occasion. Très malin. Comment prouver qu'un hachoir à persil est à Pierre plutôt qu'à Paul?

Hélas pour lui, il fut confondu par les numéros de mes carabines et du fusil de l'Homme. Et écopa quelques jours de prison.

Je le croise parfois au marché de Castelbrac.

Il me salue poliment.

Pas moi.

A cause de la crotte.

Et dès que j'ai eu le téléphone, j'ai fait installer un système d'alarme pour éviter que ce cochon ne recommence.

J'ai mis quatre années à obtenir une ligne (et un poste).

Vivre sans cet appareil magique a été pour moi, Monsieur le Maire, une dure épreuve. Je râle quand la sonnerie me dérange mais, en fait, je suis accro au téléphone. Encore naïvement fascinée de pouvoir tapoter sur quelques boutons, et hop, d'entendre le rire de ma petite sœur chérie paumée dans un bled du fin fond de l'Amérique. Et à la question classique : « Qu'emporteriez-vous sur une île déserte ? », je réponds sans hésiter : « Mon téléphone. »

Quand je me suis installée dans les ruines de La Micoulette, le seul poste à la ronde était celui de Moustoussou placé dans l'entrée de la petite maison du cantonnier baptisée « cabine publique » pour la circonstance.

Tous les soirs, vers 6 heures, je descendais de mes collines au village appeler l'Homme pour le tenir au courant de la vie familiale.

De la cuisine à côté, dont ils laissaient la porte ouverte, le cantonnier, sa femme et ses enfants écoutaient, avec une passion qu'ils ne cherchaient pas à dissimuler, le récit de mes faits et gestes, de ceux des enfants, de Monsieur Louis, d'Apolline, des chiens, etc. Saga dont ils tenaient, à leur tour, tous les voisins informés. Au moindre démêlé conjugal, le village entier était au courant.

J'avoue avoir été un peu agacée au début. Puis je me suis aperçue qu'en contrepartie la famille du cantonnier participait fraternellement à ma vie. Madame Belvèze n'hésitait pas à intervenir dans ma conversation pour me rappeler que vendredi, c'était le jour de grand marché à Castelbrac où je devais aller chercher des fromages de chèvre macérés dans de l'huile d'olive parfumée aux herbes dont l'Homme raffolait.

Et quand il s'agissait de m'apporter à La Micoulette un télégramme, je voyais alors surgir dans la côte Monsieur Belvèze, chevauchant sa mobylette, agitant un petit papier bleu et criant :

— Ne vous inquiétez pas, Madame de Buron ! Surtout ne vous inquiétez pas ! Rien de grave !... Juste votre mère qui arrive demain !...

Quand les PTT m'ont annoncé qu'ils m'installaient enfin une ligne, j'ai presque regretté mes bavardages devant le verre de Blanquette de Limoux qu'on m'offrait après mon long entretien conjugal.

Mais je continue à utiliser souvent la ligne publique.

Quand la mienne est en panne.

Rien ne m'énerve plus. Sans aucun avertissement sinon un petit cling ! plus de tonalité, je me retrouve coupée du monde.

— C'est encore vous ! se plaint la Voix du Service Dérangement du Téléphone... Remarquez ! cela ne m'étonne pas. Vous êtes en bout de ligne. Bon. On vous enverra quelqu'un demain ou après-demain.

— Comment ? Pas ce soir !!!

— Trop tard !

Je clame que je suis « journaliste » et que le téléphone est « mon instrument de travail » dont je ne peux me passer deux jours. La Voix des Dérangements Téléphoniques s'en fout. D'abord, elle sait que ce n'est pas vrai. Ensuite, même si j'étais réellement journaliste, je serais une journaliste PARISIENNE, c'est-à-dire *estrangère* aux seules nouvelles importantes : celles de l'actualité locale.

Je sors alors mon argument massue :

— Je n'ai pas de voisin et, si ma maison brûle, je ne peux même pas appeler les Pompiers.

— Bon. Je vous envoie quelqu'un demain matin.

Je remercie humblement. Bien que je sache d'expérience que le Dépanneur n'apparaîtra sur mon rocher que dans deux jours.

Il arrive, mécontent.

— J'ai vérifié votre ligne. C'est encore votre sacrée installation.

Il ne supporte pas le fait extravagant que j'aie fait poser QUATRE postes dans la maison, y compris dans ma bergerie-bureau au bout de la terrasse.

— On n'est pas à *Holivoud*, ici! grogne-t-il.

Il ouvre çà et là de petites boîtes en plastique gris d'où il arrache nerveusement des pelotes de centaines de fils de couleur emmêlés.

— Non! Cette fois, il s'agit de votre système d'alarme.

Son autre bête noire.

Je tente de discuter.

— Ce n'est pas possible! Je suis ici depuis un mois et l'alarme a été débranchée tout ce temps-là.

— Peut-être. Mais moi, ce que je vois, c'est que MON téléphone marche très bien sur les deux postes avant le tableau de surveillance et pas après. Faites venir LEUR dépanneur et qu'il ne foute pas en l'air MON installation, hein!

Après avoir récupéré le code secret sous l'armoire, j'appelle le Dépanneur de la Télé-Surveillance. En soupirant. D'abord, parce que son déplacement depuis Toulouse me coûte très cher. Ensuite, parce qu'il a le chic pour arriver à l'heure du déjeuner, pendant que je suis en train de faire griller les côtelettes d'agneau de l'Homme, exceptionnellement en vacances pour deux jours.

Le temps d'expliquer le problème au nouvel arrivant, les côtes d'agneau ont brûlé et l'Homme fait la gueule. Je ressors du congélateur d'autres côtes d'agneau. Le Dépanneur de la Télé-Surveillance m'appelle d'une voix pressante. Il veut me montrer la pelote de fils électriques de toutes les couleurs qu'il a, à son tour, arrachée de sa boîte.

— Vous avez vu ça? crie-t-il, indigné.

— Quoi ? je couine, mes côtelettes congelées toujours à la main.

— Ce travail de cochon ! Ce dépanneur du téléphone, il vous a fait un travail de cochon ! On voit bien que c'est un fonctionnaire ! Et qui est-ce qui va passer quatre heures — que vous allez payer — à réparer ses conneries ?... C'est encore moi !

Il est dans un tel état d'indignation que j'invite le pauvre homme à partager avec mon époux son déjeuner et sa bouteille de vin rouge. Il repartira, ses quatre heures — payantes — terminées, en titubant.

Un jour, j'ai vicieusement convoqué les deux Dépanneurs en même temps. Ils ont failli en venir aux mains. Mais se sont aperçus juste à temps que la panne venait d'un fil malicieusement grignoté par un rat des champs (La Micoulette, cette année-là, était envahie par de gros rongeurs marron, venus d'on ne sait où, mais qui avaient découvert la cachette des sacs de croquettes des chiens). Je n'ai eu que le temps, avant qu'ils ne m'insultent (les dépanneurs, pas les rats ni les chiens), de déboucher de la Blanquette de Limoux, plop, et de les faire boire jusqu'à ce qu'ils s'en aillent en se tenant amicalement par le cou.

L'eau, l'électricité, le téléphone et même un chauffage central capricieux (qui tiédit certaines pièces mais pas les escaliers toujours glacés, en ronronnant tellement fort qu'il faut le couper la nuit), je reconnais que tout cela est d'un luxe inouï.

Aussi, Monsieur le Maire, en fin de compte, je suis d'accord pour payer ma **taxe d'habitation** de 6 145 francs, dont 3 083 francs sont destinés au budget de 1 million environ de votre (enfin, notre) commune.

Mais je serai franche.

Si je règle aussi facilement ma contribution au budget de Moustoussou (Aude), c'est que j'éprouve ainsi l'impression de faire partie du village.

Oh ! Un petit peu seulement.

Je sais parfaitement que, bien que cela fasse maintenant vingt ans que j'habite le domaine de La Micoulette, je reste et resterai toujours LA PARISIENNE.

Je reconnais qu'au début il y a eu un peu de ma faute.

Une demi-heure après avoir acheté la ferme écroulée et la propriété abandonnée par la famille de paysans qui y avait vécu pendant des générations, tout le pays savait.

Une *estrangère* s'installait dans le pays. Riche (les «Parisiens-têtes-de-chiens» sont toujours riches). Dont on ne savait rien, sinon, horreur, qu'elle écrivait des films pour le cinéma... Et à Moustoussou, on n'ignore pas que le monde du spectacle parisien n'est qu'extravagance, dinguerie et cochonceté! Babylone des Babylones!...

De toutes les collines, je sentais qu'on m'observait. Et là, je l'avoue, j'ai commis une erreur.

Après quinze jours de débroussaillage intensif des ronces, je n'avais toujours pas dégagé l'entrée de la maison, et l'Homme, pris de pitié, dénicha une tribu de réfugiés cambodgiens pour venir m'aider.

Ils arrivèrent à six dans une voiture, un soir, et errèrent à la ronde, me réclamant en gazouillant à toutes les portes de fermes.

Ce ne fut qu'un cri dans le pays:

— Et, EN PLUS, elle a des Chinois!

Et pas des ouvriers espagnols, comme tout le monde.

Ma mauvaise réputation était faite.

Les années passèrent.

J'appris à distinguer une vigne d'un tournesol. A discuter du temps à perdre haleine avec les voisins (comme vous le savez, à la campagne, *le-temps-n'accompagne-pas* comme il le devrait. Jamais!). A traverser l'unique rue du village à 20 kilomètres à l'heure, en saluant tous les vieux assis sur leur chaise devant leur porte, les ménagères entourant la camionnette de l'épicier, et en m'arrêtant carrément si les chiens de Monsieur Capendoc, qui dorment étalés en plein milieu du carrefour de Bourailles, refusent de se déranger. Et surtout, je fais les vendanges — comme tout le monde — avec l'aide, en douce, de tonnes d'aspirine. Mais je vous raconterai cela un autre jour.

Je sus qu'on disait de moi dans le pays : « LA PARISIENNE, malgré tout, elle est *brave et vaillante...* » J'étais contente.

Jusqu'au jour de la dénonciation.

Un de vos administrés — oh! je ne dirai pas son nom, vous savez bien qui c'est! — avait ouvert une petite fenêtre dans un mur aveugle de sa maison dans le village. Ce qui, je ne vous l'apprendrai pas, est interdit par le Ministère de l'Equipement, sans son accord.

Passa un gendarme obsédé par ce problème. Il s'arrêta et dressa contravention.

Furieux, le viticulteur éclata :

— *Macarel!* ça, c'est trop fort! Pourquoi vous allez pas à La Micoulette au lieu de m'emmerder, moi! LA PARISIENNE, elle, elle ouvre des fenêtres tant qu'elle peut! Et à elle, on ne dit rien!...

C'était vrai. J'ignorais totalement qu'il me fallait une autorisation de notre belle Administration Française pour ouvrir des fenêtres dans ma propre maison donnant sur mes propres bois. Et même, paraît-il, pour recrépir un mur fatigué! Ce manque de liberté m'indigna et je le dis vertement au gendarme qui répondit non moins vertement que telle était la Loi et que si je ne m'y conformais pas, eh bien, il ferait murer mes ouvertures.

Horrifiée, le lendemain, je courus à la Préfecture (Lescouloubre: 100 km AR) où, après bien des recherches, dans un bureau sombre, entouré de piles de dossiers aussi hautes que lui, je trouvai un fonctionnaire. Que mes tribulations amusèrent beaucoup.

— Ah! C'est encore ce *cong* de brigadier avec ses fenêtres de malheur!... Comme si je n'avais pas assez de travail comme ça! Laissez tomber et la prochaine fois qu'il vient vous embêter, répondez-lui que la fenêtre existait déjà avant et que vous ne faites que la réparer.

Ravie de ce précieux conseil, je suis rentrée chez moi et j'ai continué à percer des fenêtres sans m'occuper de personne.

Quant au gendarme, il fut mystérieusement muté dans l'Ariège où il continue, paraît-il, à empoisonner la vie des populations.

Restait mon délateur.

Quelle attitude adopter avec un pareil individu?

Je pris lâchement le parti de faire comme si je ne savais pas et continuai à le saluer poliment. De son côté, il fit comme s'il ne savait pas que je savais et me salua à son tour.

Et j'oubliai.

Jusqu'au coup du chemin.

Je vous rappelle, Monsieur le Maire, que pour venir chez moi il faut tourner, après le petit pont aux deux marronniers, dans un chemin de terre (si on le trouve) qui est communal sur trois cents mètres. Après commence le mien qui, sur un kilomètre deux cents, serpente jusqu'au rocher sur lequel se dresse la maison, entourée de ses collines.

Or ce petit bout de chemin communal était laissé à l'abandon depuis des années et le parcourir faisait ressembler le rallye Paris-Dakar à un jeu de piste pour débutants. Je demandai donc au Maire, votre prédécesseur, de le retaper, oh, juste un petit peu (surtout pas de revêtement goudronné qui attire les gitans et les chasseurs de champignons). Je fis même remarquer que j'étais la seule ferme isolée dont on n'avait pas arrangé la modeste route. Le Maire me promit qu'il en parlerait au Conseil Municipal.

Où une émeute éclata lorsqu'il aborda le sujet. Certains membres s'opposant farouchement à la réfection de mes mille nids-de-poule et ornières diverses.

— C'est une *estrangère*, vociférèrent-ils. Elle n'est pas née ici. Elle ne mourra pas ici.

— Ça, on n'en sait rien ! remarqua une voix amie.

— En tout cas, elle n'a pas retenu sa place au nouveau cimetière, rétorquèrent mes ennemis.

Exact. D'abord, vous me permettrez de vous dire, Monsieur le Maire, que je trouve votre nouveau cimetière particulièrement laid. Entouré comme une prison par un haut mur de béton. Sans le moindre cyprès. Et près de la décharge publique. Je me refuse à être déposée là pour l'éternité. Par ailleurs, j'ai déjà fait part de mes dernières volontés à mes filles. Je désire être incinérée et que mes cendres soient dispersées au pied des arbres que j'ai plantés, soignés et tant aimés. Devenue engrais, je nourrirai ma terre bien-aimée. (Une vieille dame anglaise a demandé par testament que ses cendres à elle soient dispersées sur le toit du magasin Harrods, à Londres : « Comme ça, je suis sûre que ma fille me rendra visite deux fois par semaine. » A chacun son truc.)

Je dus attendre deux ans la réfection de mon bout de chemin communal.

Je compris que je resterais toujours *l'estrangère* et que rien n'effacerait mon péché originel : je n'étais pas née au village. Ni mes parents. Ni mes grands-parents, etc. (je n'avais qu'un oncle enterré à trente kilomètres de là).

Cela me rendit triste.

Jusqu'à l'accident belge.

Un vendredi, jour de grand marché donc, à Castelbrac, je rentrais tranquillement à la maison, mon vieux break plein de légumes et de fruits odorants, quand j'arrivai au dernier virage de notre cher village de Moustoussou.

Où habitait alors Pépé l'Ancien.

Vous vous le rappelez sûrement. Agé de plus de quatre-vingt-dix ans, à moitié aveugle et complètement sourd, il avait une sale manie : sortir de chez lui, dans le virage, au volant de son énorme tracteur, à vitesse maximum, sans daigner regarder ni à droite ni à gauche (du reste, il ne voyait pas).

Tout le pays le savait à trente kilomètres à la ronde.

Personnellement, je n'avais pas encore signé l'acte d'achat de La Micoulette que l'on m'avait déjà prévenue.

En conséquence, comme tout le monde, j'arrêtais carrément ma voiture dans le virage. J'écoutais si un grondement annonçait la sortie fulgurante du redoutable Massey Ferguson du non moins redoutable Pépé. Je les laissais tranquillement passer et repartais.

Pas de quoi fouetter un chat. Juste une petite coutume locale.

Hélas, ce jour-là, sur notre petite route départementale où, vous en conviendrez, elle n'avait rien à faire, une dame belge passa.

Affolée de voir brusquement foncer sur elle, dans un rugissement apocalyptique, un gigantesque engin agricole chevauché par un très vieux paysan aux énormes lunettes, elle perdit le contrôle de sa voiture et vint emboutir ma portière avant gauche. Baoum!

Ce fut une belle émeute.

Tous les habitants de Moustoussou, dont les rues quelques minutes auparavant étaient calmes et désertes (sauf pour les chiens en pleine sieste), sortirent de chez eux — d'où ils n'avaient rien vu — et vinrent insulter la Flamande. Elle avait failli tuer quelqu'un du village (moi). La malheureuse essaya vainement d'expliquer la situation. Le tracteur. Le vieux Pépé. Les cris redoublèrent. Quel tracteur? Quel vieux Pépé? (il y avait longtemps qu'il avait disparu sans se douter de rien). La dame belge craignit un instant d'être lynchée. Je fus obligée de la consoler. Reconnaissante, elle admit être entièrement dans son tort. D'autant plus que les «amis» qui m'entouraient se proposaient tous pour signer en ma faveur un beau constat. Y compris le Maire qui se trouvait dans ses vignes, à quelques kilomètres de là, mais qui, averti par la rumeur publique plus rapide chez nous que le tam-tam africain, était accouru à mon secours.

Je réalisai alors que si je devais rester toujours une *estrangère* pour le village, il y avait plus *estrangère* que moi.

J'étais «LEUR» PARISIENNE.

Et depuis, je lis avec passion dans notre cher *Bulletin Municipal* qu'un charmant petit Victorin est né, impasse des Célibataires (ils sont comme ça, nos célibataires!). Que la pauvre Madame Suzanne Bram, victime d'une fracture du fémur, a dû être hospitalisée alors qu'elle se faisait une joie d'accueillir ses enfants pour les fêtes de Noël (tous nos souhaits de prompt rétablissement l'accompagnent). Que le jeune Philippe Vièze, admis avec félicitations dans les douanes, a été muté dans les brumes près de la frontière belge (tout au nord, là-haut! Quelle horreur!). Que des goûters pour le troisième âge avec jeux de cartes, travaux de couture et tricot seront organisés tous les mercredis après-midi au Foyer (tiens, j'irai peut-être un jour!). Que trois bancs publics pour nos chers vieux ont été installés à des endroits frais et abrités sur la place de l'Eglise (où ils peuvent bavarder et dire du mal de tout le monde). Que la statue de Marianne à la Mairie a été repeinte et son nez refait (on est très républicain chez nous). Que la bibliothèque sera ouverte les lundi et vendredi de 16 heures à 17 heures...

Cette bibliothèque me cause bien du souci.

Depuis le jour où, devant la marée des bouquins qui avaient envahi ma maison, j'ai décidé d'en descendre une bonne partie à la Mairie.

Le premier choix fut facile. Je rangeai mes livres préférés (que je ne prête pas) dans mon bureau. Les «best-sellers» de l'été, à lire à l'heure chaude de la sieste sous la glycine, dans la grande bibliothèque.

Les « nouveautés » dans les chambres des invités. Les BD et Jack London dans la salle de jeux des enfants.

Restaient les emmerdants que je n'avais pas eu le courage de terminer.

Et les érotiques.

Pour les premiers, rien à faire, je ne pus me décider à les balancer à la poubelle. J'ai été élevée ainsi. Un livre est un objet sacré qu'on ne jette JAMAIS.

Alors, pardon Monsieur le Maire... je les ai donnés au village. Espérant que Monsieur et Madame Rives, les professeurs à la retraite du lycée de Lescouloubre, les parcourront peut-être avec intérêt.

Mais Moravia? ou Pieyre de Mandiargues? ou Henry Miller? Ai-je le droit d'abandonner leurs textes pervers entre les mains innocentes et pures (mais le sont-elles?) de nos chers vieux (et moins vieux) cultivateurs de Moustoussou?

J'hésite. Franchement, un petit conseil de votre part, Monsieur le Maire, serait le bienvenu.

En attendant, je vous remercie de veiller sur le village, tel un berger sur son petit troupeau de 174 habitants. Paisibles. Sauf au moment de l'ouverture de la chasse au sanglier.

Et des élections.

Mais cela est une autre histoire que nous n'aborderons pas.

5

DEUXIÈME LETTRE À MONSIEUR LE MAIRE DE PARIS

30 octobre

Monsieur le Maire de Paris,

Coucou ! C'est encore moi ! En train de payer ma TROISIÈME **taxe d'habitation ;** celle de ma voiture.

Je reconnais que j'ai plutôt de la chance de pouvoir louer (très cher) une place de parking au quatrième sous-sol d'un immeuble de ma rue. Bien que l'endroit soit lugubre. Mal éclairé. Sale. Et dangereux après 10 heures du soir. (Une dame y a été violée, l'autre nuit. Une mamie comme moi ! Les violeurs ne reculent décidément devant rien à notre époque !)

J'avais bien songé à égayer mon box avec du papier peint, des petits rideaux à fleurs et des peintures en trompe-l'œil de soleil couchant derrière des palmiers. Mais vous savez ce que c'est. La vie passe si vite que l'on n'a pas le temps de réaliser tous ses projets.

Et puis Petite Chérie, ma fille cadette, a eu dix-huit ans. A passé immédiatement son permis de conduire (avant son bac). M'a emprunté mon break Peugeot. De plus en plus souvent. A fini par garder la clef. Et avant que je ne comprenne ce qui m'arrivait, ma voiture était devenue sa voiture.

Mais je ne m'en plains pas.

Conduire dans Paris était devenu pour moi un véritable cauchemar.

D'abord affronter un gigantesque embouteillage permanent :

... Les encombrements du matin provoqués par les livreurs qui déchargent leurs camions — en bloquant toute la rue — au cri de : « Je travaille, moi ! » Je n'ai jamais rencontré UN SEUL membre de cette honorable corporation qui imagine une seconde que les autres Parisiens bossent également. Surtout les femmes (les femmes ne peuvent que faire des courses, même à 6 heures du matin).

... Les encombrements de 7 h 30 à 9 heures des Damnés de la Terre qui vont à leur bureau en voiture.

... Les encombrements de 12 heures à 13 heures des mêmes Damnés de la Terre qui se ruent dans des restaurants (toujours pleins) sous prétexte de déjeuners d'affaires (aux frais de leur entreprise).

... Les encombrements de 17 h 30 à 19 h 30 toujours des Damnés de la Terre rentrant chez eux, énervés après une dure journée de boulot. C'est l'heure où les injures fusent le plus facilement.

... Les encombrements du mercredi après-midi où les grand-mères promènent leurs petits-enfants.

... Les encombrements du vendredi soir où tout le monde a pris sa bagnole pour filer à la campagne dès la sortie du bureau.

... Les encombrements dus aux grèves. Du métro. Des autobus. Du RER. Des trains de banlieue.

... Les encombrements entraînés par les incessantes visites des Chefs d'Etat étrangers, lesquels adorent traverser Paris dans un charivari qui souligne leur importance.

... Les encombrements dus aux manifs. De plus en plus nombreuses. Les infirmières mal payées qu'on arrose à la pompe à eau. Les dockers de la CGT, trop costauds pour qu'on ose les arroser, eux, à la pompe à eau. Les agriculteurs ruinés. Les assistantes sociales méprisées (et qui en abandonnent de rage leurs souliers sur la chaussée). Les étudiants exaspérés par les incessantes réformes de l'Education Nationale. Les vétérinaires délocalisés. SOS Racisme à la moindre occasion. Les postiers mécontents. On a même vu des percepteurs qui en avaient marre de percepter !

Bref, la France entière défile.

Sauf moi.

J'y ai songé.

Mais comment faire ? Une bonne manif (30 000 manifestants d'après les organisateurs, 15 000 d'après la police) n'est réussie que si elle provoque de monstrueux bouchons. Et comment provoquer de monstrueux bouchons à moi toute seule ? Sinon peut-être en m'étendant, drapée dans ma banderole, en travers de la chaussée. D'où les flics m'enlèveraient immédiatement pour me conduire sur un brancard à Sainte-Anne.

Je me résigne donc à ne pas défiler. Et à bouchonner bêtement en voiture avec tout le monde.

J'avoue cependant m'ennuyer prodigieusement au bout d'une heure, bloquée place de l'Etoile, sans radio (on m'en a piqué cinq et je me suis lassée d'en racheter), ni journal (je l'ai oublié), ni trousse à maquillage (je n'en ai pas). Alors je me distrais en améliorant mon vocabulaire d'insultes.

S'injurier entre automobilistes est un art.

On commence par des remarques presque amicales telles que : « Débile !... Poubelle !... Furoncle !... Pouffiasse !... Minus ! » Pour finir par des commentaires plus percutants : « Trouduc !... Pauvre conne !... Rat repu !... Pute !... Enculé mondain !... », etc. (j'ai acheté le *Dictionnaire des injures*, de Robert Edouard, chez Sand).

Ma voiture étant immatriculée en province, j'ai droit à des gentillesses plus précises : « Salope de culterreuse, retourne dans ta province ! » Au début, je répondais vertement : « Tu veux savoir ce qu'elle te dit, la bouseuse ?... Enfoiré de mes deux ! » Ou s'il s'agissait d'une femme : « Retourne à ton trottoir à Pigalle, Mémère, cela te rappellera des souvenirs ! »

Maintenant je me contente d'un simple petit bras d'honneur...

... et j'attends que l'abruti passe dans ma région et se paume dans les petites rues de Castelbrac où je lui gueule : « Alors, le Parigot-tête-de-veau ! Toujours aussi *cong* ? » Et s'il me demande la direction de la mer, je lui indique celle de la montagne. Et vice versa. Comme tout le monde dans le pays.

Une fois les embouteillages franchis, reste à trouver un emplacement où ranger la voiture. Et vite, parce que je suis déjà en retard au rendez-vous avec mon cher Editeur. Lutte au couteau avec vingt autres automobilistes qui me collent au pare-chocs arrière tandis que je fais dix fois le tour du pâté de maisons. Ouf ! Une place ! Un peu beaucoup sur les clous. Tant pis. Je n'en peux plus. Prête à abandonner, sans me retourner, ma chère Peugeot au milieu de la rue. Et à déchirer mon permis à points. Petit Jésus, aidez-moi à ne pas craquer. Merci. Bon, maintenant, il faut foncer se procurer un ticket horodateur. Premier parcmètre en panne. Deuxième parcmètre en panne. Troisième en état de marche ! C'est à ce moment-là que je m'aperçois que je n'ai pas de monnaie. Vite courir au bistrot le plus proche demander qu'on me change un billet de 100 francs : « Ça va pas la tête ? dit le garçon. Je suis pas la Banque. Il faut consommer d'abord. » Je commande mon habituel quart Vittel (tout à l'heure mon cher Editeur sera surpris de me voir me tortiller sur ma chaise). Je repars avec ma ferraille que je glisse dans l'horodateur. A l'intention des pilleurs de parcmètres qui, selon la Cour des Comptes, se servent d'un aspirateur et paient en tonnes de pièces de 1 franc voitures, bateaux et même salon de toilettage pour chiens à leur femme déprimée. Qu'importe ! J'ai enfin mon ticket ! Trop tard. Une de vos terribles mille et quelques contractuelles (il y en a sûrement plus : elles grouillent partout) est déjà en train de me mettre une contravention. Je pousse un cri d'agonie. Lui fais un récit pathétique de mes malheurs : place libre introuvable, horodateurs en panne, pas de monnaie, Vittel, pipi, etc.

— Trop tard! dit-elle froidement, j'ai déjà écrit sur mon carnet.
— Vous faites un vilain métier!
— Je sais! répond-elle paisiblement. Un type armé d'une couleuvre qu'il m'a agitée sous le nez me l'a déjà dit, il y a une heure.

Je m'en vais, tête basse, en songeant à tous les mauvais conseils prodigués par des journaux sympas et que je n'ai pas le courage de suivre. Enlever les essuie-glaces pour empêcher la contractuelle de glisser le PV dessous. Changer un chiffre de mon numéro d'immatriculation pour rendre fou l'ordinateur de la Préfecture de Police. Remplacer mon PV par celui de la voiture la plus proche et crier à l'erreur judiciaire. Etc.

Quand je reviens deux heures et UNE minute plus tard, ma bien-aimée Peugeot a disparu. Enlevée par la fourrière. La dernière fois, je suis rentrée chez moi en taxi et en pleurant. Petite Chérie m'a couchée, fait boire un verre de Crémant de Limoux bien pétillant et réconfortant, a couru chercher la voiture dans toutes les fourrières possibles, l'a ramenée saine et sauve au parking.

Et j'ai décidé de ne plus utiliser dans Paris que les Transports en commun.

D'abord le métro.

J'en avais gardé un mauvais souvenir depuis mes années de galère quand, petite dactylo, je courais derrière les rames pour arriver à l'heure à la redoutable pointeuse. Je me rappelais aussi avoir failli périr étouffée dans des wagons bondés tandis que des mains inconnues me pelotaient les seins et les fesses.

Mais je pensais que le progrès avait frôlé de son aile cette invention épatante.

Eh bien, non!

Au contraire.

A n'importe quelle heure, je me retrouve voyageant

debout, serrée dans une foule dont les mains ne me pelotent plus les seins et les fesses (hé oui, j'ai vieilli !) mais essaient d'ouvrir mon sac.

Et je me suis mise à détester :

... La tristesse de ces interminables couloirs gris où piétine une foule silencieuse et accablée.

... L'ambiance angoissante des quais. Surtout depuis que j'ai lu qu'un psychiatre, spécialisé dans les pulsions des malades mentaux, recommandait de ne jamais se tenir trop près de la voie pour éviter qu'un fou ne vous pousse sous la rame entrant dans la station.

... L'odeur, l'odeur, l'odeur.

... Les mendiants, tous les mendiants, qui me flanquent un terrible complexe de culpabilité en me racontant leur chômage depuis quinze ans (je leur donne 10 francs)... leurs poumons détruits (ils me crachent dessus pour bien me le prouver, je donne 10 francs)... leurs années de taule (je donne 10 francs)... leur Sida (je donne 10 francs)... leurs enfants morveux et malades qu'ils me tendent (je donne 10 francs bien que je sache parfaitement qu'il s'agit de manouches qui louent des bébés à la journée). Mais, pire que tout, il y a les musicos qui s'installent avec des amplis dans le wagon et font un tel vacarme que je ressors sourde (ce qui me permet de ne pas entendre leurs injures quand je descends sans leur donner mes 10 francs).

... Les tickets d'un vert-bleu hideux qui ont remplacé les gais tickets jaunes sans que je comprenne l'intérêt de dépenser des millions pour ça. Alors que dans le même temps la RATP fait des économies de sièges sur les quais. Provoquant la colère de nombreux voyageurs dont celle de Delfeil de Ton* : « On veut s'asseoir ! Peignez-les aussi en vert si vous voulez, mais rendez-nous nos sièges !... Qu'est-ce que nos sièges ont bien pu faire aux dirigeants de la RATP

---

* Dans *Le Nouvel Obs*.

pour qu'ils nous les suppriment avec tant d'application ? Ces gens-là sont-ils sadiques ? Ou bien ont-ils des hémorroïdes ?... »

— Pourquoi ne prends-tu pas l'autobus ? m'a demandé ma copine Claire. C'est divin !

Je n'osai pas lui expliquer que si je n'utilisais pas les véhicules de la RATP, c'était parce que je n'avais jamais compris d'où ils venaient, ni où ils allaient, ni où ils s'arrêtaient. Et pourtant ce n'est pas faute d'avoir passé des heures à examiner le plan collé sur l'abribus au coin de ma rue. Je reconnais une fois de plus que mon QI ferait honte à un Pygmée, mais je n'arrive pas à m'y retrouver dans les lignes représentées par des spaghetti de couleurs serpentant à travers Paris, passant les uns par-dessus les autres, perdant leurs numéros, etc.

Un jour, pourtant, je suis montée dans une de ces voitures. Si ! si ! Pour aller porter un texte à taper chez une secrétaire qui habitait dans la même rue que ma cousine Laure. Laquelle m'avait expliqué patiemment plusieurs fois de suite la marche à suivre. Je devais monter dans le 007 qui passait au coin de ma rue. Mais attention, dans le bon sens ! Comment ça, dans le bon sens ? Ben oui. Sinon, je me retrouvais à Vincennes et non à Neuilly. Ah, d'accord ! Et je devais descendre carrefour Machin. C'était direct. Même un Papou, tout nu, ne se perdrait pas.

Les gens qui attendaient mon autobus (dans le bon sens) me bousculèrent pour monter les premiers et, d'un curieux geste furtif, montrèrent à tour de rôle une carte au conducteur qui acquiesçait à chacune d'un geste auguste de la tête.

— Pour vous, c'est deux tickets, me dit-il.

Tiens ! Pourquoi ne faut-il qu'un ticket pour faire le tour de Paris en métro et plusieurs en autobus ? Cette complication me troubla.

— Z'avez pas de monnaie ? demanda le chauffeur agressivement.

Je me jurai alors de me promener à l'avenir dans

Paris avec une besace emplie de pièces accrochée à mon cou, comme les changeurs du Moyen Age.

L'affaire finit par s'arranger sans que j'aie besoin de descendre et de courir au petit café du coin boire mon éternel quart Vittel.

Et l'autobus démarra.

Si brutalement que je faillis tomber.

Je découvris alors que les conducteurs ératépiens utilisaient leurs couloirs réservés comme Ayrton Senna le circuit de Monaco. Pied au plancher. Et que je t'accélère dans les lignes droites! Et que je te vire à droite puis à gauche sans ralentir! Et que je te pile sec aux feux rouges!

Accrochée de toutes mes forces à une barre, ballottée comme un sac de pommes de terre dans une remorque de tracteur, terrifiée à l'idée de tomber et de me casser une jambe, je finis par arriver à bon port. En regrettant un peu Cuba où, paraît-il, faute de carburant, les autobus sont désormais tirés par des bœufs (et même par les passagers, disent les éternels anticommunistes primaires).

Je revins en taxi.

Décidée à ne remonter dans ces véhicules de course que casquée et les pattes molletonnées de jambières.

Et lorsque vous aurez installé, Monsieur le Maire, des plans lumineux comme dans le métro où l'on appuie sur un bouton pour voir s'éclairer le numéro des lignes à emprunter. C'est cher? Alors, juste un, s'il vous plaît. Dans l'abribus au coin de ma rue.

En attendant, je circule en taxi.

Deux inconvénients.

1. C'est onéreux. M'oblige à faire des économies drastiques sur mes achats de fringues (et à mettre des coudes en cuir à mes pulls en cashmere troués et des pièces à mes fonds de pantalons en flanelle).

2. Le véhicule est conduit par un OVNI: le chauffeur de taxi parisien.

Vous avez d'abord:

... Celui qui ne s'arrête pas alors que sa loupiote est

allumée. Et qui, lorsque vous lui sémaphorez des gestes désespérés, passe au loin, l'air dédaigneux.

… L'Africain qui sait où se trouve Tamanrasset mais pas la place de la République et regarde son plan à l'envers. Vous êtes obligée de le lui arracher et de lui indiquer la route. Il ne vous donnera même pas de pourboire, ce radin.

… Le vieux Parigot grognon qui refuse de répondre à vos remarques sur le temps.

… Le Portugais bavard qui n'arrête pas, au contraire, de vous abrutir de commentaires météorologiques.

… Le bon vivant qui déjeune longuement au bistrot avec tous ses copains alors que vous avez un rendez-vous urgent (la station est encombrée de taxis hors service qui ont mis leur gaine noire). Vous résistez à la tentation d'aller leur renverser à tous leur choucroute sur la tête.

… Le Cambodgien kamikaze qui conduit à fond la caisse, en vociférant aux voitures qu'il frôle dangereusement des phrases incompréhensibles dans sa langue parsemées d'expressions françaises : « Salopard !… Merde ! ma voiture neuve !… Toi, folle !… morte si accident !… », etc.

… Le revendicatif, mécontent de l'adresse que vous lui donnez : « Carrefour Turbigo-Sébastopol ? Oh ! là ! là ! Vous vous rendez compte ! Aller dans un endroit pareil ! »

… L'amateur antillais de rock à la radio, qui se balance comme un dingue, ses petites tresses à la Noah sautillant au rythme de la musique, jusqu'à ce que vous en ayez mal au cœur.

… Le militant du Front National accroché à France-Infos qui marmonne des remarques peu flatteuses sur les hommes politiques : « Des pourris ! Tous des pourris ! » En vous surveillant dans son rétroviseur, prêt à vous insulter si vous n'êtes pas d'accord !

… L'obsédé qui écoute, sans se lasser, les appels haletants du central de sa radio, en faisant semblant de ne pas vous entendre quand vous le suppliez de couper cette litanie exaspérante : « Une-voiture-pour-le-16-rue-Filochel, je répète : le-16-rue-Filochel... une voiture-pour-le-22-avenue-Barabar, je répète : le-22-avenue-Barabar... », etc.

... Celui qui a un puant mégot de Gitane dans le bec alors qu'un panneau indique aux clients qu'il est « interdit de fumer dans ce véhicule ».

... L'étudiant algérien qui est aussi assistant de cinéma la nuit, et manque vous débarquer sous la pluie, sur le périph, parce que vous n'aimez pas Lakdar Hamina.

... Le pépère au gros chien baveux qui se prend de tendresse pour vous (le chien baveux).

Etc., etc., etc.

Quand je n'ai pas la chance d'être transportée par un de ces énergumènes, je marche.

Encore qu'être piétonne à Paris réclame des nerfs d'acier.

Surtout quand il s'agit de traverser une avenue.

Première recommandation. Non seulement attendre soigneusement que le feu rouge passe au vert, mais ne s'engager sur la chaussée que lorsque TOUTES les voitures se sont arrêtées. Car les automobilistes parisiens ont la manie exaspérante de ne freiner — brutalement — qu'au dernier moment. Pratiquement sur les clous. Statistiquement, il est évident qu'un jour un de ces fous ne s'arrêtera pas à temps et vous écrasera. Vous serez dans votre bon droit mais, quand vous arriverez en bouillie à l'hôpital, cela vous fera une belle jambe !

Deuxième recommandation. Une fois TOUTES les voitures arrêtées, foncez pour atteindre le plus vite possible le trottoir d'en face. La tête bien droite pour ne pas voir l'œil haineux des conducteurs qui vous regardent traverser et qui essaient de vous faire peur en faisant ronfler leur moteur comme s'ils allaient démarrer. Ou même carrément, pour les plus vicieux, en s'avançant doucement d'un mètre sur les clous.

Troisième recommandation. Le feu est passé brusquement au rouge alors que vous n'étiez pas encore en sécurité sur le trottoir d'en face. Au secours ! Les automobilistes démarrent dans un grondement d'enfer, tel Nigel Mansell au Grand Prix du Brésil. Les uns vous frôlent les fesses, les autres le ventre. S'ils ne vous écrasent pas, c'est par peur du constat qui leur ferait perdre trop de temps. Résistez à la tentation de vous jeter à genoux pour une dernière prière ; c'est pour le coup que les monstres vous aplatiraient comme une galette, prétextant que vous aviez subitement disparu de leur vue et qu'ils avaient cru que vous vous étiez envolée comme une colombe.

Quatrième recommandation. Ça y est ! Ils sont tous passés. Vous êtes sauve sur le trottoir d'en face. Gagnez le premier petit bistrot et, à la place de votre Vittel habituel, tapez-vous un rouge des Corbières réconfortant. Vous l'avez bien mérité.

En fin de compte, Monsieur le Maire, je n'ai pas trouvé la bonne solution pour circuler dans Paris...

... A moins que... je n'ose pas vous le demander, et pourtant... à moins que... vous ne m'envoyiez deux après-midi par semaine Jean-Claude, votre dévoué chauffeur depuis vingt ans, et votre belle voiture officielle à cocarde, qui me transporterait à tous mes rendez-vous à travers la capitale, escortée de motards, toute circulation bloquée.

Comme une simple petite reine africaine.

Ce serait délicieux.

Et après tout, pourquoi pas ? Quand je vois à la télévision ces files de splendides R 25 (payées par mes impôts) d'où sortent des Hommes Politiques (payés par mes impôts) ou des Fonctionnaires — hauts et moins hauts (payés par mes impôts) — et des Présidents Africains (subventionnés par mes impôts), pourquoi n'aurais-je pas le droit, moi aussi, de profiter, de temps en temps, de ce privilège ?

Ou alors, tout le monde à bicyclette, comme le réclament les écolos.

Voilà qui serait charmant : l'arrivée de tous nos Ministres à l'Elysée, le mercredi matin, dans un ballet de cycles roses. Monsieur Bérégovoy pédalant, avec son air consciencieux de Premier Ministre en charge du Gouvernement de la France. Monsieur Jack Lang dans un ravissant jogging mauve pâle. Monsieur Charasse avec des bretelles roses assorties. Monsieur Debarge perdant son petit ventre. Monsieur Dumas soutenu par ses gardes du corps (il a une tête à n'avoir jamais mis son distingué derrière sur une selle). Mesdames Ségolène Royal et Frédérique Bredin avec des petits paniers sur leur porte-bagages pour leurs bébés, etc.

Quel splendide exemple pour la France !

P-S : Qu'est-ce que j'apprends, en lisant une chronique de Françoise Giroud ? Que Madame Blandin, Présidente « verte » de la Région du Nord-Pas-de-Calais, à peine élue, se balade dans une voiture de fonction avec cocarde et chauffeur ! Au lieu de lancer la mode du « Tandem Officiel » (chauffeur et élu pédalant démocratiquement et écologiquement de conserve) ! A qui se fier ?

P-S bis : Dernière nouvelle. Madame Blandin, ayant lu, elle aussi, la chronique de Françoise Giroud, vexée, se serait remise au vélo. Et aurait interdit aux élus régionaux de se servir de leur voiture de fonction pour partir en vacances. Las ! Monsieur Carl Lang (FN) a désobéi. Et s'est fait piquer sa R 21. Allez ! A vélo, lui aussi !...

6

**LETTRE À MONSIEUR
LE MINISTRE DU BUDGET**

13 novembre

Monsieur le Ministre du Budget,

Vous m'avez fait réclamer par vos Services Fiscaux une **contribution de 1,1 % sur mes revenus** à payer le 15 novembre au plus tard.

J'ai d'abord été surprise. Il me semblait avoir déjà réglé cet impôt quelques mois auparavant. J'ai donc plongé dans l'énorme sac poubelle en plastique où j'enfourne tous mes papiers en attendant l'hypothétique moment où j'aurai le temps de les classer. Et j'ai retrouvé, mais oui!

Le 15 mai dernier, j'ai effectivement payé un **prélèvement social de 1 % sur mes revenus** dont le produit, m'a-t-on écrit, était destiné à la Caisse Nationale Vieillesse des Travailleurs Salariés.

Je dois verser maintenant une **contribution sociale généralisée de 1,1 %, toujours sur mes revenus,** destinée à la Caisse Nationale des Allocations Familiales.

Monsieur le Ministre du Budget, pourriez-vous me jurer sur l'honneur:

1. Que vous allez arrêter d'instaurer tous les six mois, sous divers prétextes, une taxe de 1 % sur mes revenus? Pourquoi pas maintenant 1 % pour la Caisse Maladie des Standardistes Dépressives? 1 % pour la Caisse Vacances des Enfants des Eboueurs qui n'ont jamais vu la Corse? 1 % pour la Caisse Chômage des Présidents de Clubs Sportifs en prison? etc.

Cela, alors que Monsieur le Président de la République jure régulièrement qu'il n'y aura plus jamais jamais d'impôt nouveau, ni d'augmentation des cotisations obligatoires.

2. Que ces taxes appelées tantôt **prélèvement social,** tantôt **contribution sociale** (est-ce pour égarer le contribuable?) iront bien comme promis et à la Caisse Vieillesse des Travailleurs Salariés et aux Allocations Familiales?

Pardonnez ma méfiance.

Mais, comme tous les Français, j'ai encore en mémoire le fait que la vignette automobile avait été instituée «provisoirement» en 1957 par Monsieur Ramadier, pour aider les Vieux et qu'en fin de compte... on ne sait pas où elle est passée.

En tout cas, pas dans la poche de nos Anciens, puisque vous voilà en train de réclamer à nouveau pour eux.

Dans ce cas-là, à quoi sert-elle, notre bonne vieille vignette toujours provisoire?

P-S : Permettez-moi, cher Monsieur Charasse, d'ajouter quelques mots personnels. Je ne sais pas si, lorsque cette lettre vous parviendra, vous serez toujours Ministre du Budget. Je tiens à vous assurer néanmoins que je ne partage pas l'antipathie — je m'excuse de vous le dire aussi franchement — que vous suscitez en général chez les contribuables français. Sauf naturellement quand vous avez essayé de nous embêter, nous autres les écrivains, avec votre TVA de 5,5 %. Et quand vous avez déclaré que vous n'aviez pas plus d'estime pour un artiste que pour le marchand de glaces ambulant des Tuileries. Vous aviez raison, mais cela nous a agacés, Monsieur Mitterrand et moi (on est un peu vaniteux chez les écrivains, je le reconnais). Dans un moment de mauvaise humeur, j'ai même refusé de dîner avec Madame Edith Cresson, alors Premier Ministre (ce qui m'amusait pourtant beaucoup), lui annonçant que je transmettais son invitation audit marchand de glaces.

Hélas, je n'ai pas pu le faire !

Parce qu'il n'y a pas de marchand de glaces ambulant aux Tuileries.

Je vous assure ! J'y suis allée et je l'ai cherché. J'ai même interrogé un vieux garde.

— Les marchands ambulants sont interdits dans les Jardins des Tuileries, m'a-t-il sifflé entre ses dents manquantes. Vous trouverez des glaces dans les petits kiosques verts qui font café-restaurant.

— Pourtant, Monsieur Charasse, le Ministre, a dit...

— C'est pas le Ministre qui sait mieux que moi qui entre dans mon parc, tout de même ! s'écria-t-il, furieux.

Je crains donc, cher Monsieur Charasse, que vos services ne vous aient mal renseigné ! Et que vos conseillers en communication vous aient mal inspiré en cette affaire. Il fallait nous dire : « Chers écrivains, vous êtes les abeilles butineuses de l'esprit français. Et tel le miel toutes fleurs, votre travail sera taxé de 5,5 % de TVA agricole ! » Gogos et affamés de compliments que nous sommes, ça risquait de marcher.

Par contre, j'étais de tout cœur avec vous dans votre lutte contre les fraudeurs de la Redevance Télévisuelle. C'est un péché de frauder l'Etat. Même l'Eglise l'indique dans son nouveau catéchisme (est-ce vous qui lui avez suggéré cette innovation ? Bien joué !). Enfin, je vous ai soutenu silencieusement quand, par conviction laïque et républicaine, vous avez refusé d'entrer dans une église pour un enterrement religieux. En démocratie, un homme a le droit d'être militant anticlérical, non ? Mais, dans ce cas, pourquoi diable votre propriété à Puy-Guillaume, en Auvergne, s'appelle-t-elle « TERRE-DIEU » ? Bizarre.

7

LETTRE À MONSIEUR
MON PERCEPTEUR

15 novembre

Monsieur le Percepteur,

La date du 15 octobre est gravée dans ma tête au fer rouge depuis quarante et un ans.

C'est celle où je dois payer *le solde* (effrayant) de mes **Impôts sur le Revenu.**

Votre avis m'arrive généralement fin août, gâchant la dernière semaine de mes vacances. Ou m'attend à Paris, début septembre, attristant une rentrée déjà morose. Finie la belle vie insouciante de l'été! Les emmerdes reprennent!

Mais bon, on s'habitue. A ça comme au temps pluvieux du week-end alors qu'il fait si beau le reste de la semaine.

Or, cette année, RIEN. Pas un mot. Pas un papier.

J'ai d'abord pensé que Monsieur Séguéla, notre cher Fils de Pub, avait fini par convaincre le Gouvernement qu'il n'était pas de bonne politique d'affliger encore plus les Français juste au moment où ils se remettent au boulot et se posent des questions existentielles. (Pour QUOI est-ce qu'on travaille comme des bêtes? Pour QUI? etc.)

Puis j'ai rêvé que le Grand Ordinateur Fiscal m'avait oubliée. Ollé! La raison m'est vite revenue. Le Grand Ordinateur Fiscal n'oublie jamais personne. En tout cas, pas moi.

Restait une troisième hypothèse. Terrible. Votre avis s'était perdu. Et si je ne me manifestais pas le 15 octobre, suivant une tradition aussi établie que Noël ou Pâques, vous ne voudriez jamais croire que c'était à la suite d'une erreur de la Poste.

La panique m'a alors saisie.

Des cauchemars d'indemnités de retard, de mises en demeure d'huissier, de prison pour dettes m'empêchèrent de dormir plusieurs nuits.

Je finis par téléphoner à vos Services. Et appris que, pour des raisons mystérieuses, le paiement de mes impôts avait été exceptionnellement repoussé au 15 novembre.

— Mais pourquoi? ai-je crié, terrifiée.

Mon dossier faisait-il l'objet d'une vérification spéciale?

Avais-je fait des erreurs graves dans ma déclaration?

Etais-je déchue du rang de citoyenne honorable?

Personne ne put me répondre.

Ce fut affreux.

Puis-je vous demander, Monsieur le Percepteur, de ne plus recommencer, s'il vous plaît, à m'envoyer mes impôts en retard? Gardons, si vous le voulez bien, la date du 15 octobre à laquelle je suis habituée. Sinon, l'angoisse de la contribuable perpétuellement inquiète que je suis sera trop forte pour mes nerfs. Je craquerai. La Sécurité Sociale, tellement soucieuse de la santé de ses cotisants, me mettra d'office dans une clinique psychiatrique. Je ne pourrai plus écrire. Plus gagner d'argent. Plus vous payer.

Nous ne désirons cela ni l'un ni l'autre, n'est-ce pas?

8

**LETTRE À MONSIEUR
LE MINISTRE DES FINANCES**

15 novembre

Monsieur le Ministre des Finances,

Vous arrive-t-il d'être accablé comme je le suis au moment où je dois régler *le solde* (toujours monstrueux) de mes **Impôts sur le Revenu ?** Ce n'est pas par impertinence que je vous pose cette question. Simplement, cela me ferait du bien de penser que, tout Ministre que vous êtes dans le fond de votre grand Palais de Bercy, vous avez vos propres petits soucis financiers. J'aimerais vous imaginer en simple contribuable hanté, lui aussi, pendant des semaines par une seule question : « Où vais-je trouver l'argent pour remplir mon devoir de citoyen ? » (Ayant des tendances, hélas, à une certaine grossièreté, je pense en réalité : « Merde ! Où prendre le fric pour payer ces gangsters ? » Pardon ! Pardon !)

Peut-être agissez-vous comme mon raisonnable copain Pierre, metteur en scène. Qui, chaque fois qu'il touche un peu de blé, en dépose la moitié sur son Livret de Caisse d'Epargne pour le Percepteur.

J'essaie honnêtement de faire comme lui. Dès que je gagne trois francs six sous, je prie Monsieur Bramé qui s'occupe de mon compte à la banque de m'acheter des trucs qu'il appelle, je crois, des Sicav de Trésorerie, et de les garder en réserve pour régler mes impôts. Ce dont il me félicite.

Et puis, aïe, aïe, aïe, je craque.

A cause d'une des plus diaboliques inventions du monde moderne :
LA CARTE DE CRÉDIT
Par sa faute, je suis perpétuellement fauchée.

Pourtant, je crois être d'un tempérament économe et je ne suis pas une fanatique du shopping. Sauf quelques après-midi par an, quand le soleil brille sur notre merveilleuse capitale et qu'il y a dans cet air léger qui fait le charme de Paris une espèce d'excitation.

Je vais flâner Faubourg-Saint-Honoré.

Et quand je rentre chez moi, succombant sous les paquets, mon compte à la banque est dans le rouge.

Autrefois, on payait ses achats en billets de banque. Le temps de les déplier et de les compter, on s'apercevait qu'on venait de commettre une folie et qu'il était urgent de rentrer immédiatement à la maison. De s'y enfermer à double tour. Et de jeter la clef par la fenêtre pour ne plus pouvoir ressortir.

Même réflexion pendant qu'on remplissait laborieusement un chèque. (Voyons ! trois mille, ça prend un s ? Non. Mille ne prend jamais de s. Mais trois mille, c'est cher... plus six cents... cette fois, cent prend un s... trois mille six cents... Je suis folle !... Je n'avais absolument pas besoin de ce manteau ! Surtout qu'il est très laid, finalement... Si je me sauvais ?)

Tandis que maintenant, j'ai à peine le temps de tendre ma Carte Bleue à la vendeuse qu'elle me l'a arrachée... zim !... l'a passée dans une étrange petite machine... zoum !... et me tend... zep !... une petite fiche et un Bic. « Signez là », dit-elle, haletante. Je m'exécute sans même relire le montant dépensé qui, du reste, n'apparaît pas très lisiblement sur le papier.

J'ai eu un espoir quand la banque m'a donné une Carte avec code secret qu'il me faut tapoter sur un clavier où les numéros ne sont jamais à la même place.

Impossible, au début, de me rappeler les bons chiffres. Voilà un autre progrès irritant : le développement démentiel des codes secrets. Celui de la porte d'entrée de mon immeuble. Celui de la porte d'entrée de l'immeuble de Fille Aînée. Celui de mon parking. Celui de mon compte en banque quand je veux l'interroger par téléphone. Celui de mon coffre-fort où je garde la bague de fiançailles de mon premier mariage (que l'Homme m'interdit de porter tout en refusant de m'en donner une autre, le monstre). Celui de mon numéro d'abonnée prioritaire du Club des Taxis G7. Etc., etc.

Comme ma mémoire a tendance à flancher, j'ai fait une liste de mes codes que je transporte dans mon sac. Mais pour dérouter un voleur éventuel, j'ai codé mes codes. Ah ! Ah !

Et oublié immédiatement le code de mes codes.

Ce qui me place parfois dans des situations très embarrassantes. La machine refusant mon (faux) code et rejetant ma carte avec hauteur, je ne peux pas payer l'énorme et fabuleusement coûteux pot de crème de beauté — magique-bio-hydro-revitalisante-et-restructurante-à-liposomes-qui-me-rajeunirait-de-vingt-ans —, et je suis obligée de m'enfuir, mes vieilles joues écarlates de honte, comme une voleuse prise sur le fait, sous l'œil soupçonneux des vendeuses, de la gérante appelée en renfort, et des clientes qui chuchotent dans la boutique (« Il paraît que n'importe qui peut acheter des cartes de crédit volées, dans des bars à Pigalle »).

En revanche, cela m'a permis d'éviter l'acquisition d'un tailleur chez Lacroix adorablement fleuri mais tellement serré que je n'arrivais pas à respirer dedans. D'un maillot de bain lamé or façon pute. Et d'un compotier ancien en faïence dont je m'étais entichée sans trop savoir où le caser à la maison.

C'est alors que le Diable s'en est mêlé.

Croyez-le ou pas, Monsieur le Ministre, le seul code

secret que je me rappelle désormais sans hésitation est celui de ma Carte Bleue.

Ne me reste donc au moment d'adresser un chèque à votre Percepteur que quelques-unes des maigres Sicav dont je vous ai parlé, toujours planquées à la Banque sous la garde de Monsieur Bramé.

Je serai franche.

L'idée de vous les donner m'arrache le cœur.

J'ai envie de crier comme Harpagon, non pas : « ma cassette !... ma cassette ! », mais : « mes Sicav !... mes Sicav ! »

Parce que je me suis mise à considérer affectueusement cet argent comme une épargne pour mes vieux jours... Dont j'aurai le plus grand besoin, n'ayant pas de retraite comme je vous le raconterai une autre fois. A l'idée de me séparer de ce que j'appelle « mes économies », des cauchemars viennent me hanter. Je me vois vieille... gâteuse... pauvre... finissant, misérablement vêtue d'une chemise de nuit trouée, dans un hospice sale... ou pire : couchée sur un carton dans la rue !

Au secours !

Impossible de me séparer de mes trois francs six sous !

J'ai donc recours à une ultime solution.

Je demande à mon cher Editeur une avance sur mon prochain livre.

Il est gentil. Il accepte.

Comme beaucoup d'éditeurs, vers le 15 octobre.

Etonnez-vous ensuite de voir paraître dans les mois qui suivent tant d'ouvrages sans intérêt. Ecrits à la hâte par des auteurs traqués par le Percepteur ! Eh oui ! Le Fisc est responsable de la mauvaise qualité d'une grande partie de la littérature française.

Comme je suis honnête par éducation et orgueilleuse par tempérament, je m'efforce de trouver un bon sujet de roman.

C'est pendant mes nuits d'insomnie que jaillit la terrible interrogation.

QUE FAITES-VOUS DE MES SOUS ?
A quoi servent-ils ?
Vous me l'avez écrit dans une belle lettre accompagnant les formulaires de ma déclaration de revenus :
... « À FAIRE MARCHER LA FRANCE ! »
D'accord. En France, ça marche mieux qu'à Ouagadougou. On le dit.

Mais pouvez-vous me jurer, Monsieur le Ministre, que le fruit de mon travail, dont je m'efforce — pas toujours avec succès, d'accord — d'être si économe pour moi-même, n'est jamais gaspillé par notre belle Administration Française ?

C'est terrible, je DOUTE !

Par exemple, lorsque je vois la Poste dépenser des dizaines, sinon des centaines de millions en spots publicitaires pour clamer : « La Poste bouge ! »... « Bougez avec la Poste ! »... « Pas de problème, la Poste est là ! »

Oui, elle est là, la Poste, mais, à mon humble avis, elle ne gigote pas toujours dans le bon sens.

Prenons d'abord le courrier. Une lettre « bouge » si vite entre le VIIIe et le XVIIe arrondissement (de Paris) qu'elle met facilement deux jours pour faire un trajet de quelques centaines de mètres. Un cul-de-jatte aveugle irait plus vite.

Autre exemple : mon dernier chèque pour payer la TVA agricole a mis cinq jours pour parvenir de Paris au Trésor Public de Castelbrac (Aude). A quelques heures près, j'étais bonne pour une amende de retard.

Un petit paquet recommandé contenant la clef de mon appartement a carrément disparu entre la Poste de La Boétie (VIIIe arrondissement) et celle de la rue Balzac (même arrondissement), et il a fallu que je prétende être la belle-mère du Ministre pour qu'on le recherche et qu'on le retrouve au bout de quinze jours dans le fond d'un tiroir.

L'unique distribution du courrier du samedi (toujours à Paris) a lieu désormais vers 10 h 30, porté par un Facteur nonchalant. A-t-il fait la grasse matinée ? Il jure que non mais qu'il a dû attendre que le Centre de Tri rattrape son retard de la semaine (ah bon ? parce qu'il y a du courrier en souffrance tous les jours ?).

Par contre, la première distribution du lundi n'apporte même pas une facture. Le Facteur laisse entendre, cette fois, que le Centre de Tri a du mal à se remettre de son week-end. Il se réveille le mardi et j'hérite d'un flot de publicités. J'ai le regret, Monsieur le Ministre, de vous informer que je ne suis pas la seule usagère mécontente. Au moment des Jeux d'Albertville, la Poste a été nommée, Dieu seul sait pourquoi, « Organisateur Officiel du Parcours de la Flamme Olympique ».

Nos chers postiers, d'habitude si peu pressés, se sont mis à galoper comme des fous à travers la France pour trimbaler une espèce de plantoir de jardinier allumé. Eh bien, j'ai lu, dans mes quotidiens préférés, quantité de lettres de lecteurs furieux. « Pourquoi, quand les PTT apportent cette flamme olympique de m..., sont-ils parfaitement à l'heure alors que, pour le courrier, ils sont toujours en retard ? »

Le Français est facilement râleur, je sais.

Mais aussi pourquoi diable la Poste se mêlait-elle des Jeux Olympiques ?

On a vu à la télévision Monsieur Yves Cousquer, le Président, déclarer avec exaltation : « Pour les Jeux d'Albertville, la Poste a fait un effort gigantesque ! » Et le directeur du bureau de Brides-les-Bains de surenchérir : « Tout le courrier olympique subit un contrôle de sécurité aux rayons X... Avec cinq collègues, nous trions sans relâche lettres et paquets... nous assurons une permanence non-stop de 8 heures à 20 heures tous les jours ! »

Et que je te repasse de la publicité par pages entières dans les journaux... : « Merci aux hommes et aux femmes de la Poste pour leur efficacité, leur mobilisation de chaque instant et leur enthousiasme... »

Comme j'aimerais, Monsieur le Ministre, retrouver cette efficacité, cette mobilisation de tous les instants, cet enthousiasme, dans les bureaux de mon quartier.

Je le proclame carrément : aller acheter trente timbres est un calvaire.

D'abord, la moitié des guichets sont fermés. Y compris celui de l'accueil.

Ensuite, derrière les vitres blindées des guichets ouverts sont tapis des préposés débordés et hargneux.

Surveillés par des « chefs » assis à leurs bureaux, quelques mètres en arrière, et qui, d'un air languissant, examinent les usagers, parfois en se rongeant les ongles, quand ils ne se grattent pas l'intérieur du nez (si ! si ! je l'ai vu), remuent des papiers ou tordent des trombones.

Sans me laisser décourager par cette atmosphère peu sympathique, je fais donc la queue pour me procurer mes trente timbres. Quand c'est mon tour, vingt minutes plus tard, le postier grommelle : « Pour les timbres en gros, guichet 4. » Je repars donc, tête basse, au guichet 4, attendre vingt autres minutes.

Pour envoyer un paquet en Chronopost ou en recommandé, il faut faire la queue deux fois. D'abord pour obtenir le formulaire. Ensuite pour déposer le paquet avec le formulaire rempli tant bien que mal, grâce à un Bic attaché solidement au guichet par une ficelle trop courte.

Un jour, je me suis plainte au Directeur de la Poste Parisienne avec qui je prenais le petit déjeuner (en tout bien tout honneur, rassurez-vous, nous étions une vingtaine). « Ce temps-là est fini ! Nous modernisons ! s'exclama joyeusement cet homme charmant. Désormais, TOUS les guichets effectueront TOUTES les opérations et il n'y aura plus de file d'attente »...

Je ne l'ai pas cru.

J'avais tort.

Le miracle eut lieu.

Il dura un mois.

Car je suis désolée de signaler à Monsieur E.R., le Directeur de la Poste Parisienne, qu'insidieusement, mais implacablement, de petites affiches écrites à la main refleurissent au-dessus des guichets : « Ici, Chronopost »… « Ici, timbres en gros »… « Ici, téléphone », etc. Et que les files d'attente ont repris de plus belle.

J'ai voulu en avoir le cœur net. Monsieur E.R. m'avait parlé avec enthousiasme du bureau de poste du CNIT comme modèle de « l'espace-poste moderne ». (Avez-vous remarqué ? Le mot « espace » est follement à la mode : l'espace culturel, l'espace rural, l'espace vie, l'espace beauté. Et maintenant, Monsieur Lang a baptisé « espaces sérénité/convivialité » les tristes campus universitaires.)

Bref, j'ai fait le voyage jusqu'à la Défense.

Choc. Le bureau préhistorique et rébarbatif avait fait place à un local gai, propre, chaleureux, à l'éclairage flatteur, où les usagers ASSIS SUR DES FAUTEUILS (je répète : ASSIS SUR DES FAUTEUILS) bavardaient avec un préposé lui-même installé familièrement de l'autre côté d'un charmant petit bureau. Les vitres blindées derrière lesquelles il fallait hurler avaient disparu. Une ravissante hôtesse blonde trônait à l'accueil. Et le long d'un mur étaient accrochées toutes les sortes de machines automatiques possibles, y compris celle qui change l'argent français en six monnaies étrangères (ou le contraire).

J'avoue avoir été emballée.

Jusqu'au moment où j'ai voulu acheter un carnet de timbres (on a toujours besoin d'un petit carnet de timbres chez soi).

Las ! la seule machine en panne était justement la distributrice de carnets de timbres.

Une petite note manuscrite (je déteste les affichettes écrites à la main dans les Services Publics : ça fait bricolo) indiquait gentiment qu'une deuxième machine fonctionnait à l'extérieur. J'y courus. Et y glissai 25 francs. La machine fit un drôle de bruit mais ne me rendit ni timbres ni mes 25 francs. Je l'insultai. Lui tapai dessus. Elle resta impavide.

J'eus l'idée de remettre 10 francs.

Immédiatement, un carnet de timbres sortit.

Le fait était flagrant : la machine *volait*.

Indignée, je rentrai dans le bureau de Poste et me précipitai vers l'hôtesse d'accueil pour me plaindre. Elle parlait gaiement au téléphone d'un film à voir le soir même. J'attendis poliment la fin de sa conversation et lui fis part de ma mésaventure.

— Encore cette sale machine ! s'écria-t-elle. (Ha ! ha ! La voleuse n'en était pas à son coup d'essai.)

Puis elle (l'hôtesse, pas la machine) bondit, une clef à la main. Je la suivis. Elle ouvrit la boîte.

— Trop tard ! soupira-t-elle, quelqu'un est passé après vous qui a piqué les 10 francs.

Nous aperçûmes en effet le dos d'un homme qui s'enfuyait.

— Vous auriez dû venir me voir tout de suite ! me dit la blonde préposée d'un ton un peu sévère.

J'allais répondre vertement que c'était à cause de son bavardage à elle que j'avais perdu du temps et 10 francs. Mais je retins mes aigres paroles.

La jeune hôtesse venait de me sourire.

Mon premier sourire de Postière ! Quelle merveille !

Mais je suis de mauvaise foi, Monsieur le Ministre, je parle là du bureau de Poste parisien.

Pas du bureau de Poste de province.

L'atmosphère y est complètement différente.

D'abord, on y attend deux fois plus longtemps qu'à Paris.

Mais dans une ambiance conviviale. Parce que la grosse dame en train d'acheter un timbre au guichet est la cousine de la belle-sœur de la Postière (une autre grosse dame dans un pull visiblement mal tricoté à la main et qui s'accorde curieusement avec l'ordinateur ultra-moderne qu'elle a un peu de mal à maîtriser). Les deux échangent longuement et à tue-tête des nouvelles de leurs familles respectives. Que tous les usagers serrés dans la Poste (moi y compris) écoutent avec intérêt. Il n'est pas interdit même de participer à la rumeur qui court d'une épidémie de méningite dans les écoles, et de donner son avis sur le pédiatre (très bon).

La grosse dame s'en va à regret avec son timbre, en saluant la compagnie. Nous répondons amicalement.

C'est maintenant au tour du fils de la tante de la voisine de la Postière. Qui s'est cassé la jambe au rugby. Commentaire général sur le rugby, les fractures du tibia en général et en particulier. Chacun a au moins un ligament déchiré à raconter. Ma voisine me fait part de son opinion sur le kiné de Castelbrac (celui de Pouzilloux est meilleur).

Mon tour arrive. Avec un paquet en Chronopost pour Alcala de Guadaïja.

— Où c'est ça? demande la grosse Postière affolée.

Je le lui explique. En Espagne. Près de Séville. Où vit ma fille cadette. Qui est peintre. Adore l'Andalousie, la corrida et les taureaux, etc. La Postière est passionnée. Le public, suspendu à mes lèvres. Le Chef se lève même de derrière son bureau et vient me raconter son voyage à Cordoue, il y a dix ans.

— Ça va vous coûter très cher, ce Chronopost! se désole la grosse Postière.

— Je sais. Mais tout est si lent là-bas que le paquet risque de n'arriver que dans un ou deux mois.

— C'est le Moyen Age, dites donc! s'exclame le Chef, enchanté d'apprendre que le courrier espagnol marche plus mal que le courrier français.

Quand je sors de la Poste, la moitié de l'après-midi s'est envolée. Qu'importe. J'ai passé deux heures charmantes et j'ai une bonne adresse de pédiatre.

Mais, par-dessus tout, il existe dans notre chère province française un merveilleux personnage qui vaut à lui tout seul toutes les publicités de la Poste.
LE FACTEUR.

Personnellement, j'adore mon Facteur.

Chaque jour de la semaine, vers 11 h 30, au volant de sa petite camionnette jaune, il grimpe à fond de train mon chemin (c'est le seul à qui je ne reproche pas de dépasser les 40 à l'heure et de ruiner ma piste tellement coûteuse à entretenir). Si je suis en plein travail, je ne sors pas de ma bergerie-bureau. Il va alors déposer, à pas de loup, mon courrier sur le buffet de l'entrée de la maison. Et éventuellement prendre les lettres (timbrées) que j'y ai déposées à son intention (m'épargnant ainsi de descendre en ville : 30 km AR).

Mais, souvent, je me précipite pour le saluer et bavarder quelques minutes avec lui. Sur le temps bien sûr *(qui-n'accompagne-pas-comme-d'habitude)*. La prochaine récolte (la quantité sera bonne mais pas la qualité, ou le contraire). Les nouveaux voisins anglais qui viennent d'acheter la vieille ferme de La Canastelle, derrière la colline du Soleil Levant. Le décès bien triste de l'ancien instituteur je ne le connaissais pas mais je prends une mine de circonstance). On l'enterre après-demain à 10 heures, me précise-t-il, à la demande de la famille qui juge inutile d'envoyer des faire-part. Ses vacances à lui, mon cher Facteur, à La Grande-Motte, chez ses beaux-parents. Ses enfants. Les miens, etc.

Puis il remonte dans sa camionnette et, après un charmant sourire et un petit geste amical d'adieu, il reprend à fond de train sa tournée de ferme en ferme.

Dans certains coins perdus, le Facteur constitue la seule visite de la semaine. Beaucoup de paysans s'abonnent au journal local pour être assurés de voir un être humain avec lequel échanger trois mots dans la journée. Et qui les décrochera éventuellement de la poutre de leur grenier où ils se seront pendus. (Ce fut le cas, hélas, d'un de mes voisins le mois dernier.)

Oui, le Facteur à la campagne tient un rôle social important.

Et il le fait avec une grande gentillesse. J'ai connu

l'ancien, un vieux préposé qui rendait mille services aux agricultrices. Leur rapporter des médicaments de chez le pharmacien. Leur transmettre un message de leur belle-sœur à 6 kilomètres. Et même, disait la rumeur, les honorer gaillardement d'hommages plus intimes. (Parfaitement : « l'enfant du facteur », ça existe ! La Poste ne faillit pas à toutes ses missions !)

Le seul problème, ce sont les remplaçants en été. Des jeunots, certes pleins de bonne volonté, mais qui se perdent dans les petits chemins, passent avec deux heures de retard et surtout refusent de descendre de leur camionnette par peur des chiens. A juste titre. Parce que, nul ne sait pourquoi, les chiens de ferme ont la haine des facteurs. Sauf les miens, bien sûr. Mais leur aspect est tellement terrifiant que les stagiaires ne veulent pas croire qu'ils sont doux comme des agneaux. Ils ont trop vu de clebs hargneux essayant de planter leurs crocs dans leurs fesses ou, à défaut, dans les pneus de leur camionnette.

Voilà où une action publicitaire serait vraiment utile. Rendre les facteurs sympathiques aux chiens.

Je me permettrai, Monsieur le Ministre, une autre suggestion.

Au lieu de gaspiller les millions des contribuables pour faire la publicité d'un Service Public dont nul ne peut se passer, et à expliquer que « la Poste est profondément humaine » (ça veut dire quoi, ça ? Que, derrière les guichets, battent des petits cœurs d'*Homo sapiens* et non de monstres androïdes ?), pourquoi ne pas plus simplement dépenser quelques milliers de francs en stages pour postiers où ils apprendraient à dire « bonjour... merci... au revoir... ». Et même à SOURIRE pour les plus doués. Bref, à se comporter comme s'ils étaient au service du public et non perpétuellement dérangés par une bande d'emmerdeurs.

Ne serait-il pas judicieux d'ajouter au Concours de la Poste un Deug d'amabilité (éventuellement enseigné par les Facteurs de Campagne) ? Je vous assure que le public y serait plus sensible qu'à des pages entières dans son journal pour lui expliquer que : « Quand 300 000 postiers rassemblent leurs (maigres*) forces, la Poste gagne 7 points... » 1. Il s'en fout, le public de cette histoire de 7 points. 2. Il rigole, le public, quand il lit : « Notre vocation (à la Poste) n'est pas de nous distribuer des louanges (mais si! mais si!), mais de distribuer votre courrier... »

A propos de courrier, j'ai une autre petite supplique à présenter au passage.

Le nom des départements est désormais remplacé par des chiffres.

Pour simplifier le travail des lasers, paraît-il.

Bon. Va pour les lasers.

Mais rien n'est plus exaspérant que d'avoir comme adresse un numéro. Où se trouve en France le 25330? Au nord? Au sud? Et puis c'est si triste de transformer notre beau pays en une suite de chiffres anonymes. A quoi sert d'apprendre à l'école les noms si romantiques de nos départements français? Les Côtes-d'Armor... l'Aube... les Pyrénées-Orientales... la Côte-d'Or..., etc.

Pourquoi ne pas demander aux usagers d'écrire et le numéro — pour le progrès — et le nom — pour la poésie?

Je ne voudrais pas, Monsieur le Ministre, que vous croyiez que je pense du mal de tous nos fonctionnaires. Il en est de charmants.

Ceux des Télécom, par exemple.

Il y a quelque temps, le téléphone sonne chez moi à 5 heures du matin, heure à laquelle je me mets à écrire.

Voix d'homme: Bonjour, Madame, je ne voudrais pas que vous vous inquiétiez, je vous passe simplement votre fille qui va très bien et vous appelle de Séville.

Moi (stupéfaite et pensant avoir affaire à un nouveau copain de Petite Chérie) : Qui êtes-vous ?

---

* C'est moi, mauvais esprit que je suis, qui ai rajouté « maigres ».

La Voix d'homme : L'employé du téléphone, Madame ! Mais à cette heure-ci, je craignais de vous réveiller et de vous affoler...

Je pourrais citer maints autres exemples d'amabilité des agents des Télécom. Je ne me consolerai jamais qu'un sinistre robot ait remplacé au Service du Réveil de Castelbrac la joyeuse voix masculine qui me souhaitait un bonjour amical avec l'accent du pays, me donnait la météo locale et me racontait les derniers potins de la nuit.

Ce que j'apprécie également aux Télécom, c'est leur dynamisme. En quelques mois et sans me déranger, j'ai obtenu des factures détaillées de tous mes appels (quel est l'enfant de salaud qui a appelé les Indes, le jour de l'An ?). La Carte Pastel Internationale (ce qui a permis à Petite Chérie de me téléphoner très très souvent et très très longuement — à mes frais, bien sûr, mais une mère inquiète est au-dessus de ce détail mesquin). Et enfin, la conversation à trois.

Ah ! La conversation à trois !

Handicapée de la technologie moderne comme je le suis, j'ai eu beaucoup de mal au début à effectuer correctement les manœuvres pour sauter d'un correspondant à l'autre.

Mais ça y est ! Au cas où vous n'utiliseriez pas vous-même cette invention épatante, je me permets de vous la décrire.

Vous êtes en conversation avec une copine. Disons Copine A. Elle vous confie que son mari est bizarre depuis quelque temps. Il lui a offert avant-hier un body en dentelle et hier un peigne avec des faux diamants. La trompe-t-il ? Retentit sur la ligne un bip-bip. Une Copine B cherche à vous joindre. « Ne raccroche pas, je reviens », dites-vous à Copine A. Vous tapotez sur des boutons de votre poste. « Allô ? dit Copine B. Il faut que je te parle. Je vais divorcer. » « Je suis déjà en ligne avec Bénédicte, criez-vous, son mari est bizarre : il lui a offert avant-hier un body en dentelle et hier un peigne avec des faux diamants. Il la trompe, c'est sûr, le salaud! Je te rappelle dans dix minutes. » Vous retapotez sur deux boutons. Vous vous trompez. La communication avec Copine A est coupée. Vous faites en hâte son numéro. Hélas, elle n'a pas raccroché et ça sonne occupé. Vous rappelez alors Copine B. Furieuse que vous lui ayez préféré Bénédicte, elle a branché son répondeur. Vous êtes brouillée avec Copine A et Copine B.

Mais le « service » que je préfère, c'est le renvoi de mes communications parisiennes à la campagne. Rien ne m'amuse plus que d'imaginer la tête d'un producteur de cinéma hyper-snob qui me croit en train de boire un Martini allongée sur le canapé de mon salon et lisant pieusement *Le Film français* et qui s'entend répondre par Apolline avec son accent terrible : « La Patronne ? Eh ! *couillong !* elle est partie se promener dans les bois du *Roustang* avec les *chiengggs… Pas moinsse !…* »

Je mets un point d'honneur à payer mes notes de téléphone à l'heure et je suis contente de penser qu'une petite partie de mes impôts sert à faire fonctionner un service public aussi sympathique. (A ce propos, j'ai lu dans un hebdomadaire sérieux que France Télécom n'arrivait pas à récupérer 400 millions de centimes de factures impayées par le Ministère de l'Intérieur ! Quelle honte ! Qu'on coupe immédiatement toutes les lignes de ces fonctionnaires mauvais Français, y compris celle du Ministre, comme on le ferait sans pitié pour un vieux couple à la mémoire défaillante et à la maigre retraite.)

Mais je reviens — avec entêtement — à ce que j'appelle le gaspillage publicitaire inutile de notre belle Administration Française.

Par exemple, celui de la SNCF avec son slogan bramé tous azimuts : « Le progrès ne vaut que s'il est partagé par tous. »

Quel progrès ?

Les gares parisiennes sont lugubres, envahies de squatters, bruyantes (fracas des convois de chariots, aboiements autoritaires mâles dans les haut-parleurs — où sont les voix caressantes des hôtesses d'aéroport ? — et même, paraît-il, diffusion à la gare du Nord de musique crachotante pour tenter de calmer les nerfs des voyageurs exaspérés par les retards perpétuels des trains). Sales — toujours les gares, pas les voyageurs. Encore que... — à un point incroyable : verrières opaques de crasse, crottes de chiens et de clochards, canettes vides et emballages plastique jonchant le sol. Dédaigneuses du confort des voyageurs. Impossible de trouver des caddies : il faut traîner ses valises le long de quais balayés par les courants d'air. Quant aux renseignements donnés par téléphone — au bout de quatre appels et vingt minutes d'attente —, il arrive qu'ils soient faux et que la préposée — si vous insistez — vous raccroche au nez. Parole !

Il paraît qu'il existe des TGV qui vous ballottent à 270 km à l'heure, où l'on vous sert des repas qui vous font regretter les bons vieux wagons-restaurants du temps jadis. Tout cela pour cinq fois plus de temps et autant d'argent que l'avion Paris-Toulouse.

Le « Fils de Pub » qui a inventé le slogan « ticket-chic/ticket-choc » pour la RATP n'avait sûrement jamais quitté sa BMW pour traverser Paris à 18 h 30 après une journée de boulot, debout dans un wagon aussi crade que bondé de travailleurs tous serrés sans aucun chic mais avec un grand choc : celui de la fatigue. Et quel est l'intérêt d'avoir dépensé 22,65 millions pour un « nouveau logo » ? Je vous fiche mon billet que les voyageurs s'en foutent du « nouveau logo » du métro, autant que de la couleur de leur ticket, et qu'ils préféreraient des banquettes neuves. Et une plus grande sécurité dans les couloirs et non pas dans leur journal. (Pub RATP : « Agir avant pour ne pas avoir à réagir après »...?)

Toujours la RATP : publicité pour les tramways de banlieue. « On est tram ouais ! » Ouaouh ! Le joli jeu de mots ! Mais pourquoi avoir détruit le « tram ouais » de mon enfance pour le reconstruire maintenant ?

Quant à la Sécurité Sociale, pourquoi augmente-t-elle son fameux trou en passant des films à la télévision où un adolescent à l'air niais se tortille sur un air de rap : « La sécu, c'est bien ! En abuser, ça craint ! » ?
Ça va pas la tête ? Les médecins sont d'accord : ce ne sont pas les ados attardés qui bouffent trop de médicaments (seulement du H), mais les petits vieux peu adeptes du rap et du langage chébran qui ont dû regarder cette publicité médusés.

Il me semble également inutile que le Ministère de la Santé dépense des sous pour prévenir les Français contre le tabac et ses dangers (« Fumer provoque des maladies graves ») tandis que la Seita fait, elle, de la pub pour les Gauloises Bleues. Et surtout que Monsieur Charasse, notre joyeux actuel Ministre du Budget, se laisse photographier en train de téter goulûment et inlassablement un énorme cigare. Quoique depuis quelque temps on le voit moins avec son bâton de chaise cubain. En particulier à « 7 sur 7 » avec Anne Sinclair. Pas l'ombre d'une bouffée ! Peut-être s'est-il fait tirer les oreilles par le Président de la République ?*

Et l'Armée ? Même l'Armée de Terre — ignorant l'existence de l'ANPE — a fait paraître, toujours dans les journaux, des pages entières pour vanter les carrières qu'elle proposait à « des femmes et des hommes, compétents, formés et sûrs… ». Et puis,

---

* *Note ultérieure de l'auteur:* Monsieur Charasse — on se demande pourquoi — vient de donner 30 millions à ce vieux dictateur gâteux de Fidel Castro. J'ai calculé qu'avec cette somme, il pouvait, à raison d'une boîte de cigares cubains par jour, nous enfumer encore pendant cinquante ans ! Au secours !

crac, Monsieur Joxe va supprimer 55 000 hommes — de l'Armée de Terre justement. Par ailleurs, le rapport 1992 de la Cour des Comptes révèle qu'il existe, pour le seul Ministère de la Défense, SIX Services d'Information et de Relations Publiques des Armées appelés SIRPA — un grand Sirpa dépendant du Ministre et cinq petits Sirpa pour les Armées de Terre, de Mer, de l'Air, la Gendarmerie et l'Armement —, dont on ne connaît pas les budgets exacts qui augmentent néanmoins tous les ans et servent à financer des actions étranges. Comme la commémoration de la victoire de Valmy sur les Prussiens en 1792 (au moment où l'on essaie de faire l'Europe, c'est malin de dépenser 12,5 millions pour vexer les Allemands!). Ou la tentative avortée de battre le record du monde de saut en parachute avec un cascadeur reconnu médicalement inapte (dépense : 38,4 millions) !

Le montant total des campagnes de publicité de l'Etat atteint, paraît-il, près d'un milliard par an (cent milliards de centimes) !

Une telle somme ne serait-elle pas mieux employée à augmenter la retraite des vieux, les allocations familiales, le RMI, etc ? A aider les agriculteurs ruinés (grands consommateurs de tranquillisants, mais oui !)... ou carrément à DIMINUER LES IMPÔTS !!!!

Vous n'imaginez pas, Monsieur le Ministre, la joie qui saisirait le pays à l'annonce de cette nouvelle ! Votre nom serait sur toutes les lèvres, accompagné de propos flatteurs. Votre Palais de Bercy serait submergé par les bouquets de fleurs des contribuables reconnaissants. Des bals se formeraient dans tous les quartiers. Vous figureriez dans le Larousse. Une explosion de gaieté illuminerait notre France morose !

Cela ne vous fait pas rêver, Monsieur le Ministre ?

9

LETTRE À MONSIEUR LE MINISTRE DE L'AGRICULTURE, À MONSIEUR LE PRÉSIDENT DE LA RÉGION LANGUEDOC-ROUSSILLON, À MONSIEUR LE PRÉSIDENT DU CONSEIL GÉNÉRAL DE L'AUDE

15 novembre

Monsieur le Ministre de l'Agriculture,
Messieurs les Présidents,

Ils sont scandaleux ! Honteux ! Révoltants !

... LES IMPÔTS AGRICOLES...

On voit bien qu'ils ont été décidés par des fonctionnaires citadins qui ne connaissent de la campagne que les allées ratissées du parc de Versailles.

Et qui, maintenant que L'ENVIRONNEMENT est à la mode, glosent sur «la désertification de l'espace rural» ou «le développement poumons verts»... «la gestion des milieux»... «le schéma directeur de transformation sectorielle des villages»... «l'aménagement paysager de nos campagnes», et bla-bla-bla.

Mais ignorent complètement que la nature est difficile à dompter, pénible à travailler, capricieuse, excessive, exigeant une attention constante de l'Homme qui ne sait jamais si elle ne va pas l'étouffer sous sa vitalité triomphante ou mourir brutalement sous ses yeux consternés.

L'agriculture n'est pas seulement un dur métier en train de disparaître, cela peut être aussi une passion.

Ruineuse.

Quand j'ai acheté, il y a vingt ans, le domaine de La Micoulette — avec l'argent gagné en écrivant **Les Saintes Chéries** —, j'ai obéi à plusieurs impulsions.

Avoir enfin une maison à moi, même modeste, autour d'une grande cheminée, avec une bibliothèque où ranger mes livres et une tonnelle de glycine sous laquelle m'étendre, dans la chaleur de la sieste avec un bon roman. Etre isolée le plus possible dans un maximum d'hectares en rond autour de moi car il me semblait que le luxe, à notre époque de foule bruyante et médiatique, s'appelait espace, solitude et silence. J'en avais par-dessus la tête de voyager autour du monde dans des avions bourrés de touristes agités, d'écouter des Son et Lumière sur des pyramides égyptiennes ou incas en compagnie de foules jacassantes, d'être photographiée à Machu Picchu ou à Angkor Vat par des hordes de Japonais, de parcourir des milliers de kilomètres pour me baigner dans un lagon prétendument désert de l'océan Indien mais en réalité bourré de nageurs italiens braillards.

Etant fille du Sud, je n'envisageai pas de m'installer au nord de la Garonne.

Je finis par trouver — pour les petites économies dont je disposais — dans une des régions de France où le prix de l'hectare était et demeure peu élevé, une grosse ferme écroulée dont je tombai amoureuse. Ses quatre pans de mur m'attendaient, abandonnés et embroussaillés, dans une minuscule vallée cachée et couronnée de petites collines pentues.

— Tu en as pour dix ans et une fortune à retaper cette baraque, remarqua l'Homme-de-ma-vie, toujours optimiste.

Exact.

Mais ce qu'il n'avait pas prévu, c'est que je dépenserais vingt fortunes (et ce n'est pas fini, oh non !) à faire revivre le domaine agricole laissé, lui aussi, à l'abandon.

Là, je plaide coupable, Monsieur le Ministre et Messieurs les Présidents.

J'ai un vice.

L'amour de la terre me brûle le sang.

J'aime planter, voir pousser, récolter (éventuellement).

Faiblesse funeste qui me coûte plus cher que si je criais «banco!» au casino de Deauville. Et qui est en train de tuer tous mes amis agriculteurs autour de moi.

D'abord, manque de chance, je m'étais installée dans une région viticole et me retrouvai à la tête de plusieurs hectares de vignes.

Certains jours de déprime (et de paiement de factures), je pense qu'il n'existe pas de culture plus onéreuse et plus embêtante que celle de la vigne.

Les miennes étaient vieilles et de qualité médiocre. Je décidai de les arracher. D'en replanter des jeunes d'appellation contrôlée. De bien les élever avec l'aide d'un viticulteur avisé, le cher Monsieur Louis.

Travail d'enfer. Deux labours, un palissage, un épandage d'engrais, un déchaussellage, deux escapitages dont l'un à la serpe, sept traitements (contre les maladies : l'oïdium, le mildiou, le ver de grappe, la cicadelle, l'araignée rouge, etc.). Mais surtout, pendant deux mois d'hiver, la taille, huit heures par jour, de 22 000 souches.

Peut-être ne le savez-vous pas, Monsieur le Ministre de l'Agriculture (j'ai lu qu'en fait vous étiez prof d'Histoire), mais la taille de la vigne est un art minutieux (souches rondes : tailler cinq coursons à trois yeux et une «oreille de lièvre» à cinq yeux. Souches palissées : tailler deux coursons à trois yeux et un «pissevin» à six yeux), et un travail, disons-le, profondément emmerdant. Même Monsieur Louis craque parfois d'ennui, malgré la présence des chiens, seuls êtres familiers vivants à des kilomètres à la ronde. Aussi j'engage, pour lui *donner la main*, un *demi-homme*. Un vieil Espagnol retraité qui est content d'améliorer sa petite pension (1 700 francs par mois — moins que le RMI, merci la Caisse de Retraite Agricole!) mais ne vient que l'après-midi à cause de ses rhumatismes. Il est tout tordu, le pauvre. Qu'importe. Les deux hommes sont heureux. L'un d'avoir quelqu'un avec qui bavarder. L'autre de se sentir encore *vaillant*.

Si l'un de vous, Monsieur le Ministre et Messieurs les Présidents, en a parfois par-dessus la tête de son grand bureau bien chauffé, de son fauteuil confortable, de son ravissant parc aux roses choyées par une troupe de jardiniers, de son Chef de Cabinet obséquieux, de ses secrétaires aux petits soins, et qu'il se sente une grande envie de vrai retour à la nature avec petite pluie fine, froid glacial qui gèle jusqu'aux os, ou chaleur saharienne, je lui offre immédiatement un travail d'ouvrier agricole saisonnier chez moi. Je rappelle que le Smig horaire est actuellement de 34,06 francs.

Avoir des vignes, cela signifie se lever d'un bond tous les matins et courir regarder le ciel, les nuages, la direction du vent. Ah! c'est le marin qui souffle: il va peut-être pleuvoir. Trop ou pas assez. Allons bon! Voilà que le cers, fou à en écheveler les cyprès, dévale entre deux collines. Va-t-il geler, neiger ou surtout grêler? Au secours! Un orage de grêle peut, en dix minutes, faire éclater tous les raisins (récolte de l'année perdue) et même le bois des souches (récolte de l'année suivante également perdue).

Bref, être viticultrice, cela signifie trembler jusqu'aux vendanges (rentrées).

Je peux aussi, Monsieur le Ministre, vous engager comme vendangeur. Boulot très gai. Mais plus duraille qu'on ne croit.

Constituer une bonne équipe de vendangeurs est une affaire dont je commence à me soucier dès la fin août. J'ai, au départ, mon commando de choc: Monsieur Louis, sa femme, l'Espagnol, Apolline — l'ancienne bonne du curé — et ma modeste personne. Ensuite les voisins, à condition qu'ils aient fini leurs propres récoltes et pas encore commencé celles de leurs cousins qui ont priorité sur moi. Puis les femmes du village qui ne viennent que le week-end parce qu'elles travaillent « en ville » en semaine. (Ce n'est pas avec ce que gagne une petite propriété viticole qu'une famille peut vivre.) Je compte aussi sur ma sœur étudiante à Montpellier, qui annonce sa venue avec quelques copines de l'université. Le vieux Jean-Baptiste, ancien maçon, qui coupe le raisin en racontant des blagues qui font rire tout le monde : j'y tiens particulièrement car j'aime que mon équipe bosse dans la gaieté. Une paire de fous pas vraiment fous de l'Hôpital Psychiatrique (le plus grand de France). Ils ont l'air normaux, comme vous et moi... (quoique moi... ce ne soit pas une référence !), sauf qu'ils gloussent bizarrement en faisant claquer leurs sécateurs. Je les fais travailler ensemble sur la même souche pour qu'ils se coupent — éventuellement — les doigts mutuellement (je touche du bois : cela n'est encore jamais arrivé). Deux ou trois hippies du coin qui se tapent une petite fumette à chaque fin de rangée. Ce qui n'émeut personne. On les connaît, les Z'hippies du village. Et mes fidèles : deux sœurs polonaises qui arrivent tous les ans en stop de Cracovie — où elles œuvrent dans un service artistique de la ville.

Enfin, le cher Ahmed. Un des laveurs de carreaux algérien de l'Homme qui prend ses vacances spécialement pour participer à mes vendanges. Les premières années, il descendait de Paris avec son chat. Hélas, mes chiens ne supportaient pas. Il fallait laisser le félin enfermé dans la petite Maison des Vendangeurs où il griffait rageusement canapé et rideaux. J'ai donc prié Ahmed de laisser son animal à Paris. Cela me coûte très cher. Tous les soirs, Ahmed téléphone longuement à son chat adoré qui déprime chez sa concierge.

Fin août, je compte sur mes doigts avec Monsieur Louis. Dix-huit personnes ? Parfait. On est parés.

Non. Parce que ma sœur et ses copines attrapent la grippe. Les Z'hippies n'ont pas envie de vendanger pour moi cette année. Ils m'en veulent parce que je leur ai refusé sèchement de planter du H dans mes bois, à l'abri du regard des gendarmes en hélicoptère. Les voisins ne sont plus sûrs d'être libres. Les Polonaises arriveront-elles à temps de Cracovie? Les fous sont fous. On se retrouve à sept la veille des vendanges. Merde! On n'arrivera pas à tout récolter dans les dates fixées avec la Cave Coopérative.

Alors, Monsieur Louis et moi, nous nous résignons à aller en ville ramasser de jeunes *estrangers*, mâles ou femelles, qui attendent debout, sac au dos, à l'entrée de la Coopérative ou écroulés par terre sous les arcades de la Grand-Place de Castelbrac.

Vous chuchotez dans la voiture en les dévisageant comme de vieux négriers:

— Ceux-là sont trop sales! Et puis ils ont l'air teigneux!

— Et les deux Anglais, là? Avec de bonnes gueules toutes roses...

— Ouais! Trop! Z'ont pas encore vendangé! Vont retarder l'équipe...

— Tant pis! Ils s'y mettront. On les prend.

— Pourvu qu'ils soient *vaillants*, soupire Monsieur Louis.

— Oui! je soupire à l'unisson. Espérons qu'ils tiendront le coup!

Pendant que Monsieur Louis enfourne les Anglais, leurs sacs, leurs couvertures, leur matériel de cuisine à l'arrière du camion, je cours acheter de l'aspirine, des tonnes d'aspirine, pour ces naïfs qui vont se précipiter dans mes vignes en croyant participer à une joyeuse fête mais, trois heures plus tard, me réclameront d'une voix plaintive de quoi soigner leurs courbatures.

En vingt ans, Monsieur Louis et moi, nous en avons vu passer du monde!

... Des étudiants italiens en psychiatrie qui militaient pour la suppression des asiles et la liberté des fous dans la cité. Ce qui faisait glousser les nôtres qui claquaient encore plus nerveusement leurs sécateurs.

... Des guérilleros tupamaros vénézuéliens qui tenaient des discours politiques incendiaires, engageant les paysans à se révolter contre le capitalisme cosmopolite (moi), au besoin par la violence. Ce qui amusait énormément mes voisins (revenus vendanger, en fin de compte) et les Polonaises (arrivées juste à l'heure de Cracovie).

... De jeunes Anglaises de Gibraltar, ravissantes, travailleuses, propres, polies, bref de vraies perles. Jusqu'à l'arrivée, un mois plus tard, de la facture du téléphone. Je découvre alors qu'elles ont bavardé tous les jours avec Londres et deux fois avec l'Australie.

... Des routiers, des mères de famille, des extaulards, un écrivain qui s'effondra au bout de deux heures, des fils de harkis, des Portugais ne parlant que portugais, etc.

Tout ce petit monde cohabite dans la Maison des Vendangeurs où j'ai installé une cuisine complète (avec même un micro-ondes dont peu savent se servir), une salle de bains avec baignoire et eau chaude (fort appréciée, surtout par les filles), et une grande pièce avec une cheminée et du bois pour faire une flambée conviviale le soir. Les deux chambres sont réservées en priorité aux «fidèles»: les Polonaises et Ahmed. Les autres dorment dans une cabane de chantier-dortoir derrière la maison ou sous la tente dans le champ d'en face.

En vingt ans, je n'ai enregistré aucun «MEURTRE DES VENDANGES».

Personnellement, l'âge et les sciatiques venant, je ne récolte plus. Ouf! Je garde un souvenir affreux de ma première expérience. Pourtant, c'était mon amie, la femme du cantonnier, qui était *mousseigne de la coille* (chef de l'équipe). Elle résolut de faire comprendre à la Parisienne que j'étais les duretés de la vie paysanne.

Je commençais par couper mes grappes avec maladresse.

— Plus vite! Plus vite! criait-elle, vous mettez la *coille* en retard qui doit travailler sur une même ligne pour faciliter le travail des porteurs!

Epuisée, je m'agenouillais carrément sur la terre.

— On fait pas ça chez nous ! Une bonne coupeuse se courbe sur sa souche mais ne se prosterne pas devant !

A bout de bras pleins de crampes, je soulevais difficilement mon seau plein de dix kilos de raisins que je déversais dans la hotte du porteur.

— Interdit d'appuyer votre seau sur la hotte en douce ! vous fatiguez le porteur !

Et ainsi de suite.

Les voisins regardaient avec passion.

LA PARISIENNE allait-elle s'effondrer ?

Je compris que mon honneur et surtout mes rapports futurs avec le village étaient en jeu.

Je me bourrais d'aspirine moi aussi, et sanglotais de fatigue le soir dans mon lit.

Mais je ne craquai pas. Et portai moi-même le dernier chargement de comportes pleines de belles grappes dorées à la Cave.

Cela plut dans le pays. Je fis un (petit) bond dans l'estime générale.

— LA PARISIENNE, au moins, elle a vendangé, malgré qu'elle était toute raide par le lumbago.

Maintenant, je fais la Patronne.

A 7 heures, je téléphone à la Maison des Vendangeurs pour réveiller mon petit monde qui pionce de bon cœur.

A 8 heures moins le quart, en survêtement et bottes (non, non, je n'ai pas de fouet), je me poste dans la cour de la ferme pour inscrire les noms de ceux qui ont bien voulu venir travailler. Monsieur Louis vérifie que chacun a son seau et son sécateur, et hop, la file part dans les vignes.

Je vais dans mon bureau pour y écrire et attendre les blessés (en général petites coupures de sécateurs). En plus des tonnes d'aspirine, ma pharmacie comprend des réserves de mercurochrome, de pansements Urgo, de l'alcool à 90°, des antibiotiques en poudre, ma pince à épiler pour arracher les échardes, du Pipiol contre les piqûres de guêpe et un truc dont je ne sais pas me servir en cas de morsures de vipère. Mais je compte surtout — pour les cas plus graves — sur mes chers Pompiers. Ou sur ma voiture, toujours prête à démarrer direction la clinique de Castelbrac, à condition qu'elle ne soit pas bloquée par une benne de raisins (je surveille en permanence).

A midi, mon petit monde réapparaît, affamé, jacassant gaiement. Bravo! L'esprit d'équipe se forme. Je pointe ceux qui ont coupé et ceux qui ont porté. Très important. Les coupeurs de raisins et les porteurs de hotte n'ont pas le même salaire. Lutte sournoise entre les gars costauds à qui portera. Monsieur Louis décide. Il a ses têtes.

2 heures moins le quart. Re-voilà mes troupes. Pas forcément les mêmes. Sauf pour les fidèles. Manquent à l'appel les mères de famille qui ont dû garder leurs enfants. Remplacées par des lycéens qui n'ont pas école le mercredi ou qui sèchent carrément. Repointage. Monsieur Louis est parti avec Ahmed et les camions livrer le raisin à la Cave Coopérative. Je désigne à mon tour les porteurs de hotte (j'ai mes têtes, moi aussi), le chef d'équipe (Jean-Baptiste, dit l'Ancien), et vérifie une fois de plus que chacun a son seau et son sécateur (le nombre de sécateurs perdus chaque année est tel qu'il doit exister quelque part dans la propriété un gisement de sécateurs). Allons bon! Il n'y a pas assez de «vides». C'est-à-dire de comportes de 40 kilos où l'on déverse les raisins des hottes (de 35 kilos) remplies elles-mêmes par les seaux de 10 kilos, en une chaîne inlassable. Monsieur Louis a mal calculé le nombre de bacs en plastique (les anciennes comportes en bois sont très belles mais redoutablement lourdes) que j'ai empruntés à ma copine Maureen qui vendange, elle, avant moi (ses vignes sont en plaine), avec une partie de mes propres bacs qu'elle m'a empruntés quinze jours auparavant. (Vous me suivez?) Mais pas question d'arrêter le travail. Le raisin sera donc déversé en vrac dans une benne en attendant le retour de Monsieur Louis

et d'Ahmed qui sont en train de vider la récolte du matin sur le tapis roulant de la Cave.

Je reviens une fois de plus dans mon bureau et je commence à téléphoner à la ronde pour trouver une vingtaine de comportes inutilisées dans un coin. Il n'y en a pas. On vendange partout.

Monsieur Louis réapparaît avec Ahmed, les camions, les bacs vides. Il n'est pas content. La file d'attente des viticulteurs, au volant de leurs tracteurs tirant leurs remorques débordantes de raisins, allait jusque chez Leclerc (2 km) et le tapis roulant est tombé deux fois en panne. Vous vous exclamez en chœur, comme tous les ans, que c'est une honte la façon dont «les fonctionnaires» de la Coopérative traitent les viticulteurs. Pire qu'à la Sécu ! Monsieur Louis vous tend les tickets de la livraison. 2,5 tonnes.

C'est bon.

Quoi ? Le Mauzac ne titre que 10 degrés 5 ?

— *Le temps n'a pas accompagné*, remarque Monsieur Louis. Il nous a manqué quelques jours de soleil début septembre.

— On a toujours des résultats décevants avec cette parcelle, je grogne. Pourtant elle est plein sud. Ce sont les porte-greffes qui ne sont pas terribles.

— Il y a un autre souci. La Cave a avancé de deux jours sa fermeture.

Je pique une colère.

— Merde ! Tous les ans, c'est la même chose ! «Ils» donnent des dates précises. «Ils» distribuent même des tickets et ça ne sert à rien ! «Ils» ferment quand ça leur chante ! Toujours la mentalité de la Sécu !

— «Ils» disent qu'il n'y a plus que nous à livrer et ceux de la Guinette Haute. Et qu'«ils» ne peuvent pas garder la Cave ouverte pour seulement deux adhérents...

— C'est ce qu'on va voir !

Je me jette sur le téléphone et réclame le Président de la Coopérative. Il n'est pas là. Il vendange lui aussi.

— Alors le Directeur, s'il vous plaît ?... Bonjour, Monsieur Miraille. Qu'est-ce que j'apprends ?... Vous voulez fermer la Cave vendredi au lieu de dimanche ? C'est insensé ! Moi, j'avais prévu une équipe de dix-huit vendangeurs pour terminer dimanche ainsi que c'était convenu avec vous...

Comme tous les ans, le Directeur tente de me calmer :

— Ne vous inquiétez pas ! On fermera quand vous aurez fini, bien sûr ! Ou, au besoin, on rouvrira spécialement pour vous les prendre, vos raisins ! On ne va pas vous laisser tomber !

— Bien, merci... Je compte sur vous.

— Evidemment, ajoute-t-il enjôleur, si vous pouviez prendre quelques vendangeurs de plus et terminer pour vendredi, cela nous arrangerait bien !

— Je vais essayer, mais je ne vous promets rien !

Et, comme tous les ans, j'apporte mon dernier chargement avec quarante-huit heures d'avance.

Monsieur Louis avait prévu le coup.

A 4 heures, je prépare deux paniers avec des Thermos d'eau bien fraîche, du sirop de grenadine, des verres en plastique et des paquets de petits biscuits. Et je porte le goûter dans les vignes à mes chers vendangeurs qui se jettent dessus. La chaleur et le jus sucré du raisin donnent soif. Certains allument une cigarette. D'autres profitent de la pause pour s'asseoir carrément et reposer leurs jambes fatiguées. Jean-Baptiste l'Ancien raconte une histoire leste aux Polonaises qui ne comprennent pas mais rient gentiment. Tout le monde s'esclaffe. C'est un moment chaleureux que j'aime particulièrement. Mais Monsieur Louis juge qu'il a assez duré.

— Allez, les *feignangs* ! On reprend le travail !

A 18 h 05, la file des vendangeurs réapparaît, et ils essaient tous de se sauver le plus vite possible. Je leur cours après, toujours pour pointer coupeurs et porteurs. Je ramène chez eux, dans mon vieux break, des voisins collants de jus de raisin des pieds à la tête.

Le lendemain, horreur ! il bruine. Et la température, brusquement automnale, a fraîchi.

Mes troupes sont là quand même. Je conférence dans un coin avec Monsieur Louis. On y va ou on n'y va pas ?

— *A y être*, on y va, décide Monsieur Louis. Vous savez bien qu'ici le temps risque de changer à 10 heures.

Je constate alors une fois de plus que, pour les *estrangers*, vendanges riment avec soleil. Ils débarquent toujours tous en tee-shirt et sandalettes. Heureusement, j'ai préparé des piles de vieux chandails de différentes tailles, des rangées de bottes rongées par les chiens, de grands rectangles de plastique dans lesquels je ficelle les imprudents pour leur protéger le ventre des vignes mouillées. Plus des casquettes de base-ball oubliées par mes petits-enfants.

La *coille* s'en va courageusement sous la pluie fine.

Elle revient deux heures plus tard, silhouette de boue aux cheveux ruisselants.

— C'est *trempe*! déclare Monsieur Louis sombrement.

Je réchauffe ma pauvre armée en déroute avec un bon Nescafé bien sucré et plein de petits biscuits (j'en ai acheté un Caddie entier chez Leclerc). Discussion générale. S'arrêter signifie pour les vendangeurs perdre le salaire de deux heures, et pour moi risquer d'être en retard dans les livraisons à la Cave. D'un autre côté, je ne veux pas avoir rhumes, bronchites et mort du petit cheval sur la conscience. Je renvoie tout le monde jusqu'à 14 heures. Où le soleil est revenu au rendez-vous. Hourra!

Enfin, on ramasse les dernières grappes du Mauzac doré et délicieusement sucré. Reste l'hectare de rouge. Solennellement, je m'y rends avec Monsieur Louis pour «peser» le raisin. C'est-à-dire écraser quelques grains dans un seau avec une bouteille vide de grenadine et, à l'aide d'un instrument préhistorique, dit le pèse-moût, calculer le degré d'alcool du jus obtenu.

Malheur! Comme tous les ans, il n'est pas assez élevé pour la livraison à la Cave de vin rouge. Comme tous les ans, je téléphone au Directeur.

— Mon Merlot ne fait pas 11 degrés, je geins, mais je voudrais vous le porter quand même.

— Il vaudrait mieux que vous attendiez une bonne semaine de grand soleil, et même une petite pluie pour faire gonfler les grains.

— Impossible ! Vous savez bien que tous les *estrangers* de l'équipe seront partis s'engager en Bourgogne. Quant aux voisins en plaine, ils vendangent déjà leur propre rouge !

— Je sais, fait le Directeur, mais vous n'allez pas m'apporter du raisin pas mûr, quand même...

J'abats mon atout.

— Tant pis ! Vous me couperez le prix ! Mais je préfère ramasser tout de suite !

— D'accord, fait le Directeur.

Qui ne me coupe jamais le prix. Du reste, pendant le temps de la discussion, miracle, un soleil éclatant a fait monter d'un demi-degré le taux d'alcool des grosses grappes noires.

Cette fois, ça y est. La récolte est ramassée, grappillons compris. Monsieur Louis se détend.

— Encore une vendange rentrée et bien rentrée ! s'exclame-t-il joyeusement.

— Allez, maintenant, on fait la fête ! Déjeuner de Vendanges dimanche prochain !

J'ai rétabli la tradition du Déjeuner de Vendanges. Cela m'enchante. Les vendangeurs aussi. Surtout les voisines dont, ostensiblement, je n'invite pas les maris s'ils ne sont pas venus travailler au moins une demi-journée chez moi. J'ai l'impression qu'elles en tirent une fierté sournoise... et une certaine joie de pouvoir rigoler quelques heures loin du regard conjugal. Par contre, elles peuvent amener leurs enfants si elles n'ont personne pour les garder.

Je commande toujours le même menu chez Monsieur Verdier, le charcutier-traiteur de Castelbrac, mais personne n'a l'air de s'en plaindre. Larges entrées de charcuteries et crudités. Enormes cassoulets bourrés de confit d'oie et de saucisses de Toulouse. Et tartes aux pommes géantes.

Mes trois frigos sont pleins à craquer de Blanquette et de Crémant de Limoux et j'ai couru acheter à la Cave cinq cartons de Fitou rouge. Et chez Leclerc, des nappes en papier à fleurs avec assiettes en carton assorties, petites serviettes et gobelets de couleur, etc.

Le dimanche matin, Monsieur Louis et Apolline viennent de bonne heure m'aider à installer les tables à tréteaux, les couverts et les nappes sur la terrasse du Soleil Levant, qui prend un air de fête.

Puis ils repartent au village se faire beaux. Je fonce en ville chercher le déjeuner. Monsieur Verdier m'attend à la porte de son magasin et, avec l'aide de son commis, charge les terrines de son fameux pâté et les immenses plats tout préparés à l'arrière du break.

A midi, les premiers invités arrivent déjà. On débouche la Blanquette, plop! Je sers à la ronde. On trinque cérémonieusement.

— Santé !
— Santé !

Mais au fur et à mesure que le déjeuner s'avance — et que plop! plop! plop! les bouteilles sont ouvertes —, le ton des conversations s'élève. On doit nous entendre brailler jusqu'aux villages voisins. Les enfants courent joyeusement sur les terrasses avec les chiens. Les bébés dorment dans des couffins dans les chambres d'amis. Les Polonaises gloussent comme des folles et flirtent avec les gars du pays. Ahmed, dont c'est la passion, se livre à des délires photographiques; je me laisse filmer complaisamment à condition que, comme tous les ans, il me donne quelques photos pour mon album «Vendanges». Monsieur Louis, d'habitude si discret, rigole en se tapant sur les cuisses.

Vers 4 heures de l'après-midi, le chahut est grandiose.

Je juge le moment venu de procéder à la paie des travailleurs tant qu'ils sont encore un peu lucides.

La préparation de la paie m'a occupée deux jours entiers.

D'abord totaliser les heures de chacun comme coupeur ou comme porteur, ou les deux à la fois.

Calculer le prix de l'heure. Pas simple.

Voilà un cas à signaler au Ministère de la Santé qui dépense tant d'argent en publicité : « Buvez modérément. »

Le coupeur de raisins reçoit en principe le Smig horaire PLUS DEUX LITRES DE VIN ROUGE PAR JOUR. Le porteur de hotte, un prix plus élevé, affiché à la Mairie, PLUS TROIS LITRES DE VIN ROUGE PAR JOUR. *(Pas moinsse!)*

Je me refuse naturellement à remettre deux ou trois litres de vin rouge à boire par jour à un être humain, homme, femme ou adolescent.

Je donne donc l'équivalent en argent. Mais à combien estimer le litre de vin rouge ? Je demande aux voisins. Je regarde les étiquettes chez Leclerc. Pas assez cher, c'est exploiter le travailleur. Trop cher, c'est *avoir-des-histoires* avec les autres petits propriétaires qui discutent violemment le prix réclamé par les équipes espagnoles, venues par cars entiers.

Quand j'ai fini mes calculs, pour chaque cas, je dois prévoir l'appoint. C'est-à-dire téléphoner au caissier du Crédit Agricole — qui a l'habitude — pour qu'il me prépare tant de billets de tant, tant de pièces de tant, etc., que je répartirai ensuite enveloppe après enveloppe.

Et que je donne à chacun de mes vendangeurs après les avoir entraînés dans mon bureau d'une voix engageante : « Allez ! Venez ! C'est l'heure des sous ! »

Les *estrangers* vérifient soigneusement mes calculs. Ceux du pays empochent sans regarder. Ce qui me fait plaisir. J'ai donc une bonne réputation d'honnêteté dans la région !

Le seul avec qui j'ai un problème, c'est Monsieur Louis. Il est payé par ailleurs mais je lui tends solennellement une *prime pour avoir conduit les vendanges*.

Une petite tradition entre nous. Non, ce qui le tracasse, c'est l'argent que je vais remettre à Madame Louis.

— Pas besoin de payer LA FEMME! grommelle-t-il.
— Et pourquoi? Elle a coupé comme tout le monde!
— Je lui donnerai son enveloppe moi-même!
— Non! Vous ne le ferez pas! Je vous connais!
— Elle a besoin de *rieng*! Je lui paie tout!
— Et si elle a envie de s'offrir une petite gâterie, pour elle ou pour les enfants... ou même de vous faire un cadeau?

Monsieur Louis bougonne. Avec mes idées féministes, je vais gâter la mentalité de «LA FEMME», ruiner l'équilibre conjugal dans le fin fond de la France Rurale! Mais je m'entête. Sans tenir compte de son regard noir, j'invite Madame Louis à me suivre. Elle est ravie.

— Quand je suis venue tout un après-midi enrouler les sarments, il ne m'a pas payée, vous savez, soupire-t-elle.
— Je vais le faire mais on ne lui dit rien, hein?
— D'accord!... Ce n'est pas qu'il soit radin, au contraire, il me donne tout ce que je veux... mais il déteste que j'aie mon argent. Il dit: «Moi, je travaille, et toi, tu restes tranquille!»
— Mais vous travaillez, vous aussi, avec la maison, les trois enfants, les poules, les lapins, etc.
— Ah! Il me laisse les sous des œufs et des lapins que je vends, mais je sens que ça l'embête! Il a encore une mentalité de l'ancien temps!
— C'est fini, cette époque! je m'enflamme.
— Oh non! Par ici, les hommes sont tous comme ça!

Allons! La féministe que je suis — quand l'Homme n'est pas dans le coin — a du pain sur la planche. Ce qui me sidère, c'est que mon macho de Monsieur Louis accepte fort bien mon autorité. «C'est la Patronne qui décide», répond-il calmement à la ronde (surtout quand ça l'arrange).

Quand je ressors de mon bureau, l'ambiance est terrible sur les terrasses. Monsieur Louis débouche du «plus-vieux-brut-du-monde» à la chaîne. Tout le monde hurle de rire. Les flashes des Kodak crépitent. Un enfant a failli tomber dans le réservoir-piscine qui n'est plus très propre. Je fais signe à Monsieur Louis de lever la séance.

Les vendangeurs viennent m'embrasser trois fois sur les deux joues et grimpent dans les voitures qui se livrent à un rodéo dans ma petite cour où elles manquent abîmer mon tracteur préféré, un minuscule Lamborghini vert à chenilles qui ressemble à un jouet, mais qui grimpe les coteaux raides avec ardeur.

Ils sont partis.

Pas bien loin.

En bas, dans la vallée, à la petite Maison des Vendangeurs. Les échos de la fête me parviendront tard dans la nuit autour des dernières bouteilles de Blanquette, des restes de cassoulet et d'une grande glace au chocolat que j'ai sortie de mon gros congélateur de fermière.

Je m'endors, contente.

Mais la fête n'a duré qu'un dimanche, pour un an de travail.

Certains jours, je crie :

— J'en ai marre de la vigne ! C'est trop dur ! On va la foutre en l'air ! Avec les primes d'arrachage, j'achète la grande plaine bien plate du Boucaing. Et on fera du colza. Ça rapporte et c'est *moinsse* de travail.

Monsieur Louis sourit et ne répond rien. Il sait que je suis incapable d'arracher quelque chose que j'ai planté. Ce serait comme m'enlever un morceau du cœur.

— Le champ du Pan n'est pas propre. Qu'est-ce qu'on fait cette année ? demande-t-il placidement.

Voilà un autre grave souci du paysan. S'il arrête un instant de labourer, de soigner, de semer un bout de terre, en un éclair celui-ci se couvre de mauvaises herbes, de broussailles, de ronces, bref, il revient à la friche. Or, l'agriculteur déteste la friche. C'est admettre que sa terre lui a échappé. Qu'elle retourne à la sauvagerie. Qu'elle n'est plus féconde. Adultère.

On l'a bien vu quand le Gouvernement a offert des

primes pour «geler» les terres. 2 300 francs l'hectare. La moitié des cultivateurs seulement ont accepté l'arrangement et abandonné leurs prés à la broussaille.

Et ça recommence. Nous allons recevoir des sous de la PAC (Politique Agricole Commune) pour ne plus travailler, ne plus planter, ne plus récolter sur 15 % des terres. Alors que les 9/10e de la planète crèvent de faim.

Qui est fou?

Je ne suis qu'une Française lambda, politiquement arriérée. Mais je n'arrive pas à comprendre. Pourquoi ne pas donner nos surplus agricoles aux miséreux affamés du Tiers Monde au lieu de sous dont 90 % vont alimenter les comptes en Suisse des potentats locaux ou servent à acheter des armes? Par pitié, expliquez-moi, Monsieur le Ministre de l'Agriculture!

Monsieur Louis a attendu patiemment que j'en aie fini avec ma méditation économico-furieuse.

— *A y être...* si on essayait le blé tendre? suggère-t-il.

— Ou le tournesol? je m'interroge à voix haute.

Ce que je n'avoue pas à Monsieur Louis, c'est que je rêve d'une colline couverte de fleurs jaune vif à la Van Gogh. Comme ce serait beau! Mais je m'en veux de ce réflexe peu agricole:

— Non, pas le tournesol! Il n'y a pas assez d'eau sur le plateau.

— Et puis, dit Monsieur Louis, personne dans le pays n'a une moissonneuse-batteuse pour le tournesol. Pour le blé tendre, on pourra louer celle du Petit-Campoussy.

Voilà encore un grave problème du monde rural. Le prix scandaleusement élevé du matériel agricole (et sa fragilité inouïe). J'ai dû acheter trois tracteurs (dont l'un tombe toujours en panne) pour tirer un nombre affolant de charrues (à un soc, à deux socs, à trois socs), de «cultivateurs», de «Rotovator», de remorques, de bennes, de citernes, de barres de coupe (pour la luzerne), de botteleuses, sans compter la sulfateuse (cette espèce d'immense araignée qu'on aperçoit glissant au-dessus des rangées de vignes), sans oublier les débroussailleuses (à épaule ou non), les tronçonneuses (dont les chaînes sautent tout le temps, y compris chez les suédoises), etc.

Au fur et à mesure de mes acquisitions (toutes indispensables), j'ai dû reconstruire des hangars «à l'ancienne» pour les mettre à l'abri. Du soleil comme de la pluie. Et un immense atelier pour Monsieur Louis qui garde le moindre clou rouillé parce que «ça-peut-toujours-servir». Comme j'ai été élevée dans le même principe, j'approuve.

Que *ceusses* de la ville qui reprochent aux agriculteurs leur surendettement en matériel agricole aillent à leur bureau grimpés sur un âne et non plus étalés dans une R 25 avec chauffeur et téléphone.

Arrive le temps de moissonner le blé tendre.

Hélas, le voisin du Petit-Campoussy est en train de moissonner son propre blé et n'arrive chez moi que huit jours plus tard, au volant de sa monstrueuse machine qui manque se renverser dans les collines trop pentues.

Cela n'empêche pas Monsieur Louis d'être furieux.

— Le grain trop mûr est tombé! On va avoir *moitié-récolte* et rien toucher à la Coopérative!

Exact. Quand j'établis le compte du champ de blé, je constate que j'ai perdu de l'argent. De quoi payer une petite pompe pour monter l'eau du ruisseau en cas d'urgence.

— A l'avenir, le blé c'est fini, j'annonce à mon cher et fidèle régisseur, on ne fera que de la luzerne, et basta! Ça tient la terre propre et même ça l'enrichit.

— Oui. Mais la Coopérative Agricole n'achète pas la luzerne. Qu'est-ce qu'on va en faire?

— La vendre au berger du village.

— C'est un *couillong* qui est de mauvaise foi au moment de payer! *On-aura-des-histoires!*

— Bon. Alors au berger andorran du col de Bourigeole.

Je le rencontre souvent à la tête de son troupeau, longeant les petites routes, avec ses bêtes, ses chiens, son sourire timide et son parler incompréhensible, mélange de catalan, de français et d'espagnol.

Hélas, l'Andorran achète déjà son fourrage à son voisin qui lui loue sa bergerie pour l'hiver (l'été, il transhume en Andorre) et avec qui, à son tour, *il-ne-veut-pas-avoir-d'histoires.* (Ah! l'importance, à la campagne, *d'éviter-les-histoires…!)*

Cependant, après de longues tractations par l'intermédiaire de Monsieur Louis (j'ai mis dans la balance l'invitation pour ses 300 moutons à venir pâturer dans une garrigue à La Micoulette), il accepte de m'acheter ma deuxième coupe de luzerne (la première n'est bonne, dit-il avec dédain, que pour les chevaux et les vaches). A un prix intéressant. Les tractations reprennent. Je baisse mon prix s'il prend les deux coupes. Il accepte, mais à une condition. Etre livré de nuit pour que son voisin et propriétaire ne se doute pas de sa trahison!…

Ce qui me vaut une expédition à 11 heures du soir avec Monsieur Louis, à bord du camion, phares éteints, et plein de balles de fourrage que les deux hommes déchargent en silence dans une atmosphère de trafic de cigarettes. Tout en pointant les balles, j'admire le troupeau ensommeillé. C'est un de mes rêves: 200 moutons Suffolk à tête noire. Les plus rustiques et les plus jolis. Entendre leurs bêlements et leurs sonnailles dans les collines, voir les agneaux cabrioler au printemps, admirer le travail des chiens…

L'Homme me le serine cinquante fois par an:

— Un troupeau te nettoierait les broussailles des sous-bois.

— Un troupeau, c'est la ruine, je réponds, les dents serrées.

Mes amies des fermes alentour me l'ont dit et redit.

— Alors, deux ou trois brebis? suggère mon époux.

— Je ne suis pas la Reine Marie-Antoinette pour

jouer avec trois moutons enrubannés, je m'exclame avec hauteur. Je veux un troupeau ou rien.

Mais qui dit troupeau dit berger. Qui dit berger dit salaire évidemment, mais surtout cotisations sociales et mutuelles agricoles à n'en plus finir. Dit vétérinaire pour vacciner, soigner et même parfois agneler. Dit boucher pour acheter les bêtes à un prix inférieur à ce qu'elles ont coûté, sous prétexte que les temps sont durs pour les petits commerçants face aux monstrueux supermarchés.

Toutes mes copines ont fini par vendre leur troupeau. Mais peut-être un jour craquerai-je.

J'irai à la banque retirer de mon coffre la fameuse bague de fiançailles de mon premier mari, je la vendrai et je me les offrirai, mes 200 moutons à tête noire.

Ce qui me retient de le faire dès demain matin, c'est :
1. L'inquiétude de ne pas trouver un berger qui accepte l'autorité de Monsieur Louis... et *d'avoir-des-histoires*...
2. Une expérience désastreuse avec les chevaux.

Il y a quelques années, l'Homme (toujours lui) décida, de son propre chef, qu'un domaine à la campagne se devait d'avoir des chevaux. Sans me demander mon avis — ce que je déteste par-dessus tout —, il me fit un beau jour livrer, dans un van, deux petites juments Connemara.

Mes filles poussèrent des cris de joie. Pas moi. J'avais remarqué immédiatement que Star, la blanche, me regardait d'un sale œil et je pressentais que c'était une garce avec laquelle j'allais avoir des ennuis. Je n'avais pas tort.

Elle commença par refuser farouchement de se laisser monter et jeta par terre François, le baby-sitter de l'aîné de mes petits-fils, qui resta inanimé les bras en croix sur le pré.

Panique. Je courus pendant 2 kilomètres jusqu'à la maison téléphoner aux Pompiers qui arrivèrent vingt minutes plus tard avec le médecin de service.

Pas trop de dégâts : juste une foulure du poignet et une petite commotion.

Ensuite Star perdit un de ses fers. Monsieur Louis, qui nettoyait la vieille écurie, m'indiqua que, dans un village voisin, se trouvait le dernier maréchal-ferrant du pays. Je trouvai un géant rubicond et hilare se tapant, sur le coup de 5 heures de l'après-midi, un immense goûter composé d'un pain de campagne, d'une terrine de pâté et d'un litre de rouge. Il m'indiqua avec bonne humeur qu'il viendrait chez moi le lendemain, dès l'aube, avec son aide.

Ce qu'il fit dès 6 heures du matin, ravi à l'idée de réveiller une Parisienne. Il eut un choc en me trouvant déjà debout en train de travailler et, pour se remettre, décida de petit déjeuner sous la tonnelle où il s'installa toujours avec son grand pain de campagne, une nouvelle terrine de pâté, une autre de cassoulet, des pêches et son litre de rouge. Je m'assis avec lui. Fascinée. Je n'avais jamais vu personne déguster un cassoulet à 6 heures du matin avec un tel entrain. Il me raconta les potins du pays en n'arrêtant pas de manger ni de rigoler.

Il avait à peine fini que Monsieur Louis apparut, tirant Star qui se débattait comme une folle.

— *Putaing!* Elle m'a pas l'air commode, cette petite! remarqua gaiement le gigantesque maréchal-ferrant. Mais Papa Loupia en a vu d'autres!

Il appela son aide, un adolescent malingre qui était resté caché dans son camion, sortit une enclume qu'il posa au milieu de la cour, une forge, des barres de fer, un immense tablier de cuir dont il ceignit ses larges flancs. Il tapa, brûla, tordit, martela. Toute ma petite famille réveillée l'entourait respectueusement, ce qui visiblement lui plaisait beaucoup et, malgré ses ruades, finit par ferrer la petite jument maintenue par Monsieur Louis et le commis malingre. Puis il partit sous nos applaudissements.

Deux heures plus tard, le fer tomba.

Je repartis prévenir Papa Loupia. Je trouvai l'ogre

en train de déjeuner (à mon avis, d'une oie entière) dans sa caverne où brûlait un feu d'enfer.

— Ah! Ah! fit-il joyeusement, c'est bien ce que je pensais. Cette bête a la corne de sabot trop tendre. C'est vous qui l'avez achetée?

— Non, c'est mon mari.

— Il s'est fait avoir, le pauvre *cong*, sauf votre respect. (Naturellement, je n'ai jamais répété à l'Homme cette remarque un peu brutale.)

— Alors, qu'est-ce qu'on fait?

— On va essayer encore une fois de la ferrer. Si elle reperd son fer, c'est sans espoir. Faudra pas trop la monter ni la faire galoper sur sa corne fragile. Bon. Je viendrai cet après-midi avec le vétérinaire.

— Pourquoi le vétérinaire?

— Vous avez vu la *chansong* qu'elle nous a faite ce matin, votre *putaing* de jument? C'est une vicieuse. Le vétérinaire lui fera une petite piqûre pour la calmer simplement.

Le vétérinaire (un jeune remplaçant) ne calma pas Star. Il l'endormit carrément. Elle glissa par terre.

— *Macarel!* Comment voulez-vous que je la ferre maintenant? cria Papa Loupia, furieux, ses énormes poings sur ses énormes hanches.

— Je vais la réveiller avec une autre piqûre, balbutia le jeune véto terrorisé, qui reçut, pour ses soins malheureux, un coup de sabot à la tête qui lui enleva un morceau de cuir chevelu.

Il fallut quatre heures aux quatre hommes pour réussir à ferrer à nouveau le farouche petit animal.

— *Bordel de Dieu!* Quel carnaval! soupira le grand maréchal-ferrant quand ce fut terminé.

Il se tourna vers moi:

— Vous n'avez *rieng* à boire?

Je courus à la cave chercher deux litres de rouge. Papa Loupia but le premier. Les autres se partagèrent le second.

— Espérons que le poulain n'aura pas les sabots de sa mère, remarqua le jeune vétérinaire.

— Quel poulain ? criai-je.

Le maréchal-ferrant éclata d'un rire énorme.

— Parce que vous avez pas vu que vos DEUX juments étaient pleines ? Ces Parisiennes, ça sait *vraimeng rieng* ! Et ça fait agricultrice !!!

Deux mois plus tard, j'étais à la tête d'une horde sauvage. Deux juments, une pouliche, un poulain. Qui sautaient par-dessus les barrières et même les clôtures électriques installées par Monsieur Louis en toute hâte. Qui disparaissaient dans les bois pendant des jours entiers (il fallait les traquer à la jeep). Qui réapparaissaient chez les voisins, dont ils broutaient la jeune avoine (cris furieux des voisins, constats d'assurance, *histoires).*

Cela faisait beaucoup rire l'Homme. Mais ni Monsieur Louis ni moi.

Et puis un jour, poursuivie par des chiens de chasse des environs, Star se cassa une jambe. Il fallut cinq hommes pour la hisser dans le camion et la rapatrier à l'écurie. Où le vétérinaire (le vrai, revenu de ses vacances) vint l'examiner.

— Il n'y a rien à faire, sinon la vendre pour l'équarrissage, annonça-t-il brutalement.

Je reçus un coup de poignard dans le cœur. Je m'étais attachée à la petite garce.

— Je ne pourrai jamais. Vous ne pouvez pas la piquer, là, maintenant ?... qu'elle ait une mort douce !

— Et qu'est-ce que vous ferez du cadavre ? Vous ne vous rendez pas compte du trou énorme à creuser pour l'enterrer ! Si vous arrivez à la déplacer !... Non, croyez-moi, je vais appeler un maquignon que je connais et qui n'est pas trop maquignon !

Quand ce dernier arriva, je lui fis part de mes conditions.

— Je ne discuterai pas votre prix mais je veux que vous emmeniez la bête à l'aube, avant que les enfants ne se réveillent.

Il promit. Mais son camion tomba en panne et n'arriva que vers 10 heures du matin. Les enfants commencèrent à pleurer. Star comprit et poussa un long hennissement désespéré, en me regardant avec reproche.

Tout le monde éclata en sanglots, y compris moi, Monsieur Louis et presque même le maquignon.

Le soir, je téléphonai à l'Homme. Je pleurais toujours.

— Je te renvoie demain matin tes chevaux par le train. J'ai loué un wagon spécial. Tu les installes chez toi. Et tu ne m'en parles plus jamais.

L'Homme ne m'en parla plus jamais.

Si je n'ai plus de chevaux et pas encore de moutons, j'ai par contre des abeilles.

20 ruches.

Peut-être croyez-vous, Monsieur le Ministre et Messieurs les Présidents, qu'une fois les 20 ruches installées dans un coin tranquille, bien défriché dans la garrigue, mais pas trop loin d'un ruisseau, et relié au monde par un chemin tracé spécialement pour qu'une camionnette puisse y passer (une journée entière de travail de bull : chère, la journée de travail de bull !) il n'y a plus qu'à attendre tranquillement que ces laborieuses petites créatures du Bon Dieu vous fabriquent le meilleur miel du monde.

Erreur totale.

Les abeilles, ça se visite, ça se surveille, ça se nourrit.

Plusieurs fois par an, Monsieur Revel, mon voisin, Chef Apiculteur du département, me téléphone au lever du jour.

— Le temps est parfait. J'arrive. On va voir les ruches.

Monsieur Louis et moi, nous enfilons hâtivement nos combinaisons blanches, nos bottes, nos casques, nos gants, prenant bien soin que le costume entier soit hermétiquement clos. Car tout à l'heure, lorsqu'on les dérangera, les abeilles furieuses se jetteront sur leurs hôtes indésirables, et surtout essaieront de se glisser par la moindre ouverture pour les piquer au cou, aux poignets ou aux chevilles.

Ouverture des ruches.

Examen des dégâts.

Au choix : les abeilles sont la proie de la maladie (la varroase, la fausse teigne, le mal noir des forêts, la loque américaine, etc.) ou d'ennemis inattendus (les poux, les mulots gourmands, les pics-verts, etc.). Elles n'ont plus rien à manger (il a plu ou il a fait froid : elles sont restées à l'abri et elles ont bien entamé leur réserve de miel). Courir à la Coopérative Apicole de Lescouloubre (100 km AR) pour leur acheter 40 kilos de sucre candi et de l'huile de maïs.

Un essaim est mort.

Un autre a disparu, emmené par une reine fugueuse.

Deux reines se révèlent d'un tempérament paresseux et la colonie ne travaille pas. La récolte sera maigre.

Etc.

Je peux ramasser 80 kilos ou 300 suivant que *le-temps-a-accompagné* ou pas, ou maintes autres raisons imprévisibles.

Indignation de l'Homme à qui je réussis à vendre ma production (enfin la nôtre : celle des abeilles et moi), mais pas à faire comprendre les vicissitudes du métier d'apicultrice.

— Qu'est-ce que tu veux que je foute de tes 50 kilos de miel alors qu'il m'en faut une tonne pour mes sorbets ?

La journée de la récolte est une dure épreuve.

Sortir de la ruche les lourds cadres chargés de miel dans un furieux bourdonnement d'insectes indignés qui se jettent comme des kamikazes sur nos visages (j'ai toujours l'impression que ma voilette ne va pas me protéger).

Les porter à la miellerie, parfois escortés d'un essaim rageur au complet. Les « désoperculer » à l'aide d'un couteau chauffant. Les glisser, dégoulinants d'une purée collante, dans la centrifugeuse. Recueillir dans un premier seau en plastique à renverser (7 kilos à bout de bras) sur le tamis du grand maturateur, d'où sort enfin le miel doré et odorant. A mettre soit en pots (pour les amis), soit dans les seaux de 50 kilos (plus professionnels).

Au bout de la journée, j'ai des courbatures partout. Nous pataugeons dans le miel, Monsieur Louis et moi, et nous avons grossi de deux kilos chacun, à force de nous lécher les doigts en nous exclamant :

— Il est encore meilleur que l'année dernière !

— Ça ! dit Monsieur Louis qui est gourmand comme un ourson, il a un goût *vraimeng* délicieux, cette fois-ci ! *Ceusses* des Alpes, ils n'en ont pas d'aussi *bong* !

Fille Aînée, qui n'a pas bougé son arrière-train d'une chaise longue sur la terrasse, ricane :

— Je parie que ton miel te revient aussi cher que si tu l'achetais chez Hédiard !

— Plus cher ! Mais c'est mon miel de mes abeilles qui ont butiné mes fleurs et que j'ai récolté de mes petites mains poisseuses. Et quand, le matin à Paris, je l'étends sur des biscottes, je rêve à ma maison qui m'attend dans les collines.

— C'est dingue d'avoir une mère romantique comme toi ! rigole Fille Aînée.

— En outre, je te rappelle que les abeilles sont indispensables pour polliniser les fruitiers.

Fille Aînée s'en fout. Elle aime la campagne vue de sa chaise longue. Petite Chérie aussi. C'est une de mes tristesses. Aucune de mes filles, pas un de mes petits-enfants — du moins jusqu'à présent — n'a hérité, semble-t-il, de mon ardent sang paysan.

Que deviendra le domaine après moi ?

Retournera-t-il à l'abandon ?

Ou sera-t-il vendu à un émir assez fou pour l'entretenir ? Comme l'émir Zayed d'Abou Dhabi qui a fait planter 80 millions d'arbres sur 200 000 hectares par 8 000 jardiniers asiatiques.

80 millions d'arbres ! J'en mourrais presque de bonheur.

J'adore les arbres. (Je me plais à penser que j'ai été dryade dans une vie antérieure.)

D'abord, ceux autour de la maison.

Quand je suis arrivée, un très vieux chêne ombrageait la ferme, côté soleil couchant. Je compris que c'était le dieu tutélaire de la propriété. Je me suis présentée et je lui ai demandé de continuer à veiller sur elle. Il le fait avec une telle vivacité que ses racines ont soulevé et éventré le beau carrelage italien du salon.

— Et tu ne l'abats pas? s'indigna une de mes amies parisiennes devant le désastre.

— Tu es folle! Il faut trois cents ans pour avoir un si beau chêne et trois jours pour refaire le carrelage!

Hélas, il y avait aussi des dizaines d'ormes qui attrapèrent la maladie mortelle des ormes.

Un beau matin, on levait la tête. Malheur! Quelques feuilles s'étaient brutalement desséchées. Et l'arbre se mettait à mourir, branche après branche, dans une agonie implacable.

L'Homme essaya de lutter. Il apprit qu'il existait un «vaccin» contre la graphiose. Pendant des années, il fora des trous dans les troncs malades, y introduisit de longs tuyaux en plastique et y pompa le produit rapporté à grands frais, par avion, de Paris. Les arbres ressemblaient à des rangées de malades sous perfusion.

L'Homme perdit la bataille. Il ne reste plus un seul orme à la ronde.

Au fur et à mesure, rageusement, tous les hivers, j'ai planté (et je continue):

... des amandiers (qui attrapent la cloque! Vite! Vite! Monsieur Louis! Un coup de bouillie bordelaise),

... des cerisiers aux fruits rouges et juteux adorés des geais et des merles. Si je veux goûter moi-même à mes «cœurs de pigeon», je dois suspendre dans les branches d'énormes chouettes gonflables envoyées d'Amérique par ma petite sœur chérie et qui, Dieu seul sait pourquoi, sont les seuls épouvantails qui effraient les oiseaux (redoutant peut-être l'impérialisme agricole américain),

... des tilleuls dont l'odeur nous enivre, les abeilles et moi,

... de longues allées de cyprès qui transforment

curieusement mon coin des Corbières en petite Toscane et que le vent dans ses jours de violence couche par terre. Monsieur Louis doit les redresser et les arrimer avec des cordages, comme des mâts de goélette,

... des chênes verts qui poussent si lentement si lentement et que le poids de la neige casse comme du verre fragile,

... des cèdres du Liban qui poussent encore plus lentement et que je ne verrai jamais dans leur splendeur. Mais quelqu'un les verra peut-être,

... des oliviers qui ont déjà gelé deux fois,

... des sapins tout jaunasses (une erreur de ma part. La terre ne leur convient pas. Pardon, les sapins!),

... des pins immédiatement attaqués par les chenilles processionnaires,

... des sorbiers des oiseaux au feuillage dentelé et des cormiers aux petites poires acides,

... puis des peupliers d'Italie et des saules bouclés le long des ruisseaux, des noyers si longs à donner des noix, des frênes que je n'aime pas (mais ça grandit vite), des *Cupresso Cyparis Leylandii* (que j'aime encore moins mais qui grandissent encore plus vite!),

... etc., etc., etc.

Avez-vous déjà planté des arbres vous-mêmes, Monsieur le Ministre et Messieurs les Présidents? Pas un petit prunus de jardin de banlieue ou un élégant sapin bleu de parc. Non. Des centaines. Des milliers?

Quel boulot!

D'abord, Monsieur Louis creuse de grands trous à la Sainte-Catherine, pour que la terre « respire ».

A Noël, j'arrive (plus question de vacances aux Seychelles ou aux Maldives) et l'équipe se met au travail. James, le plus jeune fils des voisins Z'hippies anglais, est chargé de jeter un seau de sable dans le trou. Moi, de planter le petit arbre dedans, bien droit, racines déployées. Monsieur Louis referme le trou avec de la terre, tasse, enfonce un piquet d'acacia à coups de masse de fer qui s'abat à trente centimètres de ma main. (En vingt ans, il ne m'a encore jamais écrasé les doigts. Prions que cela dure encore vingt ans.) Sort de sa poche gonflée de choses diverses et souvent incroyables un lien blanc (que j'achète par sacs de 50 kilos) et attache ensemble piquet et arbre. Au trou suivant.

Une fois les jeunes plants en terre, commencent les vrais soucis. Les terribles gelées de Pâques qui brûlent fleurs et bourgeons. Les mauvaises herbes qui tentent d'étouffer le nouveau venu. Et surtout la sécheresse.

J'avoue détester arroser! Marcher un tuyau à la main, pendant des heures, derrière le tracteur qui tire la citerne d'eau m'ennuie prodigieusement. Et pas moyen d'y couper. Question arrosage, Monsieur Louis est implacable.

— Il a plu hier, je geins, ce n'est pas la peine d'arroser aujourd'hui!

— Ce n'était pas de la vraie pluie, c'était un *lavage de feuilles*, répond Monsieur Louis, sévère. Il faut y aller... et deux heures, *à y être!*

Alors, je me suis ruinée en kilomètres de tuyaux noirs qui serpentent à la ronde et vont porter le précieux liquide goutte à goutte aux petits brins assoiffés.

Débute l'attente. Deux ans pour être sûre que l'arbre a bien raciné. Et les interrogations. Pourquoi ce pêcher est-il mort et pas le voisin? Pourquoi ce cyprès pousse-t-il deux fois plus vite que les autres? Ce qui donne à mes allées un aspect en dents de scie des plus agaçants. Je m'en suis plainte à mon cher pépiniériste. Il m'a regardée avec un immense étonnement dans ses yeux bleus.

— Mais les arbres sont comme les gens! Il y a des grands et des petits! Des prospères et des malingres! Des aimables et des caractères de pioche!

Depuis, j'imite le Prince Charles.

Je parle à mes arbres comme à des personnes. Je félicite l'abricotier qui me donne à lui tout seul une vingtaine de kilos de fabuleux fruits qui ne ressemblent pas à ces boules d'ouate fade et sèche qu'on trouve dans les supermarchés, mais sont de vrais abricots moelleux au jus divin qui dégouline sur mon menton. Je harangue les cerisiers qui réservent leurs plus belles cerises aux plus hautes branches. Saloperies ! J'encourage les petits pruniers à me donner vite ! vite ! des reines-claudes dorées. Je remercie le néflier de continuer à exister et de me fournir courageusement, après les premières gelées, des nèfles à la purée marron sucrée. J'engueule les trois pommiers qui ne produisent que des petites pommes rabougries. (D'accord, c'est de ma faute, mes pauvres ! Vous seriez mieux en Normandie, mais vous pourriez faire un effort, non ? Je déteste tellement les cotonneuses Golden industrielles.) Je menace les poires Crassane (les chéries du grand-père de mon enfance) de me fâcher si elles me refont le coup de l'année dernière : tomber par terre et pourrir avant d'être mûres. Je m'assieds sur le muret de pierre de la terrasse, après le déjeuner, pour bavarder avec mon bien-aimé figuier en mangeant mon dessert préféré : de petites figues vertes à la chair rose et sucrée, toutes chaudes de soleil.

Je suis heureuse.

J'oublie les soucis, l'argent dépensé (sans oublier la TVA agricole : attention à ne pas manquer de la payer la semaine prochaine) et le travail fourni. Y compris par Monsieur Blanc.

Monsieur Blanc est un gendarme retraité qui accepte de venir tailler mes arbres au mois de janvier. (Heureusement qu'il y a des retraités en France pour faire ce genre de petits boulots dédaignés par les chômeurs de l'ANPE.) Il arrive avec sa femme dans une belle voiture blanche et s'installe dans la Maison des Vendangeurs que j'ai bien fait nettoyer et chauffer par Apolline.

Puis, sécateur en main, suivi respectueusement par Monsieur Louis qui lui porte son échelle et moi qui ferme la marche avec sa scie pour les grosses branches — que je tiens comme une infirmière le scalpel de son chirurgien préféré —, il entreprend son inspection.

— Qui a coupé les gourmands au pied des amandiers ?

J'avoue ! J'avais cru bien faire. Eh bien, j'ai eu tort !

Monsieur Louis et moi, nous avons mal planté les noyers. Pas assez profond. Et les tuteurs sont branlants.

— Ce sont vos arbres qui tiennent les tuteurs et pas le contraire ! grommelle-t-il.

Et pour prouver ses dires, il en arrache deux ou trois. Monsieur Louis et moi, nous nous défendons tant bien que mal. Le pépiniériste — qui est aussi le cousin de Monsieur Blanc — nous a longuement recommandé de ne pas enterrer le greffon. Monsieur Blanc ne répond rien mais son regard est terrible.

Quant à mes chers catalpas que, impatiente, j'ai choisis trop grands, le Ciel va me punir. Ils végéteront pendant des années ! Et les fameux cerisiers ! Il va falloir les rabattre sérieusement, sinon je serai obligée de grimper sur une échelle pour attraper les fruits et je me casserai la jambe, douée comme je le suis !

La discussion éclate au sujet des tilleuls. Je les veux taillés en hauteur. Monsieur Blanc les préfère taillés en gobelets. Entêtée, j'insiste. Il résiste :

— Vraiment, vous préférez les grands pinceaux ? demande-t-il, dédaigneux.

Je m'obstine. Il soupire.

Il soupire encore plus fort quand il s'aperçoit que je ne comprends rien à la taille, surtout celle des fruitiers. Les yeux à bois. Les yeux à fleurs. Sur certains arbres, il faut couper le vieux bois. Sur d'autres, c'est le contraire. Monsieur Blanc ne dit pas tailler, il dit *toucher l'arbre*. Il m'explique une fois de plus comment bouturer les peupliers et les saules bouclés et éviter ainsi de payer bêtement son pépiniériste de cousin. Je ne lui dis pas que ça, je sais faire. Il est si content de penser que je suis la Parisienne empotée… que je suis !

Il repart dans sa belle voiture blanche avec sa femme que je ne connais toujours pas. Elle n'a jamais mis le nez dehors.

A l'année prochaine !

Quelques jours plus tard, je m'aperçois qu'il m'a étêté, malgré mes recommandations, tous mes jolis petits peupliers d'Italie le long du ruisseau.

Le monstre !

Mais tout cela, c'est de l'ouvrage pour dames, si j'ose dire.

J'ai un plus lourd souci : la petite forêt de chênes et de chênes verts que j'ai trouvée retournée à la jungle à mon arrivée.

Premier objectif urgent : rouvrir tous les chemins.

Une véritable opération de commando fut lancée au premier Noël passé à La Micoulette.

Je marchais en tête, recherchant les traces des sentiers disparus (dites *les tires*) et cisaillant avec de grands sécateurs à vigne et des gants jusqu'aux poignets, dans la ronce et dans les herbes.

L'Homme suivait, la petite débroussailleuse à l'épaule, pour élargir la trouée. Râlant que je m'étais adjugé le boulot le plus amusant. Mais qui c'était la Patronne, hein ?

Derrière venait Kmao le Cambodgien, poussant un plus gros engin, un Gravely, qui traçait le chemin.

Ensuite, Monsieur Louis tirait avec le tracteur l'énorme broyeuse forestière. Et, enfin, Monsieur Fabre avec son bull aplanissait définitivement la piste.

Toute la file travaillait avec l'énergie des pionniers dans la Ruée vers l'Ouest. Y compris Kmao, ex-colonel de l'armée cambodgienne et frère de ma chère Nieng, princesse de sang royal et femme de ménage…

Tout mon petit groupe khmer — enfants compris — était installé sur place dans des cabanes de chantier et semblait fort heureux. Aussi, au moment de remonter à Paris, pour la rentrée des classes, proposai-je à Kmao de rester seul à La Micoulette — avec une moto — pour continuer à ouvrir les chemins jusqu'à mon retour aux vacances scolaires de février.

Il refusa, avec son exquise politesse asiatique. J'en fus surprise car il cherchait du travail. Mais peut-être en avait-il trouvé ailleurs ?

J'eus l'explication du mystère quinze jours plus tard grâce à une lettre de Nieng écrite dans un français admirable (non seulement princesse mais ancienne danseuse royale, elle avait été également professeur de français et connaissait Stendhal mieux que moi) :

« Chère Madame (c'était moi). Je ne voudrais pas que Madame (c'était toujours moi) qui a été si bonne pour nous (politesse asiatique) soit blessée par le refus de mon frère de ne pas travailler à La Micoulette en l'absence de Madame. La vérité est que mon frère qui aime beaucoup Madame (politesse asiatique) ne veut pas y rester seul. Mon frère, Madame, a peur des fantômes. »

Je compris alors comment les Khmers rouges avaient pu terroriser une nation entière.

J'eus l'occasion d'une nouvelle surprise avec un autre réfugié cambodgien (le cousin de Nieng cette fois) : Kunthel.

L'Homme, jaloux de ma frénétique activité agricole, décida de se lancer dans l'élevage des canards dans sa maison sur les bords de la Seine. Je ne voulais pas de moutons. Il aurait, lui, des canards ! Ah, mais !

Il convoqua donc Kunthel, qui apparut dans un élégant costume croisé bleu marine avec cravate club, et lui exprima son désir.

— J'ai fait HEC, répondit Kunthel, je peux très bien installer une usine à canards pour Monsieur.

— Je ne veux pas d'usine à canards, s'exclama l'Homme, je veux acheter 200 canetons d'un jour à la Samaritaine, et les installer dans le jardin où vous vous en occuperez.

Kunthel s'inclina trois fois.

Nous le vîmes souvent passer, le long du potager, en bleu de travail, chaussé d'énormes bottes (le tout provenant également de la Samaritaine), poussant devant lui, avec une longue gaule, ses 200 canetons nasilleurs, qui grandissaient sagement. De temps en temps, l'Homme allait l'encourager en lui tapant familièrement sur l'épaule.

— Alors, mon brave Kunthel, ces canards, ça m'a l'air de bien marcher, hein !

Kunthel s'inclinait trois fois.

Puis, un dimanche matin, il demanda audience à l'Homme, par l'intermédiaire de Nieng.

— Que ces Asiatiques sont donc compliqués avec leur politesse ! soupira l'Homme. C'était si simple de frapper à la porte et de dire : «J'ai à vous parler»...

A l'heure prévue, Kunthel se présenta dans son costume bleu marine et sa cravate club.

Il s'inclina trois fois.

— J'ai le grand regret d'annoncer à Monsieur que je quitte le Service des Canards de Monsieur...

— Ah bon ! grommela l'Homme, embêté à l'idée de ces 200 sales bestioles en train d'errer sans surveillance dans son jardin, et pourquoi ?

— Sa Majesté, le Prince Sihanouk, m'a nommé ambassadeur à Washington.

Une voiture avec chauffeur vint le chercher. Nous ne le revîmes jamais. Quand nous allâmes à Washington, l'année suivante, nous n'osâmes pas le déranger.

Pour en revenir à mes bois, quand sept kilomètres de pistes furent rouverts, de nouveaux problèmes apparurent.

A la moindre pluie d'orage un peu forte, la couche de terre arable, qui recouvre la roche dure, glissait du talus sur le chemin comme une crème pâtissière d'un fond de tarte. Je me retrouvais avec des ruisseaux et des pistes perpétuellement bouchées et ravinées par de petits torrents furieux. Les frais de pelleteuse — pour remonter inlassablement la terre et re-creuser le ruisseau — étaient si élevés chaque année que je finis par en acheter une. Oh! une petite! Mais je me demande si vous vous doutez, Monsieur le Ministre et Messieurs les Présidents, du prix affolant d'une pelleteuse, même petite! Celui d'un beau diamant que je n'aurai jamais.

Là-dessus, débarquèrent d'une jeep quatre forestiers par l'odeur alléchés. Ils venaient m'expliquer mes droits et mes devoirs de sylvicultrice.

J'avais le droit de me promener dans mes bois avec les chiens, émerveillée par le tapis de violettes sauvages et de coucous au mois de mars. Par les cytises jaunes qui se balancent légèrement au vent. Par les cistes aux pétales froissés mauves qui durent si peu de temps, les halliers de chèvrefeuilles parfumés, les ajoncs à l'odeur miellée, les buissons si gais d'églantines. Par des milliers de fleurs dont j'ignore le nom, autour desquelles tournoient des nuages de papillons que Faxie, ma chienne, essaie d'attraper au vol en sautant comme un cabri. Par les fraises sauvages que je dévore par poignées (bien que ma sœur, la biologiste, m'ait avertie qu'elles risquaient d'être empoisonnées par le pipi du renard enragé et de me rendre malade à mon tour. Tant pis pour le pipi du renard!). Par les traces des sangliers, des renards — toujours eux —, des blaireaux aux griffes pointues, même d'une biche entrevue... ou des grosses chaussures du voisin braconnier. Par la couleur dorée des hêtres à l'automne ou celle rouge vif des merisiers. J'appris à cette occasion que les arbres se livrent à de véritables guerres de territoire et que, dans quelques centaines d'années, sur les pentes de mes collines exposées au nord, les hêtres auront remplacé les chênes.

J'avais le droit de grimper comme une chèvre (une chèvre avec canne, maintenant) sur les crêtes et de respirer l'air si pur et si vivifiant comme une coulée d'eau fraîche, en admirant, au très loin, les Pyrénées couvertes de neige.

J'avais le droit de ramasser des bottes de thym, d'aneth et de lavande pour les suspendre dans la maison. Et les quelques rares girolles cachées dans un fourré secret.

J'avais le droit de composer de fabuleux bouquets, mais pas de cueillir certaines fleurs «protégées», comme de minuscules orchidées, couleur de marron glacé.

J'avais le droit de m'asseoir sur une pierre et de rêver en regardant les nuages chassés par le vent passer au-dessus de ma maison au toit de vieilles tuiles rondes et roses dont le faîte serpente comme une couleuvre.

J'avais le DEVOIR d'établir un plan de gestion forestière.

C'était quoi, établir un plan de gestion forestière ?
Remplir un certain nombre de formulaires administratifs compliqués où je m'engageais à transformer mes vilains petits taillis en futaies royales. Pour cela, je devais éclaircir, tronçonner les arbres abattus, débroussailler (encore et toujours) les ronces et autres saloperies, couper les lierres qui étouffent les alisiers et les érables champêtres, quelquefois jusqu'au sommet, nettoyer les boules de gui qui sucent la sève des aubépines, et surtout arracher la clématite sauvage qui encoconne les plus grands chênes jusqu'à les asphyxier, et dont il faut tirer les lianes, l'une après l'autre, en se suspendant comme Tarzan lui-même...

Bref, dépenser un million de centimes l'hectare. Cent millions en tout.

Je poussai un cri de détresse.

— Je n'ai pas tout cet argent !
— Personne ! me rassurèrent mes forestiers. Vous ferez cela petite parcelle par petite parcelle, et vous paierez grâce à une ou deux coupes de bois.

J'émis un deuxième hurlement, mais cette fois d'indignation.

— Je n'ai pas acheté une forêt pour la raser !

Ils me regardèrent stupéfaits.

— Vous ne voulez pas commercialiser vos bois ?

— Non ! criai-je. Je veux me balader dedans jusqu'à ma mort.

L'un d'eux, davantage poète peut-être, finit par entrevoir mon point de vue.

— Vous serez plus heureuse de vous promener sous de belles futaies bien hautes et bien droites que dans vos petits taillis d'arbres tordus, tout juste bons à faire du bois de chauffage.

L'argument me toucha. J'eus une vision éblouissante de la forêt de Tronçay et rêvai des immenses chênes plantés par Colbert pour en faire des mâts de bateaux.

— Bon. Je vais essayer.

D'abord, je me heurtai à une première difficulté, inattendue par ces temps de chômage. Impossible de trouver des ouvriers forestiers (il y a vraiment des jours où l'on se demande à quoi sert l'ANPE). J'engageai la communauté tout entière des Z'hippies d'un village voisin.

Malheureusement, leurs longs cheveux se prirent dans les ronces et il me fallut des heures pour les dégager. Puis surtout je m'aperçus qu'ils ne connaissaient rien à la sylviculture et coupaient les petits hêtres ou les bébés-chênes, mais laissaient religieusement la ronce redoutable, ou la corroyère sournoise. Je les remplaçai par une équipe de Marocains qui firent un travail épatant dans un bruit effrayant de tronçonneuses hystériques. Mais refusèrent — Allah seul sait pourquoi — de transporter le bois coupé jusqu'au chemin et le laissèrent au cœur de la forêt.

Un acheteur se présenta mais repoussa vigoureusement l'idée de prendre livraison des bûches là où elles étaient. Je devais amener mes piles dans un endroit où son énorme camion pouvait charger. Alors, *éventuellement*, il reviendrait.

Deux années passèrent.

Le bois pourrissait.

Je finis par craquer.

Monsieur Louis engagea les deux fils d'un voisin et, remorque après remorque, transporta et empila mes bûches abandonnées et méprisées à l'entrée de la propriété. Où l'acheteur vint en prendre quelques stères au fur et à mesure de ses besoins. Puis il disparut définitivement.

Si quelqu'un d'entre vous, Monsieur le Ministre et Messieurs les Présidents, veut m'acheter du bois...

Je décidai d'arrêter de couper des arbres (d'ailleurs, cela me rendait malade : l'impression d'assassiner des amis) mais de continuer à débroussailler. A cause du feu. Mais où trouver le million de centimes par hectare ? Je m'adressai aux Forestiers. Ils m'objectèrent leur manque de crédits chronique mais subventionnèrent en partie une immense piste pare-feu de deux kilomètres. (Mais pas son entretien inlassablement ruineux.) Je demandai alors à l'Homme un prêt... sans remboursement ! Il poussa les hauts cris. Je le prenais pour Crésus ou quoi ?

— Puisque tu ne veux pas de moutons, pourquoi ne fais-tu pas venir des lamas du Pérou ? suggéra-t-il (l'Homme-de-ma-vie a toujours des solutions originales à me proposer : c'est là l'un de ses charmes). J'ai lu qu'on employait maintenant des lamas pour nettoyer les sous-bois.

— Et qui va s'occuper des lamas ? Il paraît que ce sont de sales bêtes qui vous crachent à la figure !

— Tu fais venir aussi un Indien péruvien !

L'idée d'un Inca dans son poncho égaré en pleines Corbières me parut un peu hardie.

— Non ! Le village va me prendre une fois de plus pour une folle. Et les chasseurs vont tuer les lamas.

Plus encore que les talus qui s'écroulent et les ronces qui repoussent avec une vigueur et un entêtement terrifiants, les chasseurs me posent problème.

Lorsque j'achetai mon petit coin de terre, tout le monde, depuis l'agent immobilier jusqu'au directeur du Crédit Agricole en passant par le notaire, me chuchota : « Surtout, laissez passer les chasseurs ! Sinon, ils brûleront votre forêt ! »

— Qu'ils essaient ! gronda l'Homme, et moi, je leur plastique leurs fermes. En attendant, je vais clôturer le domaine avec du fil de fer barbelé.

— Jamais ! criai-je. Je ne veux pas vivre entourée de barbelés ! On verra bien.

Je vis.

Huit jours avant l'ouverture de la chasse, tous les chiens des environs furent lâchés, sur les traces des sangliers, dans mes chemins qu'ils parcoururent en poussant des glapissements à la mort qui me glacèrent les sangs. Beaucoup portaient des grelots qui sonnaillaient la nuit jusque sur ma terrasse. Me réveillant ainsi que mes bergers allemands qui éclatèrent en aboiements furieux. Je les lâchai à la poursuite des chiens *estrangers*. Sans résultat. Mes propres idiots de fauves se joignirent à la traque.

Le jour de l'ouverture, l'aube à peine levée, une véritable fusillade retentit. Ça tirait de tous les côtés tandis que les chiens, toujours jappant sinistrement, rabattaient mes pauvres sangliers vers les chasseurs postés sur toutes les crêtes des collines.

Je jugeai plus prudent de rester à l'abri de la maison. Jusqu'au moment où j'aperçus une voiture en train de se garer tranquillement dans le sentier menant à la cascade.

Mon sang de propriétaire terrienne (la pire race) ne fit qu'un tour.

Je sautai dans la jeep et descendis interpeller l'inconnu.

C'était un chasseur entièrement déguisé en parachutiste, casquette camouflée comprise. Il venait de la ville.

— Vous êtes ici dans une propriété privée, où la chasse est interdite, remarquai-je avec indignation.

— Je vous emmerde, répondit le malotru. La loi Verdeille me permet de chasser où je veux.

— La loi Verdeille ne s'applique que jusqu'à vingt hectares, ce qui n'est pas le cas chez moi. Veuillez partir, je vous prie.

— Je vous emmerde toujours, confirma le chasseur.

J'allai réveiller l'Homme qui descendit à son tour, très grognon, avec ses un mètre quatre-vingt-dix, ses cent cinq kilos et sa force herculéenne (il y a des cas où la féministe que je suis sait reconnaître la supériorité du mâle). L'Homme attrapa le faux parachutiste par le col de son blouson camouflé, le souleva du sol et le secoua comme King Kong un ouistiti.

— Tu fous le camp ou je t'écrase la gueule, fit l'Homme gracieusement.

Le chasseur détala.

Quelques semaines plus tard, j'étais paisiblement assise avec ma fille cadette sur la terrasse, en train d'admirer la lumière de l'automne, quand un coup de feu claqua à mes oreilles. Et une petite branche du grand chêne me tomba sur la tête.

Quelqu'un, caché derrière la haie de cyprès à trente mètres, nous tirait dessus.

Je bondis dans la maison, attrapai ma carabine 22 Long Rifle, ressortis et tirai à mon tour en direction de la haie de cyprès. Un éclair de lucidité me fit, au dernier moment, viser AU-DESSUS. J'entendis un bruit de fuite éperdue et mon chasseur qui criait :

— Tirez pas, nom de Dieu ! *Putaing*... c'est une meurtrière, cette femme !

Je fis répandre au village, par Monsieur Louis, le bruit que la prochaine fois, je tirerais DEDANS *ceusses* qui viendraient m'attaquer aussi lâchement, et pas AU-DESSUS...

Et je conclus un arrangement avec mes voisins. Ils avaient le droit, et *eux seuls*, de poursuivre un sanglier levé dans mes bois, à la condition bien sûr que je ne sois pas au domaine. De ce côté-là je n'avais aucune inquiétude : tout le monde, à Moustoussou, sait dans la demi-heure que je suis arrivée de Paris, même de nuit. En contrepartie de cette contrepartie, je ne faisais pas classer mes bois en réserve naturelle avec garde-chasse fédéral et tout.

L'arrangement fonctionna cahin-caha (toujours pessimiste, je préférais quand même rester à l'abri dans la maison, les jours de chasse), jusqu'à l'année dernière.

Le dimanche de la fermeture, se trouvèrent rassemblés à La Micoulette tous les chasseurs de tous les villages de tous les environs.

Une véritable guerre éclata. Les Nemrods se mirent à gueuler et à s'insulter. Les plus excités commencèrent à se tirer les uns sur les autres. Les chiens aboyaient comme des fous. C'était Verdun. Je craignis le massacre.

Je m'élançai à la pointe de la terrasse dominant la vallée, avec un porte-voix de marine dont je fis résonner la sirène de brume. Un ululement digne du naufrage du *Titanic* se fit entendre, à dix kilomètres à la ronde, stupéfiant les populations.

Un silence médusé s'abattit sur mes terres. Non seulement les fusils s'arrêtèrent de tirer, les chasseurs de gueuler, mais les chiens eux-mêmes cessèrent d'aboyer.

Dans le calme revenu, je hurlai dans mon porte-voix :

— Sortez TOUS de chez moi... ou j'appelle les gendarmes !

Les gens du village (à 2 km et demi) hochèrent la tête :

— *Macarel !* Elle est pas contente, LA PARISIENNE !

Les chasseurs et les chiens s'enfuirent sur la pointe des pieds et des pattes. Du moins je le supposai, car je n'entendis absolument plus rien, pas le moindre chuchotement, jappement ou bruit de branches cassées.

Le soir, les voisins vinrent en délégation m'apporter un cuissot de marcassin (qu'Apolline fit rôtir sur son vieux tournebroche dans sa cheminée et qui reste l'un des meilleurs souvenirs gastronomiques de ma vie).

— C'est pas nous! C'est *ceusses* de Villepla et même de Saint-Jacques-d'Aval! Ces *congs*, ils ont failli nous tuer!

— Si ça recommence, menaçai-je, cette fois, je suis décidée... je fais classer les bois en réserve et vous aurez le garde-chasse fédéral sur le dos!

— Faites pas ça! supplièrent-ils, effondrés.

— Faites pas ça, dit en écho Monsieur Louis, le lendemain matin. Les sangliers, ils nous ont bouffé au moins cinq cents kilos de raisin cette année!

A cette nouvelle, mon cœur viticole s'enflamma:

— C'est vrai que tout le gibier du canton s'est passé le mot et se réfugie chez nous. On a un peu trop de sangliers!

Je ne lui révélai pas — il serait toujours temps — que les cochons avaient ravagé la grande piste du Bosc en grattant d'énormes trous où ils adorent se rouler à la moindre pluie pour se débarrasser de leurs puces.

— *A y être*, on a aussi trop de lièvres! Ils ont grignoté toutes les cimes des petits pins Douglas qu'on a plantés dans la parcelle du Dandil.

— J'ai vu! dis-je sombrement. Il faut les entourer de grillage.

— Y en a cinq cents! grommela Monsieur Louis. Je peux pas tout faire!

— On va prendre le fils Bousquet et le petit James aux prochaines vacances et...

— Encore une dépense pas prévue! fit Monsieur Louis, soucieux.

Hé oui! Encore une dépense pas prévue.

Sans compter l'angoisse du choix perpétuel.

Faut-il protéger le raisin ou le sanglier? La cerise ou l'oiseau? Le renard ou la poule? La belette ou le petit lapin?

Quand je lis les déclarations enflammées de Madame Bardot en faveur des doux blaireaux, des charmantes fouines ou des adorables furets, j'ai envie de lui parler des pauvres treize poules de Madame Pons égorgées en une nuit dans leur poulailler. Que porte-t-elle aux pieds, Madame Bardot, des sandalettes en nylon ou des bottes en cuir arraché aux flancs de malheureuses vachettes ? M'énervent aussi les hystériques défenseurs des treize ours des Pyrénées, massacreurs d'agneaux, de brebis et de chiens, et dont on ne doit pas déranger les amours sur des espaces immenses. Se préoccupe-t-on autant de protéger la tranquillité des banlieusards entassés dans leur HLM, au bord des autoroutes ? M'agace également, de temps en temps, ma voisine allemande, Brunehilde, fanatique adepte de l'agriculture biologique (elle fait pousser, je le reconnais, de délicieux haricots verts), qui ne cesse de me tancer parce que j'utilise — j'avoue ! j'avoue ! — des produits chimiques qui polluent la terre et l'eau.

— Elle a raison ! j'explique à Monsieur Louis (surtout quand je reçois l'énorme facture), nous sommes en train d'empoisonner la nature.

— Si je n'avais pas traité la vigne l'année dernière avec du Baytan, vous n'auriez même pas récolté une tonne de raisin à cause de l'oïdium.

— C'est vrai.

— Et votre amie, Madame Maureen, avec la cicadelle qu'elle a eue, elle n'a pas pu porter un seul kilo de Mauzac à la Cave.

Il a encore raison. Je ne sais plus que penser. D'autant que Brunehilde pollue, elle, le paysage avec son plastique. Serres en plastique. Couvertures en plastique sur les champs de fraises et de primeurs. Petits bouts de plastique noir voletant au vent dans toute la vallée. Et pas du tout biodégradables. L'Ecolo teutonne, avec sa cochonnerie de polyester, ses abris en tôle, ses carcasses de fourgonnettes, a torchonné l'un des plus beaux sites de la région, sujet favori — avant son installation — des peintres locaux.

Et puis, si je n'ai pas une bonne récolte, avec quoi paierai-je Monsieur Louis, les saisonniers, les cotisations de la Mutuelle Sociale Agricole, les réparations des tracteurs, le fuel, le toit du petit hangar, toutes les assurances (celle de la multirisque agricole dont 34 % de taxes pour le Trésor Public et toujours 5 francs pour Monsieur Habache : « taxe terrorisme » ; celle de la grêle ; celles des tracteurs dont 10 % pour le Trésor Public et 5 francs pour Monsieur Habache ; celles des camionnettes — toujours 10 % pour le Trésor Public et 5 francs pour Monsieur Habache), etc.

...ET LES IMPÔTS, TAXES ET COTISATIONS AGRICOLES...

D'abord la **taxe foncière**.

Dont une partie est calculée sur les faux renseignements du service le plus têtu de notre belle Administration Française : celui du Cadastre.

Je sais de quoi je parle.

J'ai dû mener une guerre de cinq années pour obtenir la remise à jour du mien.

Après deux années de correspondances diverses — où je signalais, entre autres, que la parcelle C 441 taxée comme plantée en vigne était en fait recouverte de taillis et même de quelques gros arbres —, je décidai de prendre le taureau par les cornes. De refaire entièrement mon « parcellaire cadastral », parcelle après parcelle, et d'envoyer à notre belle Administration Française du Cadastre à Lescouloubre un dossier de sept pages remises par la Mairie et dûment signées.

Je ne reçus aucune réponse.

Je téléphonai.

On me répondit que le Service était surchargé de

travail et qu'on s'occuperait de moi lorsque mon tour viendrait. Remise vertement à ma place, je m'écrasai.

Plusieurs mois passèrent. Je reçus le parcellaire annuel.

Toujours faux.

Je retéléphonai. Et utilisai mon arme favorite de : « Je suis la belle-mère du Ministre. » On me passa un Chef de Service. Charmant.

— Je vais vous envoyer un Inspecteur.
— Quand ?
— L'année prochaine.

A ma grande surprise, l'inspecteur apparut un jour à l'improviste (en mon absence). Vérifia avec Monsieur Louis toutes mes modifications, tomba d'accord avec elles, repartit.

J'étais rassérénée.

Plusieurs mois passèrent.

Le parcellaire nouveau arriva.

Toujours faux.

Aucune des modifications réclamées et acceptées par l'Inspecteur n'avait été prise en compte.

J'écrivis une lettre indignée au Chef de Service (dont j'avais réussi à obtenir le nom : un exploit tant les fonctionnaires veulent désespérément rester anonymes). Le menaçant soit de venir avec un photographe de presse m'assurer que ses services étaient bien peuplés d'êtres humains et non de zombis. Soit de m'installer pour un sit-in devant sa porte avec grève de la faim. Soit encore de faire, avec les trompettes de Jéricho, le tour des murailles du Service du Cadastre pour qu'elles s'écroulent et que le peuple puisse contempler ses fonctionnaires dans leur splendide inaction.

Je ne reçus aucune réponse.

Le nouveau parcellaire arriva.

Toujours faux.

La « belle-mère du Ministre » retéléphona au Chef de Service. Qui m'assura que ma lettre l'avait beaucoup amusé. Malheureusement, l'Inspecteur qui était venu chez moi avait perdu le dossier.

Et alors ?

Alors... Il fallait attendre que mon dossier qui avait été remis sous la pile revienne sur le dessus. On m'enverrait à ce moment-là un deuxième Inspecteur.

— Quand ?

Il ne pouvait rien me promettre.

— Mais moi, pendant ce temps-là, je paie des taxes foncières et des bénéfices agricoles plus élevés que je ne le devrais.

— Je sais ! soupira-t-il d'une voix désespérée. Mais nous sommes en train de nous informatiser...

Tout s'éclaira.

Les Ordinateurs de notre belle Administration Française appartiennent à une marque très spéciale.

1. Ils travaillent seuls la nuit. « C'est la faute à l'Ordinateur » est une longue plainte qui revient sans cesse dans les propos des malheureux fonctionnaires. J'en ai personnellement déduit que l'informatique était capable de toutes les bêtises quand elle était laissée sans surveillance, à la pleine lune.

2. Ils refusent (ces Ordinateurs), avec l'obstination d'une mule du pape, toute correction. Surtout quand elle est à l'avantage de l'usager. « C'est entré dans l'Ordinateur et je ne peux pas l'en sortir », vous répond tristement une dame désemparée, pour vous expliquer pourquoi, au bout de trois ans, on ne vous a pas remboursé une cotisation indûment perçue.

Le parcellaire nouveau arriva. Toujours faux, faux, faux.

Je passais par des alternatives de découragement (des amis de la région m'avaient raconté qu'en vingt ans ils n'avaient pu faire admettre la mort de leur mère au Service du Cadastre et qu'ils s'étaient résignés à continuer à payer sous son nom !) et de rage (j'allais faire sauter par une nuit sans lune tous les

Ordinateurs dans un gigantesque feu d'artifice. Ha! ha!).

Le parcellaire nouveau arriva. Je ne réagis même plus.

C'est alors que, ô miracle, apparut au Service du Cadastre de Lescouloubre un être inouï. Une jeune femme fonctionnaire compétente et active.

Elle m'annonça sans précaution :

— Nous allons effectuer toutes les modifications que vous avez signalées.

Je n'en crus pas mes oreilles :

— Et même indiquer mon nom comme propriétaire et non plus celui de mon mari ?

— Parfaitement !

— Et aussi la parcelle C 441 que vous me taxez en vignes et non en landes ?

— Ah non! pour celle-là, il faut que vous m'envoyiez une déclaration d'arrachage.

— Je ne peux pas arracher une vigne qui n'existe pas !

— C'est le seul moyen ! avoua-t-elle, sinon nous n'en sortirons jamais. De toute façon, personne n'y fera attention.

Elle avait raison.

Grâce à ce «faux» officiel (chut!), j'obtins enfin un parcellaire cadastral à jour. Si! si!

Enfin presque.

Parce que, entre-temps, plutôt que de faire pousser des tonnes de luzerne que mon berger andorran refusait désormais d'acheter (nous avions été pincés par son propriétaire), ou de laisser mes prés en friche, j'avais décidé de planter 2 000 arbres d'essence forestière. Et de réclamer le changement de nature de la parcelle, de prés (taxés) en bois (non taxés).

Ma nouvelle amie du Cadastre poussa un soupir.

— Quand vous aurez fini de reboiser, je vous indiquerai toutes les attestations que vous devrez me fournir de la Mairie et de l'entreprise forestière qui aura fait le travail, etc.

— Mais c'est moi qui plante !
Elle parut effondrée.
— Alors, il faudra que je vous renvoie l'Inspecteur...
Je compris qu'une fois de plus j'étais mal partie.

Pour en revenir à la **taxe foncière,** elle se divise en deux, comme vous le savez, Monsieur le Ministre et Messieurs les Présidents.

1. La **taxe sur le foncier bâti,** qui a l'amusant avantage de doubler la taxe d'habitation déjà acquittée. La première fois, on a payé pour la maison elle-même. Maintenant, c'est pour le sol recouvert par la construction. Bon. Moi, je veux bien. Quel que soit le prétexte, faut sortir les sous.

2. La **taxe sur le foncier non bâti,** qui frappe les terres (estimées par le Cadastre), ces pauvres terres que les petits agriculteurs ont tant de mal à entretenir (même une jachère doit être nettoyée) et avec lesquelles ils ne gagnent pas leur vie. Et la gagneront de moins en moins.

A qui est-elle destinée, cette taxe ?

A la commune, pour 95,04 %. D'accord. Monsieur le Maire de Moustoussou est économe. Sauf en ce qui concerne l'électricité du village qui reste éclairé la nuit entière, comme tous les villages de France. Alors que ses habitants se couchent à 10 heures du soir et que je n'ai jamais rencontré âme qui vive dans les rues désertes passé minuit. Un jour, j'en fis un peu vertement la remarque au Maire. Ajoutant que, nous autres dans les fermes, nous économisions la moindre lumière. Le Maire leva les bras au ciel. Les habitants de Moustoussou tenaient tellement à leur éclairage public que si une seule ampoule grillait, dès le lendemain matin les réclamations étaient telles que le Maire lui-même devait aller la changer immédiatement. Curieux ! Les paysans, en devenant villageois, se révéleraient-ils peureux ?

La **taxe sur le foncier non bâti** se monte à 37,5 %

qui sont destinés au budget du Département et utilisés à des choses très importantes, j'en suis sûre. Mais il arrive que, lisant mon journal local ou le Rapport de la Cour des Comptes, je découvre des dépenses qui me font dresser les cheveux sur la tête.

Par exemple, à FLEURY D'AUDE...

Comme vous le savez, Monsieur le Président du Conseil Général de l'Aude (vous permettez que je m'adresse directement à vous), en 1988, le Maire de cette petite commune de 2 027 habitants, pas très loin de chez moi, décida de faire construire une bulle transparente immergée dans la mer pour tourner des émissions de télévision (drôle d'idée pour un studio, mais pourquoi pas?). Et pour permettre aussi aux touristes d'admirer la flore et la faune de notre magnifique Méditerranée. Coût de la construction évalué à 17 millions sur lesquels le Conseil Général (vous) accorde une subvention de 5 millions. Et en avant! C'est alors que, enfer et damnation, on découvrit que le massif rocheux sur lequel devait s'ancrer la bulle ne se trouvait pas à 2,50 mètres mais à 13 mètres de profondeur. (Quel est l'imbécile incompétent qui a fait cette erreur? A-t-il été payé quand même? Hélas, je le crains, puisque, dans notre doux pays de France, le principe de base est: «Responsable mais pas coupable... et jamais puni!») Donc, le devis sauta de 17 à 31,7 millions. Et allez donc! Le Maire s'obstina néanmoins. Etablit des faux. Imagina des parrainages bidons. Emprunta à tour de bras. Personne ne remarqua rien, pas même le Sous-Préfet chargé de s'assurer que le budget des communes n'atteignait pas l'extravagant.

C'est alors que les vitres de la bulle sous-marine claquèrent à trois reprises et que le Service de Sécurité refusa son accord pour l'utilisation de l'Observatoire «Aquanaude», qui se révéla par ailleurs...

... SANS AUCUN INTÉRÊT parce qu'on s'aperçut brutalement qu'à cet endroit-là la mer était si trouble qu'il était impossible d'apercevoir le moindre poisson ou la plus petite algue !

Le projet fut abandonné.

Il a coûté plus de 40 millions, auxquels continuent de s'ajouter... des frais de gardiennage !

Cette histoire me ferait beaucoup rire, Monsieur le Président du Conseil Général de l'Aude, si je ne songeais pas à mes voisins viticulteurs qui ne gagnent même pas le RMI en travaillant dix heures par jour.

Et si l'on ne parlait pas de supprimer, pour cause de déficit, le cher petit avion à hélices qui fait, vroum-vroum-vroum, la navette entre Paris et Carcassonne et qui est si commode !

Mais ce n'est pas fini.

Toujours au titre de la **taxe sur le foncier non bâti**, 5,94 % vont au Budget de la Région.

A quoi servent-ils, ces 5,94 % ?

Comme toujours à des choses très utiles, j'en suis encore sûre.

Mais aussi à payer un palais de 144 millions, à MONTPELLIER, pour 67 élus qui se réunissent environ quatre fois par an...

Certes, il est magnifique, ce bâtiment, construit par Ricardo Bofill, en verre bleuté et pierre blanche. Mais notre Région n'est pas très riche, Monsieur le Président du Conseil Régional du Languedoc-Roussillon (c'est maintenant à vous que je m'adresse), vous le savez mieux que moi. Et un peu d'économie m'aurait bien plu, personnellement. D'autant plus que la rumeur court qu'à l'intérieur de votre splendide construction l'efficacité n'est pas toujours au rendez-vous. Les mauvaises langues prétendent qu'entre le rez-de-chaussée et le huitième étage les services ne peuvent pas communiquer entre eux, et que les bureaux sont si mal conçus que les secrétaires sont obligées de photocopier dans les couloirs.

Mais on dit tellement de méchantes choses dans les petites mairies où il n'y a même pas trois chaises pour s'asseoir! Seulement des bancs de l'ancienne école, fermée pour manque d'enfants. De même ont disparu l'épicerie, la boulangerie, le café. Les villages meurent au pied de votre palais, Monsieur le Président du Conseil Régional.

Mais puis-je parler maintenant, Monsieur le Ministre et Messieurs les Présidents, de l'impôt le plus inique qui soit?
L'impôt sur les bénéfices agricoles... *même quand il n'y a pas de bénéfices agricoles!*
Je n'ai jamais rien vu de plus insupportable!
En ce qui concerne ma modeste exploitation (déficitaire)...
... soit je paie au forfait. Calculé sur les renseignements du Cadastre dont nous avons vu ce qu'il fallait en penser, mais en tenant compte également de mes revenus d'écrivain. Résultat : PLUS JE GAGNE D'ARGENT AVEC MES LIVRES, PLUS JE PAIE DE BÉNÉFICES AGRICOLES!
... soit je fais tenir une comptabilité dite réelle par un centre de gestion agréé (ce qui revient cher et constitue un emmerdement quotidien) et je dégage un déficit agricole QUE JE N'AI PAS LE DROIT DE DÉDUIRE DE MES REVENUS D'ÉCRIVAIN.
C'est-à-dire, Monsieur le Ministre de l'Agriculture, que les Impôts prennent en compte la totalité de mes revenus quand il s'agit de payer plus, mais l'oublient quand j'aurais une chance d'acquitter moins.
Me permettez-vous de vous dire que c'est non seulement injuste... mais con! (Eh ben oui! là! le mot est lâché.)
Si un déficit agricole donnait droit à un crédit d'impôt, beaucoup de Français qui aiment la terre préféreraient dépenser leurs sous pour l'entretenir et l'embellir plutôt que d'acheter une villa, les pieds dans l'eau, aux Baléares où ils se rendent en Mercedes ou dans une voiture de sport italienne, vêtus de chandails en cashmere anglais.

Et vous économiseriez des subventions pour «lutter contre la désertification de la France», sans compter toutes celles que vous lâchez aux agriculteurs quand ils murent les portes des préfectures, barrent les routes, bloquent les villes, brûlent des pneus sur les voies de chemin de fer, hurlent leur colère et leur désespoir.

Moi, j'ai été me plaindre à mon Député.

— Vous savez, lui dis-je, qu'il y a des jours où j'ai envie d'arracher mes vignes, de raser mes bois, de renvoyer mes ouvriers, même mon cher Monsieur Louis, de laisser mes hangars agricoles s'écrouler, et ma ferme aussi. Et de vivre dans les trois pièces de la petite Maison des Vendangeurs avec 1 000 m² de jardinet autour. Et basta! Bonjour, la jungle! Salut, la ronce! Bienvenue, la brousse française!

— Ne faites pas cela, gémit mon Député, je vais en parler à Paris.

— Paris s'en fout! lui dis-je vertement. Jamais un énarque n'a attrapé un lumbago en vendangeant une vigne, ni la tête comme un melon à labourer huit heures de suite sur son tracteur, ni un rhume à pelleter un chemin dans la neige. Il ignore ce que signifie déroncer un ruisseau à en avoir les mains en sang malgré les gants. Et maudire le ciel parce qu'un coup de gel a brûlé tous les bourgeons. Et re-maudire le ciel parce qu'il reste implacablement bleu et qu'aucune goutte de pluie n'empêche le maïs de se dessécher sur pied. Et pleurer de rage parce qu'il est obligé de jeter ses surplus de pêches si délicates ou ses belles tomates rouges qu'il a cultivées avec tant d'amour...

Mon Député ne répondit rien.

Deux mois plus tard, je fus avisée par la charmante Secrétaire Générale de la Sous-Préfecture que j'avais été proposée pour le Mérite Agricole. Et encore quelques mois plus tard, que le Ministre de l'Agriculture me l'avait accordé.

Autant être honnête. Je fus transportée de joie et de fierté. Décorée de la Légion d'Honneur ? Aucun intérêt : tout le monde l'est dans le showbiz. Même Johnny Hallyday. (Sur le champ de bataille du rock ?) Et des acteurs américains célèbres pour leurs gros biceps... et leur active zigounette. (Je pense là au beau Stallone et au sexy Warren Beatty.)

Les Palmes Académiques ? Moins courues mais font un peu récompense d'universitaire pistonné (pardon, ma gentille et jolie copine, Janine Boissard !). Non aussi à l'Ordre du Mérite, comme Higelin ! (T'as pas honte, espèce de faux anar, de nous avoir fait toute ta vie le coup du marginal « love and peace », avec ta guitare, pour finir à cinquante balais avec une médaille du « Mérite » ?)

Mais le « Poireau » ! Voilà qui était chic à porter à Paris ! Et qui surtout, surtout, reconnaissait ma vaillance agricole ! Ma guerre acharnée contre la ronce et la clématite sauvage ! Ma lutte contre la sécheresse ! Mon combat contre les pannes de tracteurs, de camions, de débroussailleuses et de tronçonneuses caractérielles ! Mes blessures au portefeuille ! Mes découragements sur le front du blé tendre et de la luzerne ! Mon qui-vive permanent au sujet du temps ! Ma peur quotidienne d'un accident (ça se renverse vite un tracteur qui tire une remorque, et ça écrase une jambe avant de pouvoir crier : « gaffe ! »). Mon amour pour mes vignes si délicates. Etc.

Bref, j'étais exaltée.

Le Sous-Préfet me fit alors savoir qu'il désirait me décorer lui-même au cours d'une petite fête à la propriété. Quelle petite fête ? J'allais donner une GRANDE fête, où serait invité tout le pays ! De mes chers ouvriers agricoles au Comte de D., Seigneur de Castelbrac, en passant par l'ancien et spirituel Ambassadeur de France qui avait pris sa retraite à quelques kilomètres dans un cloître en ruine qu'il retapait lui-même. Sans oublier tous mes voisins des fermes alentour. Et ma copine Maureen. Et les Présidents des Coopératives Viticole, Agricole, Apicole, Forestière. Et les Maires. Et mon Député. Et tous mes amis dont la vie en province développe la personnalité originale (bien plus que dans un Paris entiché de lui-même et où personne n'a jamais le temps de rien). Ainsi y aurait-il :

— Les deux frères du Grand Garage dont l'un passe ses vacances à vagabonder sur toutes les mers à bord de sa goélette et l'autre à explorer à pied des pays inconnus tels que le Dolpo et le Mustang, au nord du Népal.

— L'Inspecteur des Impôts, un poète (oui, ça existe un Inspecteur des Impôts poète ! J'en ai trouvé un à Castelbrac qui écrit des chansons et rêve secrètement d'être Nougaro).

— Un ancien Préfet, qui passe ses nuits à écouter les messages des bateaux qui naviguent à travers le monde et entrent sous un nom dans un port pour en ressortir sous un autre. (Il est correspondant de la Lloyds.)

— Le Brigadier de Police, sculpteur sur métal et auteur-metteur en scène de Sons et Lumières locaux.

— L'Architecte qui a pris sa retraite seul dans une tour du XIIIe, joue de la viole de gambe la nuit, et peint des aquarelles ensoleillées sous la pluie !

— Un couple de jeunes Publicitaires qui ont vendu leur agence très connue à Paris. Pour se retirer dans un petit château dans la montagne et fonder une communauté religieuse.

— Une vieille Baronne hongroise, tordue par les rhumatismes, qui s'obstine à monter à cheval à soixante-dix-huit ans et qui, quand elle tombe, ne peut se relever. Son mari est obligé de la rapatrier dans la remorque du tracteur.

— Une Archéologue irlandaise qui, ayant ramassé un petit caillou rouge dans une de mes vignes, m'annonça aussi sec qu'il s'agissait d'un morceau d'amphore pompéienne du Ier siècle après Jésus-Christ.

Etc.

Nous serions 200.

Seul l'Homme refusa de venir.

— J'ai renvoyé toutes mes décorations à cet Etat pourri! déclara-t-il. Je ne veux pas serrer la main de son représentant officiel: «ton» Sous-Préfet! Ou alors, si tu m'OBLIGES à venir, je ferai un éclat!

— Surtout, ne viens pas! criai-je, affolée (je sais l'Homme capable de tout). Je dirai que tu as été retenu... heu... par une visite de la Princesse Diana!

— Mais comment vas-tu te débrouiller toute seule? s'inquiéta mon époux qui n'a aucune confiance — à juste titre — dans mes capacités de maîtresse de maison.

Je téléphonai tout bêtement au cher Monsieur Verdier qui assurait toutes les réceptions de la Région. Il sauta dans sa voiture et vint examiner les lieux.

— Aucun problème. Trois buffets, des petites tables et des chaises sur vos trois terrasses. Canapés divers, petits fours...

— ... et des sorbets à cause de la chaleur, dis-je (nous étions en plein mois d'août).

— ... et des sorbets dans des coupes. Et comme boissons?

— Des jus de fruits. Je me charge de la Blanquette et du Crémant de Limoux.

— Pas de whisky?

— Voyons, Monsieur Verdier! m'exclamai-je, indignée, jamais une goutte de whisky *estranger* n'entrera chez moi, petite viticultrice française!

— Bravo! Tout le monde devrait faire comme vous. Et c'est pour quelle heure?

— Les invités doivent arriver vers les 17-18 heures. Le Sous-Préfet à 18 h 30.

— Parfait. Je serai là à 16 heures avec mes camions, tout le matériel, la nourriture, le personnel, etc. Je ne vois aucun problème particulier.

Lui, non.

Moi, oui.

D'abord, il fallait dresser la liste des invités. (J'étais terrifiée à l'idée d'oublier quelqu'un qui, je le savais, ne me le pardonnerait jamais.) Je la refis dix-sept fois. Heureusement, les journaux locaux parlaient quotidiennement de la grande fête que préparait la nouvelle et heureuse « Chevalier du Mérite Agricole ».

Cinq personnes auxquelles je n'avais pas songé me téléphonèrent pour me signaler qu'elles n'avaient pas reçu leurs cartons d'invitation. « Ah, mon Dieu ! encore un coup de la Poste ! » m'indignai-je. Et je les envoyai précipitamment.

Ensuite, je m'aperçus d'un premier détail embêtant qui m'avait jusque-là échappé.

Ma cour était trop petite, même en enlevant tracteurs et matériel agricole, pour y garer une centaine de voitures. Où les mettre, ces putains de bagnoles ? La maison était entourée de vignes et d'arbres, et le rocher à pic.

J'envoyai Monsieur Louis raser tout un champ de luzerne à cent mètres. Malheureusement, pour s'y rendre, les voitures devaient grimper jusqu'à la maison, tourner dans la cour et repartir vers le « parking ».

Et le deuxième détail très embêtant m'apparut alors.

Mon chemin était trop étroit pour que les voitures qui montaient et celles qui repartaient vers le champ de luzerne puissent s'y croiser.

— On n'a qu'à arrêter et faire ranger tout le monde en bas sur la route, proposa Monsieur Louis.

— Je ne peux pas laisser grimper une côte assez raide de trois cents mètres à deux cents personnes dont certaines ne sont plus toutes jeunes...

J'en étais à vouloir annuler la fête quand Monsieur Louis trouva la solution.

— Je me mettrai à l'angle des deux chemins et je ferai l'agent de police. J'arrêterai les voitures montantes pour laisser passer celles qui iront se ranger dans la luzerne.

— Ça va prendre un temps fou... mais c'est la seule solution !

Je téléphonai à une centaine d'invités pour les prier de venir un peu plus tôt afin d'être là quand le Sous-Préfet arriverait. J'avais, en effet, été avisée que le Protocole Républicain exigeait que tout le monde soit présent pour accueillir le Représentant de l'Etat.

Je fus également avertie, la veille, que le Protocole Républicain — toujours lui — réclamait que je prononce quelques mots. Je passai une nuit de panique à griffonner mon premier discours officiel.

Se leva le grand jour.

Temps splendide.

Maison balayée de la cave au grenier et entièrement cirée par Apolline.

Blanquette et Crémant au frais dans les trois frigos. Mon ensemble de soie sorti tout pimpant du pressing. Mes filles présentes, un peu moqueuses mais affectueuses. Elles avaient raflé tous les poireaux de la région pour en faire un énorme bouquet, ceint de rubans rouges et verts. (La disparition complète du poireau sur les marchés locaux dut surprendre plus d'une ménagère, privée de soupe.)

Ma seule inquiétude : l'arrivée impromptue de l'Homme désireux de mettre un peu de pagaille dans ma fête. Il était capable de louer un jet privé pour venir traiter de noms d'oiseaux mon malheureux Sous-Préfet qui repartirait illico avec ma médaille dans sa poche. Un scandale dont toute la région parlerait encore dans trois générations.

A 16 heures pile, les camions du traiteur grimpèrent la côte.

Allons ! tout se passait bien.

C'est alors que je levai la tête.

Et aperçus, loin, très loin, dans le ciel implacablement bleu... un petit nuage noir.

Je frémis. Ma nature anxieuse me fit imaginer en

un instant le pire scénario. Le petit nuage noir était un orage qui allait s'abattre sur La Micoulette !

J'appelai Monsieur Louis.

Pourtant, je savais qu'un des rares défauts de Monsieur Louis (en dehors du fait qu'il retardait au maximum le moment de m'apprendre une mauvaise nouvelle, comme un coureur romain craignant d'être égorgé à l'annonce d'une défaite), un des rares défauts de Monsieur Louis, donc, était de se fier à la météo de la télévision. Il n'est pas le seul, malheureusement ! Les agriculteurs maintenant ne regardent plus les hirondelles qui volent bas, les chats qui passent leur patte derrière l'oreille gauche, les vaches qui reniflent avec bruit, les limaces qui se baladent avec une herbe sur la queue, mais les inventions minaudantes de certains présentateurs de la météo à la télévision, qui s'efforcent avec un sourire faux cul d'annoncer un week-end ensoleillé même sous une pluie battante.

— Sur TF1, ils ont promis du beau temps, dit Monsieur Louis.

— Vous savez très bien qu'ils disent n'importe quoi ou, à la rigueur, signalent une petite averse sur Paris. Mais une tempête, ici, ils s'en foutent !

Le nuage noir grossissait. Et, pas d'erreur, se dirigeait droit sur La Micoulette. Monsieur Louis parut inquiet.

— Je vais demander aux Anciens du village, m'annonça-t-il. Ils sont déjà arrivés.

En train d'ouvrir sans complexe les premières bouteilles de Blanquette. Hélas, désormais les Anciens regardent, eux aussi, la météo à la télévision. Une dispute éclata, leurs avis différant suivant la chaîne qu'ils avaient suivie à midi.

Le ciel s'assombrissait de plus en plus.

Monsieur Verdier, qui avait déjà installé tous ses buffets sur les terrasses, vint me trouver d'un air inquiet.

— Qu'est-ce qu'on fait s'il se met à pleuvoir ?

— Je n'en sais rien, dis-je honnêtement.

Après deux années de sécheresse implacable, je n'avais même pas envisagé qu'il puisse tomber une seule goutte d'eau en plein mois d'août.

Un coup de tonnerre retentit, et ce ne fut pas une goutte d'eau qui s'abattit sur ma tête, mais brutalement les chutes du Zambèze.

— Mes canapés! Mes petits fours! glapit Monsieur Verdier.

— Rentrez-les dans mon bureau! hurlai-je.

Tout le monde se mit à courir dans tous les sens comme des poulets pris de folie.

J'attrapai d'énormes sacs poubelles et, aidée de mes filles, jetai dedans en vrac la tonne de papiers étalés sur les trois tables de monastère de ma bergerie-bureau. Et flanquai le tout dans la miellerie (je passerai le mois suivant à un reclassement géant). Je criai à Monsieur Louis d'enlever les meubles de la grande entrée et du salon, avec l'aide des ouvriers agricoles et des Anciens. Et de les entasser dans les chambres. Derrière eux, Monsieur Verdier et ses employés réinstallaient hâtivement les buffets, à l'intérieur.

C'est alors que, sous des trombes d'eau, les voitures des premiers invités arrivèrent. Monsieur Louis courut se poster à l'endroit convenu pour assurer le service d'ordre. Il était temps. Les Américains débarquaient. Un monstrueux embouteillage se forma dans mon chemin. Totalement dépassée, j'assurais, dans la cour, l'accueil des invités pataugeant dans la boue. Renvoyais les conducteurs dans la luzerne qui se transformait en bourbier. Les récupérais au retour, tout crottés, et les poussais dans la maison où mes filles prenaient le relais. Avec mission de soûler au plus vite les malheureux trempés jusqu'aux os.

J'étais en train de présenter le Président de la Cave (zut! Comment s'appelait-il déjà?) à la femme de l'Ambassadeur (est-ce qu'on dit Madame l'Ambassadrice?) quand Monsieur Verdier vint me tirer à l'écart (mais toujours sous l'averse torrentielle).

— Je les ai oubliées ! murmura-t-il d'une voix blanche.
— Quoi ?
— Les petites cuillers du sorbet ! Vous avez 200 petites cuillers chez vous ?
— Tout au plus une vingtaine !
Nous nous regardâmes, effondrés.
— Quelqu'un de Castelbrac ne peut pas vous les apporter ?
— Non !
Il se frappa le front.
— Si ! Le chauffeur du Sous-Préfet ! C'est un copain. Il les glissera dans le coffre de la voiture officielle... s'il n'est pas déjà parti ! Où est le téléphone ?

Une demi-heure plus tard, j'accueillis solennellement dans leur belle voiture officielle, conduite par un chauffeur à la mine de bandit corse, Monsieur le Sous-Préfet et Madame la Sous-Préfète, enceinte jusqu'aux dents (elle devait accoucher d'une heure à l'autre et j'avais prévu une chambre d'ami et invité trois médecins au cas où cet heureux événement se produirait à la maison).

Moi, je ressemblais à une noyée. Mes cheveux dégoulinaient comme les franges d'une serpillière (adieu le beau brushing que Fille Aînée avait eu tant de mal à élaborer). La pluie ruisselait sur mes joues. Mon ensemble de soie me collait au corps comme un maillot de bain. Mes pieds faisaient floc-floc dans mes mocassins de Gucci achetés pour la circonstance.

Et je ne voyais absolument rien, mes lunettes ne comportant pas d'essuie-glaces.

Ce qui ne m'empêcha pas d'entraîner à tâtons le Représentant de l'Etat et Madame dans ma bergerie-bureau où devait avoir lieu la cérémonie.

Au passage, je ne pus me retenir de murmurer à Monsieur Verdier :
— Et les petites cuillers ?
— Elles sont là !

Et il me fit un clin d'œil. Ouf! Le bandit corse s'était révélé effectivement un copain.

Tout se passa bien à part le fait que, toujours à cause de la buée de mes lunettes, je fus incapable de lire mon beau discours et bredouillai n'importe quoi. Et que le Sous-Préfet (ses propres lunettes également embuées) me piqua sauvagement le sein gauche en me décorant. Je ne pus contenir un cri de douleur qui fit rire l'assemblée serrée dans la pièce comme dans une boîte de sardines portugaises.

C'est alors que la pluie s'arrêta aussi brutalement qu'elle était tombée. Le seul orage de l'année était passé. Juste sur ma petite cérémonie.

Monsieur Verdier — un ange! — ressortit ses buffets sur les terrasses. La Blanquette et le Crémant coulèrent à flots. La fin de la soirée fut très gaie. Madame l'Ambassadeur flirta avec Jean-Baptiste, mon vieux vendangeur préféré. Monsieur Garcia, mon cher maçon, promit à mon amie Maureen de venir déjeuner chez elle un dimanche et de lui donner un coup de main amical pour monter une murette dans son merveilleux jardin anglais. Le fleuriste de Castelbrac apporta dans sa camionnette d'énormes gerbes de fleurs envoyées par des amis de Paris. Le téléphone n'arrêta pas de sonner pour délivrer des télégrammes adressés par d'autres copains quelquefois narquois. Je dus expliquer la situation à la postière, intriguée. Elle me félicita chaleureusement, ainsi que tous les employés de la Poste les uns après les autres. (Même le Receveur Principal tint à me « présenter ses hommages ».)

La Sous-Préfète n'accoucha pas.

Ce fut vraiment une belle fête.

Le lendemain, je descendis en ville chercher les journaux locaux (ma photo, en noyée, me causa un choc) et de la viande chez le boucher.

Monsieur le Sous-Préfet s'y trouvait, en train d'acheter très démocratiquement des merguez.

Il me félicita pour ma petite soirée.

Je le remerciai pour son charmant discours, mon sein gauche endolori... et les petites cuillers.

— Quelles petites cuillers ? me demanda-t-il, fort surpris.

— Celles pour le sorbet que vous avez bien voulu apporter dans le coffre de votre voiture.

— Mais je n'étais au courant de rien ! s'exclama-t-il, furieux. C'est encore un coup de mon chauffeur, ce bandit corse !

Je compris alors que j'avais gaffé. Le Protocole Républicain n'envisageait pas que la voiture officielle du Représentant de l'Etat puisse transporter les petites cuillers d'une simple citoyenne, même décorée du Mérite Agricole.

— Je vous prierai de ne pas ébruiter cette histoire, me dit-il sévèrement... heu... vous me comprenez !

— Oui, dis-je. Si jamais je la raconte dans un de mes livres, je dirai qu'il s'agit du Préfet du Lot.

— Parfait ! approuva-t-il. D'autant plus que ce n'est pas un de mes amis.

Quelque temps plus tard, il fut muté dans les glaces de Saint-Pierre-et-Miquelon. Pas, j'espère, à cause de mes petites cuillers.

La cérémonie passée, j'oubliai totalement mon Mérite Agricole.

Citoyenne ingrate, je ne l'ai même jamais porté.

Mais, quelquefois, j'envisage de le renvoyer à *ceusses* de la capitale qui ignorent tous nos soucis quotidiens de modestes agriculteurs.

Ce n'est pas à Strasbourg qu'il faut délocaliser l'ENA. Mais dans la campagne française profonde. Et obliger tous nos Hommes Politiques à effectuer des séjours réguliers dans nos fermes. Cela leur ferait un bien fou !

Monsieur Fabius perdrait son teint pâle et ses mains délicates à tailler des vignes tout un hiver. Monsieur Lang n'aurait peut-être plus « son air perpétuellement satisfait d'inventeur du tabouret*» s'il attrapait des ampoules aux mains à bêcher des trous pour planter des arbres. Monsieur Juppé, à la mine de l'énarque trop intelligent qui n'a jamais acheté une baguette de pain ni posté une lettre lui-même, prendrait sûrement un visage plus humain s'il portait la hotte des vendanges toute une journée. Cela ferait beaucoup de bien à Monsieur Dumas d'arrêter de peigner sa belle chevelure blanche pour changer une roue de tracteur plus haute que lui. L'élégante et si froide Madame Guigou apprendrait à être plus chaleureuse si elle vendait elle-même ses œufs et ses lapins sur la place du marché. Monsieur Kiejman, qui a laissé mourir la 5 avec une belle indifférence, découvrirait l'importance du moindre souffle de vie en veillant des nuits entières sur la naissance de petits agneaux. Madame Tasca, dont je me demande parfois si elle a jamais souri de sa vie, se décontracterait en animant le bal du 15 Août à Moustoussou. Et Monsieur Barre, pourfendeur du « microcosme parisien », abandonnerait son air docte et professoral en devenant cantonnier d'un petit village dont il ne soupçonne absolument pas (à mon avis) la mentalité de « microcosme rural ».

Et nos Fonctionnaires (hauts et moins hauts) réfugiés derrière l'anonymat de notre belle Administration Française (pas responsable, pas coupable, jamais punie), peut-être deviendraient-ils plus efficaces, plus humains, moins sûrs d'eux et surtout drastiquement économes s'ils devaient vivre du travail et des maigres revenus d'un petit agriculteur.

Mao Tsê-tung avait raison!

TOUS AUX CHAMPS!

---

* Alain Paucard, *Les Criminels du béton* (Les Belles Lettres).

10

LETTRE À MONSIEUR LE MINISTRE DE L'ÉQUIPEMENT ET DES TRANSPORTS

1ᵉʳ décembre

Monsieur le Ministre des Transports,

Hier, j'ai fait l'acquisition rituelle de la vignette automobile pour mon break Peugeot 405.

Taxe que je paie sans trop rechigner car je trouve honnêtement que le Réseau Routier Français fait honneur au pays. Pour une fois, je ne serai pas d'accord avec la Cour des Comptes qui se plaint que la politique routière de la France soit incohérente et coûteuse.

Ce qui me chiffonne un peu, par contre, c'est que le prix de ladite vignette dans mon Département soit le plus élevé de France, alors que ma Région n'est pas, de loin, la plus riche. Je n'ai pu obtenir la moindre explication sur ce phénomène déplaisant. J'ai bien pensé à faire immatriculer à l'avenir mon véhicule à Paris, mais se promener en terre cathare avec un numéro 75 de Parigot-tête-de-veau ne vous attire aucune sympathie, contrairement au 11 local qui vous permet d'être prévenue — par appels de phares — que les gendarmes de Lescouloubre sont cachés après le prochain virage. Et de franchir rapidement les barrages agricoles de la région.

J'ai d'autant plus de mérite à payer ma vignette sans grogner... que je HAIS les voitures. Eh oui ! Monsieur le Ministre, je ne partage pas la passion étrange des Français pour leurs caisses roulantes.

D'abord, je trouve qu'elles coûtent affreusement cher. Le prix de certaines permettrait même d'acquérir une petite maison avec jardin ! Dément ! Non ?

Et s'il n'y avait que la boîte à roues ! Mais il faut en plus payer une carte grise (100 % pour le Trésor Public du Département), prendre une assurance élevée (10 % pour le Trésor Public et 5 francs pour Monsieur Habache). Mettre dans des trous — quelquefois à l'avant, quelquefois à l'arrière — de l'essence (75 % de taxes pour le Trésor Public). Se rappeler où se trouvent le démarreur et les différentes commandes qui, vicieusement, changent de place d'une voiture à l'autre. Régler un chauffage (personnellement, j'ai toujours ou trop chaud ou trop froid). Repérer l'endroit sous le tableau de bord où le constructeur malveillant a dissimulé une manette qui permet d'ouvrir le capot sous lequel se cache, paraît-il, le moteur. (Le garagiste, goguenard, me regarde fouiller désespérément, à quatre pattes, l'espace sous le volant.) Laver la poussière de mes chemins qui recouvre ma pauvre bagnole en deux jours et où des doigts ennemis de la ville ont tracé : « sale ! » ou « pute ! ». Repeindre les portières rayées par les pattes griffues des chiens affolés par l'espoir d'aller se balader en voiture (leur plus grand bonheur). Changer les pneus qui crèvent (ça, je n'ai jamais fait. Autrefois, j'attendais sur le bord de la route, en relevant un peu ma jupe, qu'un beau garçon s'arrête. Maintenant que je vieillis, j'ai une bombe de mousse spéciale « SOS Crevaison »). Changer les plaquettes de freins qui s'usent. (Un voyant rouge mystérieux s'allume alors que je roule, l'âme en paix, sur l'autoroute. L'angoisse me saisit. Aurai-je le temps d'atteindre un garage ?) Changer les phares cassés par des conducteurs qui, en voulant garer leur propre véhicule, ont confondu le mien avec une auto tamponneuse. Remplacer les vitres fracturées par les voleurs d'autoradios. (Après cinq expériences malheureuses, je me passe de chansons idiotes — je ne citerai pas lesquelles !)

Bref, les caisses roulantes sont une source d'emmerdements constants.

Vous me direz, bien sûr, Monsieur le Ministre, qu'aucun citoyen n'est obligé d'avoir une voiture.

Moi-même, je m'en passe le plus souvent possible. A Paris.

Mais à la campagne ?

Comment aller de ma ferme de La Micoulette à Castelbrac (30 km AR) quand je veux acheter une boîte d'allumettes, un bifteck haché, le journal, etc. ?

Il n'existe qu'un car par jour entre mon petit village de Moustoussou — où je dois déjà me rendre : deux kilomètres et demi à pied, « ça use... ça use les souliers » ! — et « la ville ». Et il lui arrive quelquefois (au car) de ne pas passer du tout si le chauffeur considère qu'il n'a pas assez de clients.

Faire du stop ? Aléatoire. Surtout quand on revient du grand marché du vendredi avec des kilos de melons, de tomates, de pêches...

Une fois, j'ai essayé. Un voisin a accepté de me charger, moi et mes paniers, dans son antique 2 CV. A une condition. Que je m'asseye à l'arrière. J'ai obéi. Mais n'ai pu m'empêcher de lui demander la raison de cet apartheid :

— Pour pas qu'on jase dans le pays ! répondit, tout faraud, le bonhomme qui approchait gaillardement de ses quatre-vingts ans.

J'ai bien songé à me rendre nonchalamment à la Poste de Castelbrac en char à bœufs. Comme au bon vieux temps. (En fait, c'était une idée de l'Homme — une de plus —, qui rêve de « beaux bœufs blancs » depuis que, tout petit, sa mère lui chantait : « J'ai deux grands bœufs dans mon étable, deux grands bœufs blancs marqués de roux... »)

Mais le Sous-Préfet et le Maire m'ont signifié que l'usage du char à bœufs serait malvenu dans les rues de Castelbrac. Risquait de ralentir la circulation et d'agacer les touristes que le Syndicat d'Initiative a le plus grand mal, paraît-il, à attirer dans notre Région. (Tant mieux!)

Pourquoi pas à dos de bourricot? Tels les chers Berbères de mon enfance marocaine. Le Sous-Préfet et le Maire parurent alors embarrassés. Trottiner à la ronde sur un petit ânon n'était pas formellement interdit... mais heu... n'étais-je pas un peu lourde, moi et mes paniers, pour la pauvre bête? Je m'exposais à la vindicte de Madame Bardot (encore que celle-ci soit moins sourcilleuse sur la question des bourricots depuis qu'elle en a fait castrer un, ce que je n'oublie pas et le baudet non plus, je suppose).

Et la chaise à porteurs? Non. Cette fois, ce serait Harlem Désir et ses Potes qui me poursuivraient pour esclavagisme même si j'employais quatre chômeurs beurs d'un coup.

J'ai dû l'admettre. La vie moderne exige d'avoir une voiture. Hélas!

Pourtant, je dois l'avouer, j'en ai aimé une, il y a trente ans.

Une vieille Jaguar E décapotable, qui ressemblait à une panthère prête à bondir, au volant de laquelle l'Homme-de-ma-vie me séduisit et m'enleva pour faire le tour de l'Italie à 200 à l'heure.

Malheureusement cet individu, qui devait devenir mon mari, avait un gros chien-loup qu'il adorait : Rock.

Un jour, alors que je m'apprêtais à monter dans le bolide chéri, un détail me surprit. Mon siège-baquet avait disparu.

— Où est-il? demandai-je, étonnée, à l'Homme.

— Heu... je l'ai démonté et enlevé, répondit ce dernier, l'air gêné, le regard torve.

— Et pourquoi?

— Heu... parce que mon chien n'était pas bien dedans...!

— Ah bon! Et moi? Où je m'assieds?

— Toi? Heu... je vais t'installer des oreillers et tu

t'allongeras dessus comme une odalisque dans son harem !

Je compris que Rock serait toujours le premier dans le cœur de l'Homme. Le noir poison de la jalousie m'envahit.

— Je ne remonterai pas dans cette bagnole tant que je ne pourrai pas m'y asseoir convenablement ! dis-je, les dents serrées.

Ecartelé entre son chien et moi, l'Homme vendit la Jaguar.

Non seulement je HAIS les voitures, mais je HAIS conduire.

Y compris sur les autoroutes qui sont magnifiques et quatre fois plus sûres, dit la Sécurité Routière, que les nationales. Tant pis si les péages sont chers et le restent. Alors qu'il était prévu par la loi qu'elles deviendraient gratuites au bout d'un certain nombre d'années. Mais les bénéfices servent, paraît-il, à construire d'autres autoroutes qui sillonnent de plus en plus la France. Si cela continue, notre beau pays sera strié de millions de kilomètres de splendides voies bitumées mais ne possédera plus de paysage sauvage où aller randonner. On se promènera d'autoroute en autoroute décorées de plus en plus d'affreux « monuments modernes » : les Sociétés d'Autoroutes sont, hélas, à leur tour, frappées par le virus de l'Art Contemporain. C'est ainsi qu'on peut admirer de sa voiture la Pyramide avec poutrelles d'échafaudage — le fameux « style chantier » — de Nice Saint-Isidore. Ou les immenses statues dites des Chevaliers Cathares, sur ma chère Languedocienne, qui ressemblent, excusez-moi, Monsieur le Ministre, à d'énormes phallus très laids !

Je HAIS aussi les autres automobilistes :

... Les monstrueux camions de 38 tonnes avec remorque qui me doublent, accélérateur à fond, et dont le souffle puissant manque m'envoyer dans le fossé.

... Les cars gigantesques, emplis de groupes du quatrième âge, qui se livrent à des courses féroces, accélèrent si je tente de les dépasser* ou alors m'encadrent comme deux éléphants une petite souris.

... La «turbo» qui musarde à 50 à l'heure. Je me décide à la doubler. A peine me suis-je rabattue sur la droite que le psychopathe au volant appuie sur le champignon pour me dépasser à son tour à 160. A la suite de quoi il se remet à traînailler à 50. Enervée, je le redouble. Il ne supporte pas. Et ça recommence...

... Le fils de chien qui, alors que j'ai sagement laissé l'espace recommandé de 60 à 80 mètres entre le véhicule qui me précède et le mien, s'y intercale, vloufff, m'obligeant à freiner sec.

... Le motard qui surgit tout à coup contre ma portière, dans un vrombissement d'enfer, me faisant sursauter, surtout si, ô surprise! il est tout nu comme cela m'est arrivé une fois sur l'A1.

... Les prétentieux qui téléphonent au volant en faisant de grands gestes affairés et dont je crains qu'ils ne soient plus attentifs à leur conversation qu'à la circulation.

... Tous les alcooliques responsables de tant d'accidents mortels et que je condamnerais, en plus de la prison, à passer leurs week-ends à éponger le sang des accidentés de la route dans les services d'urgence des hôpitaux. Et à porter des fleurs chaque année sur les tombes de leurs victimes, comme James Van Dijke aux Etats-Unis.

Sans oublier...

... Au moment des vacances les interminables files de caravanes anglaises ou hollandaises — où l'on aperçoit des ménagères maniaques s'agiter — et qui bloquent nonchalamment la voie de gauche.

... Les épaves aux toits surchargés de valises, de ballots et même de landaus d'enfant qui emmènent

* Deux points retirés désormais du permis à points. Mais comment le prouver ?

nos chers travailleurs maghrébins en congé en Afrique du Nord et dont je redoute que le vieux frigo mal ficelé ne tombe sur mon capot.

... Le péagiste espagnol du Boulou qui, l'année dernière, n'a pas voulu accepter mon billet de 10 000 pesetas ni celui de 500 francs français (pas de monnaie) et m'a obligée à faire la manche auprès des autres conducteurs ironiques (l'un d'eux m'a donné un vieux bouton de braguette).

Sans compter qu'en voiture, on a des accidents... de voiture!

Mon premier eut lieu sur une petite route départementale, un dimanche de janvier, aux environs de Paris. J'allais à un déjeuner de famille chez ma mère, au volant d'un charmant petit break Fiat. Sur la banquette arrière, Petite Chérie, qui devait avoir une dizaine d'années. Suivait, dans sa propre voiture, l'Homme, qui détestant assister aux déjeuners de famille de ma mère projetait sournoisement de se sauver dès la galette des rois tirée.

Au détour d'un long virage que je pris prudemment (je le connaissais), je découvris, arrivant carrément en face de moi, une voiture conduite par un Yougoslave transportant sa famille et qui n'avait son permis que depuis trois mois. (Cela, je l'appris plus tard.)

Paniqué à ma vue, au lieu de braquer vers sa droite où il avait toute la place de passer, le Yougoslave lâcha son volant... et se cacha la figure dans ses mains!!!

Indignée, je me mis à hurler: «Quel con! Non, mais quel con!...»

BAOUM...!!!!

... Le choc des deux voitures face à face fut effrayant.

Le moteur de ma petite Fiat recula de cinquante centimètres.

Et re-BAOUM...!!!...

... Le coffre arrière de la Fiat recula à son tour de cinquante centimètres sous le choc de la DS de l'Homme qui me suivait paisiblement et n'avait rien vu de l'accident.

Mon premier réflexe fut, je le confesse, mauvais.

Emportée par une rage folle, je bondis hors de ma voiture, dont la portière avait disparu, pour injurier comme une furie le Yougoslave hébété. Jusqu'au moment où je réalisai que Petite Chérie hurlait sur la banquette arrière et que la femme et la belle-sœur du conducteur étaient couvertes de sang.

Je me précipitai vers ma fille, laissant à l'Homme le soin de continuer à insulter le Yougoslave (qui n'avait rien, lui), d'appeler les Pompiers, de se pencher sur les malheureuses accidentées, etc.

Les Pompiers arrivèrent à une vitesse record et nous embarquèrent tous à l'hôpital de L...

... où nous attendaient un interne vietnamien et deux externes sénégalais. Le premier m'inspira toute confiance. Il soigna avec rapidité et compétence les deux femmes blessées, tandis que les externes sénégalais plâtraient en rigolant le bras cassé de Petite Chérie.

L'Homme alla téléphoner pour prévenir de notre retard ma mère et le reste de la famille qui attendaient, affamés, autour du gigot trop cuit. L'auteur de mes jours poussa de longs cris plaintifs comme si elle était déjà au cimetière, penchée sur ma tombe. Mon beau-père, plus calme, découpa le gigot.

A l'hôpital, quand toutes les blessées furent soignées, l'interne vietnamien se tourna vers moi.

— Et vous ? Vous n'avez rien ?

— Non ! Sauf... heu... une douleur de plus en plus violente dans la nuque. Probablement nerveuse... la colère...

Je n'avais pas fini ma phrase que deux infirmiers m'avaient plaquée comme au rugby et étendue sur le lit d'examen.

— Ne bougez absolument plus ! dit fermement le

jeune interne, vous avez peut-être reçu le coup du lapin!

— C'est quoi, le coup du lapin?

— Un choc brutal. Eventuellement fracture d'une cervicale. On peut en mourir! ajouta-t-il paisiblement.

Paniquée, je ne remuai même plus un cil.

La radio ne révéla aucune fracture. Simplement, mes vertèbres cervicales étaient tortillées comme un tire-bouchon. Pas question de sortir de l'hôpital. On me transporta sur une planche en bois dans une chambre où l'Homme me laissa pour emmener notre fille et son bras plâtré chez ma mère (qui leur avait gardé du gigot), s'occuper du constat (du moins, je le suppose) et de l'enlèvement pour la casse de ma chère petite Fiat réduite à l'état d'accordéon.

C'est alors que je m'aperçus que je n'étais pas seule dans ma chambre.

Dans le lit, à côté du mien, une vieille femme râlait.

— Qu'est-ce qu'elle a? demandai-je, épouvantée, à l'Infirmière qui m'apportait un cachet contre la douleur de ma nuque.

— Elle trrrrrès malade! Elle sûrrrrement mourrrrrir! déclara froidement l'Infirmière avec un accent prononcé (qui se révéla polonais).

— Je ne peux pas changer de chambre? demandai-je alors avec un grand courage.

— Pas de place!

Et mon Infirmière polonaise disparut jusqu'au lendemain matin.

Nous restâmes seules, ma pauvre vieille et moi. Elle râla toute la nuit. J'essayai de lui parler. Même de lui tenir la main. Elle ne m'entendait pas. Un moment, ses gémissements rauques s'arrêtèrent. Je crus qu'elle était morte. Je sonnai, sonnai, sonnai pour appeler une infirmière, une aide soignante, une femme de ménage, un chien...

Personne ne vint.

Je ne pus dormir une seule seconde.

L'Homme réapparut le lendemain très tôt avec notre fille cadette dont la main, émergeant du plâtre, était toute noire et enflée.

— Ces cons lui ont fait un truc trop serré et le sang ne circule plus, déclara-t-il, furieux.

— Fais-lui enlever immédiatement, criai-je.

Les externes sénégalais ne parurent pas du tout ennuyés d'avoir mal plâtré le bras de Petite Chérie.

— C'est pas g'ave, déclarèrent-ils gaiement, on va lui t'onçonner son plât'e et lui en mett'e un aut'e !

Toujours gloussant de rire, ils emmenèrent la prunelle-des-yeux-de-l'Homme dans une pièce à côté où ce dernier pouvait les entendre chahuter dans un bruit de tronçonneuse électrique.

L'un d'eux déclara même à l'autre :

— A'ête ! A'ête ! Si tu continues à me chatouiller, je vais lui couper le b'as, à la gamine !

L'Homme ne fit qu'un bond, les attrapa par leurs blouses blanches et les secoua jusqu'à ce que leurs têtes s'entrechoquent.

— Bande de petits salauds ! Ne touchez plus à ma fille ! NE TOUCHEZ PLUS À MA FILLE !!! Ou c'est moi qui vous tronçonne les couilles !

Et il transporta Petite Chérie à fond d'accélérateur à Paris, chez un chirurgien ami.

Pendant ce temps-là, j'étais aux prises avec le Médecin-Chef de l'Hôpital de L.

Quand il était entré dans ma chambre, accompagné par l'Infirmière polonaise, j'avais été intriguée par son teint de bronze vert et ses cheveux crépus tout blancs.

— Docteur Tsirananalongamara, se présenta-t-il.

Je supputai qu'il était malgache.

Pour une raison inconnue, je ne lui fus pas sympathique.

Et vice versa.

— Pas joli, l'état de vos ve'tèb'es ce'vicales ! déclara le docteur Tsirananalongamara d'un ton sec et réprobateur, il faut 'ester au moins huit jou's sans bouger su' cette planche.

— Quoi ? m'écriai-je, passer huit jours dans cette chambre avec une vieille femme en train de mourir et dont personne ne s'occupe ! Sûrement pas ! Je veux rentrer chez moi... et me coucher sur la planche de mon bureau !

— Pas question ! Nous vous ga'dons ici.

— Da ! Da ! confirma l'Infirmière polonaise.

— Vous n'avez pas le droit de m'enfermer de force ! piaillai-je, si je dois aller en clinique, ce sera à l'Hôpital Américain où j'ai mon médecin traitant.

(C'était vrai.)

— Vous n'êtes pas en état de condui'e ni même de monter dans une voitu'e, glapit le docteur Tsirananalongamara. Je vous l'inte'dis.

— Je me ferai transporter en ambulance et je vous signerai toutes les décharges que vous voudrez.

Le bronze vert du Médecin-Chef devint verdâtre de rage. Il me regarda avec haine et tourna les talons.

A la porte, il se retourna et siffla entre ses dents :

— Vipè'e de l'Impé'ialisme amé'icain !

Mon deuxième accident de voiture eut lieu il y a juste quelques mois.

Je roulais sagement à 90 à l'heure, bien à droite sur le bout de départementale tout neuf à l'entrée de Castelbrac. Il faisait beau. Je chantonnais gaiement mon air préféré : « J'ai la mémoire qui flanche, j' me souviens plus très bien, la, la, la, la, la, la... » Quand soudain une grosse voiture me doubla à vive allure en me frôlant. Je sursautai et me rabattis instinctivement sur le bas-côté où je cahotai dans l'herbe. Pas effrayée. Juste contrariée. C'est alors que ma roue droite heurta une borne hectométrique cachée dans les graminées folles non coupées par des Ponts et Chaussées négligents. Et, comme le notèrent les gendarmes un peu plus tard, « je perdis le contrôle de mon véhicule ». Traversai, zou, comme une fusée, la route, contre-braquai désespérément, re-traversai, zou, à nouveau la départementale et m'envolai dans un champ en contrebas où mon cher break Peugeot fit trois tonneaux.

Pendant toutes ces folles secondes, je ne revécus pas ma vie, comme on le raconte. Je n'avais qu'une seule pensée — furieuse : « Merde ! Merde ! Merde ! c'est trop con de mourir en allant faire son marché chez Leclerc ! »

Périr... par exemple en traversant la Sibérie en traîneau tiré par des rennes, par moins 60 degrés, poursuivie par des hordes de loups affamés, ou en plongeant dans un incendie pour sauver des bébés dans leur berceau, bon, à la rigueur (ça a de la gueule). Mais trépasser en allant acheter du lait demi-écrémé et du coca light chez Leclerc, non et non ! (peut-être mon ex-gendre n° 2, qui prétendait que j'étais snob, avait-il, en fin de compte, raison !).

Quand la Peugeot finit par s'arrêter, je me retrouvai la tête en bas, bien ficelée à mon siège (merci, chère ceinture, de m'avoir sauvé la vie). Toutes les vitres avaient éclaté et une fois de plus la voiture était bonne pour la casse.

J'arrêtai posément le moteur, me déficelai et rampai au-dehors par le pare-brise en miettes. A la stupeur de tous les gentils automobilistes qui s'étaient arrêtés et accouraient dans le champ pour me porter secours.

— Comment ? Vous êtes vivante !!!! s'exclama l'un d'eux, follement déçu.

— Je crois ! répondis-je gaiement.

— On a prévenu les Pompiers. Ils arrivent, m'informa une voix amie.

— Merci ! Merci à tous ! En attendant, je vais aller téléphoner chez moi pour qu'on me ramène à la maison et qu'on enlève mon épave de voiture de ce champ.

Le téléphone le plus proche semblait se trouver à cinq cents mètres dans la Résidence rose vif du troisième âge de Castelbrac — où je songe parfois à finir mes jours, bien qu'elle manque d'un joli jardin. Je partis d'un pas gaillard sur la route. Croisant les Pompiers et le médecin de service qui s'élança à ma poursuite en hurlant :

— Madame de Buron ! Madame de Buron ! Ne courez pas sur cette route avant que je vous aie examinée.

— Je n'ai rien ! lui criai-je par-dessus mon épaule.
— Je dois le constater moi-même ! piailla-t-il.
Je m'arrêtai.
Il me rejoignit, me papouilla partout — au grand amusement des automobilistes qui ralentissaient au passage — et me dit sévèrement :

— Bon. Allez téléphoner puisque vous y tenez tellement. Mais après, ouste, à l'hôpital, pour un examen complet.

— Ah non ! couinai-je en pensant à mes aventures à l'hôpital de L. lors de mon premier accident. Pour me retrouver en compagnie d'une vieille dame mourante, et soignée par un Médecin-Chef malgache très antipathique et par une Infirmière polonaise fantôme, jamais !

Le docteur des Pompiers me regarda, surpris et visiblement inquiet. Je devais être victime d'une inquiétante commotion cérébrale. Je me rappelai alors brusquement qu'à Castelbrac se trouvait le plus grand asile psychiatrique de France. Je risquais peut-être, non pas une semaine dans une chambrette d'hôpital sur une planche de bois, mais six mois dans une cellule avec camisole de force.

— Bon, d'accord pour quelques radios, marmonnai-je.

Deux heures plus tard, le diagnostic tomba. Absolument rien de grave. Juste un petit étirement des cervicales (toujours elles). Je pouvais rentrer à La Micoulette (Monsieur Louis — blanc d'émotion — était venu me chercher avec le camion). Et téléphoner à l'Homme, à mes filles, à mes copines qu'ils avaient failli me perdre mais que le Seigneur m'avait sauvée pour que je puisse continuer... à les emmerder (qui aime bien emmerde bien).

Le surlendemain, je devais rentrer à Paris par le petit Saab à hélices, vroum-vroum-vroum, de Carcassonne. Avant de partir, j'achetai le journal local que j'ouvris dans l'avion. Un énorme titre me sauta aux yeux.

NICOLE DE BURON
VICTIME D'UN TRÈS GRAVE ACCIDENT DE LA ROUTE !

Je me mis à trembler.

Ainsi, j'avais vraiment failli mourir stupidement, en plein superbe troisième âge, quitter cette vie que j'aimais tant malgré tous ses embêtements, ne plus voir ma famille adorée...

Quand je débarquai à Orly, j'étais blême.

— Qu'est-ce que tu as ? demanda, inquiet, l'Homme qui était venu gentiment me chercher.

— J'ai lu dans le journal que j'avais eu un très grave accident de voiture, me plaignis-je, et ça m'a fait un choc terrible !

Rentrée chez moi, je me couchai pendant deux jours.

Depuis, je HAIS toujours les voitures,
      je HAIS de plus en plus les autres automobilistes,
           et je HAIS désormais les journalistes chargés des faits divers de la circulation dans les journaux locaux et qui en profitent pour me terroriser.

11

**LETTRE À MON VÉNÉRÉ
MAÎTRE COURTELINE**

14 janvier

Mon Vénéré Maître Courteline,

Aujourd'hui, dimanche, il pleut sur Paris. Tant mieux. Parce que je passe la journée à remplir des papiers et surtout des chèques à l'intention de notre magnifique Administration Française qui n'a fait que croître et embellir depuis votre départ pour le Paradis.

Ainsi, il existe désormais une organisation appelée familièrement la Sécu que vous regretterez sûrement de n'avoir pas connue. Grâce à elle, vous pouvez être malade, vieille, enceinte, chômeuse, vous recevez de l'argent. Enfin, un peu. Enfin, un tout petit peu. Et sinon vous, votre voisin. C'est formidable, non ? Le monde entier nous envie notre système.

Malheureusement, son organisation n'est pas aussi simple qu'une citoyenne à l'esprit rebelle aux chiffres comme moi pourrait le désirer.

Par exemple, ce matin, j'ai rempli un premier bordereau, **« Cotisation-pour-le-4e-trimestre-de-l'année-précédente »**, et libellé un premier chèque à l'ordre de l'URSSAF. Plus un deuxième bordereau, **« Récapitulatif-des-cotisations-pour-l'année-précédente »**, accompagné d'un deuxième chèque, toujours à l'ordre de l'URSSAF...

Qu'est-ce que c'est, l'URSSAF ? En principe l'Union pour le Recouvrement de la Sécurité Sociale et des Allocations Familiales. En fait, un énorme tuyau où vous versez votre argent à un bout. A l'autre bout sortent quelques sous pour rembourser (en partie) les frais des médecins, les petits pots des bébés, les dentiers des vieux (et encore, pas toujours : parfois juste quelques dents).

Hélas, entre les deux extrémités du tuyau, il y a un trou. Appelé gaiement le Trou de la Sécu. Où disparaît une partie du fric. On le cherche partout (le fric). 35 milliards ! Nada. Le gouvernement crie que c'est parce qu'il y a trop de vieux qui coûtent trop cher (mais on n'a pas encore osé les piquer), trop de malades qui bouffent trop de médicaments contre l'anxiété (mais à qui la faute ?), trop de chômeurs (là, on sait que c'est à cause des Japonais comme je vous le raconterai tout à l'heure).

Alors le Gouvernement, penché au-dessus de son trou et craignant d'y tomber, augmente, crac, les cotisations sociales.

Et me revoilà en train de payer l'URSSAF...

J'abomine l'URSSAF.

Elle m'a envoyé l'Huissier, et ça, je l'ai encore sur la patate.

Un des employés désordonnés qui y travaillent (il y en a des milliers, paraît-il) avait égaré le chèque de ma cotisation du deuxième trimestre 1990 pour ma documentaliste. Hé oui, mon Vénéré Maître, j'emploie une documentaliste pour m'aider. Oh ! pas très bonne, je le reconnais. Il s'agit de ma fille cadette chérie. En fait, elle est peintre. Futur Van Gogh. Hélas, comme Van Gogh, elle vend peu, même pas du tout, ses tableaux. Aussi, je la «salarie» (je trouve le mot affreux... pas vous ?) et je verse de l'argent pour elle au bout du tuyau de l'URSSAF.

Donc, pour en revenir à mon chèque égaré, ILS ont commencé par me le réclamer. Bon. Pas grave. Ça arrive à tout le monde de perdre quelque chose. Y compris moi, perpétuellement à la recherche de la liste de mes courses. J'ai donc répondu poliment que non seulement j'avais bien envoyé les 2 818 francs réclamés, mais qu'ILS les avaient même encaissés.

Voilà. J'avais l'âme en paix d'une citoyenne de bonne foi.

J'avais tort.

Non seulement ILS ont continué à me réclamer mon chèque avec un acharnement inouï mais, plus exaspérant, ILS ignoraient totalement mes réponses inlassables qui semblaient disparaître dans le triangle des Bermudes.

Jusqu'au jour où ILS m'ont carrément taxée « d'indemnités de retard ».

Comment ça ? Quel RETARD ?

Là, je me suis un peu énervée et j'ai répondu sèchement et vulgairement que ça commençait à bien faire !

J'ai reçu alors la visite de l'Huissier.

Vous ne me croirez peut-être pas, mon Vénéré Maître, mais le seul mot d'huissier me terrifie. Il signifie pour moi honte, déshonneur devant mes enfants, vente de mes meubles bien-aimés sur le trottoir, bref un drame à la Zola !

En me tordant les mains d'affolement, j'ai donc expliqué à mon visiteur que j'étais victime d'une terrible injustice et qu'il allait saisir la proie innocente d'un Dragon Administratif monstrueux. Je crus comprendre qu'il s'en fichait éperdument.

J'ai alors appelé au secours ma chère Marilyn — qui s'occupe de mes impôts — et qui, n'écoutant que son courage, s'est rendue dans l'antre du Dragon à Montreuil où, après avoir attendu une demi-journée, elle a fini par rencontrer un Chef. Qui reconnut aimablement que j'avais raison... mais que je devais instruire une réclamation établissant mon bon droit... (j'ai failli tomber par terre de saisissement : il s'agissait d'une erreur de l'Administration mais c'était à moi de réclamer contre leur réclamation !). Le Chef suggérait que j'envoie une photocopie de mon relevé bancaire sur lequel figurait le débit du chèque égaré mais encaissé tout de même.

Je le fis illico presto.

Ce qui n'empêcha nullement l'Huissier de réapparaître avec un papier bleu où figuraient des mots terribles : « dernière mise en demeure... contrainte par corps, etc. ».

J'éclatai en sanglots. Montrai mon dossier. Toutes les copies de mes lettres. Mon compte en banque. L'Huissier s'en foutait toujours. Lui, il était chargé par l'URSSAF de m'arracher 2 818 francs. Point. Déjà, il regardait d'un air gourmand la chère commode Louis XVI de Grand-Mère.

Dans huit jours, il reviendrait.

Craignant que je ne fisse une dépression, Marilyn repartit à l'attaque du Dragon de Montreuil, pour voir cette fois le Chef au-dessus du Chef. Qui la reçut au bout d'une journée entière d'attente (heureusement elle avait emporté du travail, un sandwich et son transistor).

Très hautain, le Chef au-dessus du Chef lui déclara que mon relevé bancaire n'était pas (n'était plus) une preuve suffisante. Non, ce qu'il voulait, lui, le Chef au-dessus du Chef, c'était la photocopie du chèque même recto verso. Et dans les huit jours. Sinon, il ne pourrait retenir l'Huissier et la vente de la commode de Grand-Mère sur le trottoir.

Marilyn lui demanda alors son nom. Avec un courage digne du Chevalier Bayard, le Chef au-dessus du Chef refusa de le lui donner. (Il devait avoir peur que, dans un accès de rage incontrôlée, je ne vienne lui arracher les yeux. Il avait raison. J'avoue y avoir songé pendant mes insomnies angoissées.)

Je me ruai à ma banque. Las, mon chèque était déjà parti dans le Loiret. Que faisait-il dans le Loiret? m'écriai-je, effondrée. Le charmant Monsieur Bramé, qui s'occupe de mon compte, m'expliqua alors que les banques envoient leurs archives passer leur retraite en province et qu'il ne pouvait me promettre de rapatrier le mien avant quinze jours.

Adieu la commode de Grand-Mère!

Alors, mon Vénéré Maître, la folie m'a saisie!

J'attrapai le téléphone et fis le numéro du Ministère des Affaires Sociales.

— Allô? Je voudrais parler au Ministre.

— De la part de qui? demanda une voix onctueuse.

— De sa belle-mère...

C'est là que j'inventai «le coup de la belle-mère». Je supputais que la plupart des ministres ont une belle-mère qu'ils redoutent. J'avais raison. Le truc a toujours marché.

— Ne quittez pas! fit la voix précipitamment.

On me passa un Directeur de Cabinet au ton désolé.

— Monsieur le Ministre est en réunion. Est-ce personnel? Ou puis-je vous aider?

Je lui expliquai le drame que je vivais. Il compatit si gentiment que je lui avouai mon affreux mensonge. Non, je n'étais pas la belle-mère du Ministre, mais une simple administrée désespérée.

— Appelez de ma part Monsieur Henri à tel numéro. Il va vous arranger cela.

Monsieur Henri soupira. Bien que sous tutelle de l'Etat, l'URSSAF était un organisme indépendant qui n'en faisait qu'à sa tête.

La vraie fausse belle-mère désemparée fit alors place à une citoyenne enragée.

— Parfait! Moi aussi, je vais n'en faire qu'à ma tête. Il est 11 h 30! Or, à 14 heures, je suis l'invitée d'une émission sur Radio Monte-Carlo. Je vais raconter mon histoire et lancer une Ligue contre le Harcèlement Administratif Abusif! Je vous parie que j'aurai beaucoup d'adhérents enthousiastes!

Petit silence au bout du fil.

— Donnez-moi votre numéro de téléphone, fit alors Monsieur Henri d'une voix blanche, je vous rappelle dans dix minutes.

— Et moi, je suis le Pape ! remarquai-je (grossièrement).

— Je vous demande de me faire confiance.

— Je veux bien essayer... par curiosité ! dis-je plus faiblement.

C'était la première fois que je me risquais au rôle de maître chanteuse et j'avais un peu la trouille... et la honte !

Dix minutes plus tard, Monsieur Henri me rappelait. Mon affaire était arrangée. Plus question d'huissier. Tout le monde il était gentil, tout le monde il m'aimait, à l'URSSAF. Quant à la photocopie de mon chèque, eh bien, je n'aurais qu'à l'adresser quand j'aurais le temps...

— Et à qui ? Le Chef du Chef, qui m'envoie l'Huissier, refuse de révéler son nom.

— Je n'ai pas le droit de vous le donner, moi non plus, déclara Monsieur Henri, visiblement torturé... heu... juste son numéro : le n° 111...

J'envoyai donc, quand je le récupérai de Pithiviers, en « RECOMMANDÉ/ACCUSÉ DE RÉCEPTION », « IMPORTANT », « URGENT », « PERSONNEL », la photocopie de mon chèque à Monsieur le n° 111. Qui s'abstint de me répondre.

J'oubliai l'affaire.

J'avais encore tort.

Un an plus tard, je reçus un beau matin, toujours de l'URSSAF, l'avis de payer 100 francs de pénalité... pour LES avoir obligés à m'envoyer une mise en demeure ! En somme, je leur devais 100 francs parce que j'étais responsable qu'ILS aient fait indûment les frais d'un huissier !!!

Je me jetai sur mon Bic pour écrire une lettre indignée au Dragon de Montreuil et lui indiquer fermement que c'était plutôt à lui de m'envoyer cette somme pour m'avoir pourri la vie pendant des mois.

Puis le découragement me saisit.

La perspective de perdre des heures précieuses en pleine écriture d'un roman, de recommencer à correspondre inlassablement avec une Administration de mauvaise foi, de renvoyer Marilyn dans l'antre du Dragon de Montreuil pour discuter avec un Monsieur n° 111 arrogant me fit craquer. Je me dégonflai.

J'envoyai les 100 francs avec une lettre d'injures. L'URSSAF impavide ne répondit pas.
Mais encaissa le chèque.

Pendant ce temps-là, j'avais appris des choses inouïes sur la CNAM (Caisse Nationale d'Assurance-Maladie) à l'autre bout du tuyau.

La Cour des Comptes déclarait froidement — dans son Rapport 1990 — que la gestion de ladite Caisse était coûteuse et désordonnée (vlan!), que ses statistiques étaient fausses (re-vlan!) et que la population protégée était supérieure à la population totale de la France... Au secours! Il y a donc parmi nous des extraterrestres qui viennent en douce, de Vénus, toucher notre Sec Soc!

Plus grave. En dehors du fait que les responsables de la CNAM remboursaient des frais de maladie aux Vénusiens (maux d'oreilles de un mètre de haut? Caries de crocs immenses? Bubons verts?), certains d'entre eux menaient un train de vie fastueux. S'offrant gaiement des déjeuners de 1 400 francs par tête (chez Maxim's?) avec des bouteilles de vin à mille balles la bouteille!

Hé bé! Une bouteille de vin à 1 000 francs/1988, ça devait être délicieux. Peut-être même un Pétrus 1963 ou un Cheval Blanc 1967? (Le rapport de la Cour des Comptes ne le stipulait malheureusement pas.)

Mais il y a pire encore. Entraînés par le mauvais exemple de leurs Chefs, les Services Administratifs, sous prétexte d'incessantes réunions techniques, buvaient du whisky à gogo (228 bouteilles pour la seule année 1988, précisait même la Cour des Comptes qui allait jusqu'à réclamer très poliment: « davantage de tempérance »).

Je compris tout: les chèques perdus... les extraterrestres confondus avec d'honorables citoyens... le délai de sept mois pour la prise en charge de Petite Chérie...

Les employés de la CNAM travaillaient dans les brumes de l'ivresse!!!

De surcroît, celles d'un alcool *estranger*: pas même une délicieuse Blanquette de Limoux française ou un Armagnac bien de chez nous! Quelle honte!

Etant donné votre vision pessimiste de l'âme humaine, vous ne serez pas étonné, mon Vénéré Maître, d'apprendre que la même joyeuse ambiance règne dans d'autres services de notre belle Administration Française qui s'occupent de la Protection Sociale.

Par exemple, au GARP, chargé de l'Assurance-Chômage de la Région Parisienne.

Car, Vénéré Maître, il existe, hélas, désormais en France un fléau épouvantable: le chômage. Trois millions de Français ne trouvent pas de travail. Ne me demandez pas pourquoi. Je n'ai pas encore compris. Je crois que c'est parce que de plus en plus de machines et de robots remplacent les travailleurs. Et pourquoi les travailleurs ne sont-ils pas employés à fabriquer ces machines? me direz-vous. Parce qu'il y a encore des machines et des robots qui fabriquent les machines et les robots qui remplacent les travailleurs. Et pourquoi les travailleurs ne sont-ils pas employés à fabriquer les machines et les robots qui fabriquent les machines et les robots qui remplacent les travailleurs?...

A cause des Japonais.

Qui bossent 25 heures sur 24 pour des clopinettes.

D'odieuses fourmis laborieuses qui nous empêchent de vivre peinards.

Mais je ne veux pas m'aventurer dans la haute politique internationale, domaine réservé du Chef de l'Etat, très sourcilleux de ses prérogatives, et qui pourrait prendre ombrage de mes remarques. J'en reviens donc au GARP. Pour lequel, soit dit en passant, je viens de remplir deux bordereaux très compliqués et deux chèques (assurance-chômage de Petite Chérie).

Le GARP a fait l'objet, lui aussi, de remontrances de la Cour des Comptes. Là encore, argent gaspillé en bons repas (on bouffe bien finalement dans notre belle Administration Française). Indemnités de transport pour déplacements fictifs (oh! que c'est vilain de mentir comme ça!). Trois primes exceptionnelles de départ (tellement on était content de le voir s'en aller?) pour un Directeur Adjoint qui avait déjà touché son dû. Informatique incohérente — les deux systèmes utilisés étaient incompatibles : les employés avaient été obligés de revenir au bon vieux traitement à la main (et à la plume d'oie?). Etc.

A la Caisse d'Allocations Familiales de la Région Parisienne (CAFRP: essayez de prononcer dix fois très vite), les souris dansent aussi. Trop de chefs: dans certains services, 1 pour 2 employés (ne faut-il pas, en fait, plaindre les employés qui ont 1/2 chef sur le dos toute la journée?). Standardistes ne travaillant que 25 heures, payées 39 (le rêve de tout le monde!). Absentéisme de 20 % plus élevé qu'ailleurs pour congés supplémentaires, activités syndicales, maladies (les agents de la CAFRP restent beaucoup plus souvent chez eux que le reste des Français, frappés qu'ils sont par des affections diverses peut-être attrapées au contact des Vénusiens de la CNAM aux virus inconnus). Etc.

Mais attention! Il faut reconnaître honnêtement qu'en général les Caisses d'Allocations Familiales (les CAF), parisiennes ou pas, veillent jalousement à ne pas trop dépenser en faveur des mères de famille. Zéro franc zéro centime lorsqu'elles n'ont qu'un enfant. 632 francs pour deux enfants. Et 1 441 francs pour trois. De quoi acheter quatre paquets de couches Pampers et une dizaine de petits pots carottes/jambon par enfant.

Le drame éclate si un couple décide d'avoir plus de cinq rejetons. Cette hypothèse n'est même pas envisagée dans *Bonheur*, le journal de la CAF envoyé à quatre millions de mères de famille. Pourtant, le cas existe. Dans les Hauts-de-Seine, Monsieur et Madame Bert ont quinze enfants. (Je répète : quinze enfants !) Ce qui signifie 40 litres de lait par semaine, 34 gâteaux d'anniversaire et de fêtes par an, 4 machines à laver par jour avec 30 chaussettes dépareillées, 9 rougeoles et 6 rubéoles en même temps, etc.

On pourrait penser que l'Etat et ses représentants, qui ne cessent de se lamenter sur la dénatalité française et refusent de rembourser la pilule (mais l'interruption volontaire de grossesse, oui ! Allez y comprendre quelque chose), auraient couvé avec attendrissement cette grande famille.

Pas du tout.

Quand le douzième bébé arriva, la CAF fit attendre neuf mois une aide maternelle. Et pour le quinzième, la Mairie la refusa carrément à Madame Bert, pourtant alitée, sous prétexte qu'« attendre un quinzième enfant est un choix personnel que vous ne pouvez pas imposer à la société » !

C'est vrai, ça ! Ils nous embêtent, ces Bert, avec tous ces mômes qui augmentent le déficit de la Sécu ! Ils touchent environ 11 000 francs d'allocations familiales pour leurs quinze enfants. Soit le prix de 11 bouteilles de Château-Margaux. Il y a de quoi s'indigner, non ?

Après les bordereaux et les chèques pour le GARP, je vais attaquer, mon Vénéré Maître, ceux du GRISS (deux autres bordereaux et deux autres chèques). Je ne sais pas trop ce qu'est le GRISS. Une retraite complémentaire pour Petite Chérie, je crois ? La cotisation n'est pas très élevée et lui permettra de toucher à soixante ans de quoi acheter quelques cigarettes — que son médecin (et le Ministère de la Santé) lui interdiront de fumer.

Mais je n'en aurai pas fini pour autant avec mes devoirs sociaux-administratifs. Me resteront à remplir les papiers de la Mutualité Sociale Agricole (plus chèque) pour Monsieur Louis et Apolline à la campagne. Ceux de leurs retraites complémentaires (plus chèque), ma Mutualité Sociale Agricole à moi (plus chèque), en tant qu'exploitante agricole (déficitaire).

Cette cotisation présente un intérêt particulier.

Elle ne donne droit à RIEN.

Aucun remboursement. Aucune allocation. Aucune prime. Rien de rien.

Sous prétexte que je paie déjà à une autre Caisse : celle des Ecrivains.

Un jour, je téléphonai aux Services de la Mutualité Sociale Agricole de Lescouloubre pour me plaindre de cette injustice.

— Puisque je paie deux fois, pourquoi ne suis-je pas remboursée deux fois ? demandai-je avec ce qui me semblait une certaine logique.

— Ce serait illégal ! me répondit un employé affreusement choqué.

Je continue donc à verser des sous qui me sont réclamés pour de mystérieuses et poétiques rubriques : AMEXA, AFA, AVA, AVI, FAS... et VEUV...

VEUV pour VEUVAGE.

Je retéléphonai à Lescouloubre pour avoir des explications. Le même employé me les donna gentiment. Ajoutant même que, si je mourais, l'Homme pourrait éventuellement présenter une demande de pension de reversion comme veuf d'une chef d'exploitation agricole (ah ! quelque chose à toucher quand même !). Je prévins mon époux.

— Epatant ! s'écria-t-il. Quand est-ce que je vais pouvoir enfin faire la fête ?

Salaud !

Et pour vous, me ferez-vous peut-être remarquer, mon Vénéré Maître, pour vous, vous ne versez rien dans le tuyau ?

Non.

On me pique directement sur ce que je gagne.
Merveilleux !

Ainsi, je peux faire semblant d'ignorer que je paie 6,90 % par-ci, 1,10 % par-là, quelquefois 4 % pour je ne sais quoi, plus quatre cotisations à l'Agessa, plus une à l'IRCEM. Cela doit faire des millions au bout du compte, mais j'aime mieux ne pas savoir.

Je n'ai que le bonheur de me faire rembourser.

Par exemple, ma paire de lunettes.

D'abord, je dois remplir soigneusement une feuille de soins (j'estime qu'actuellement, en France, les citoyens passent une grande partie de leur temps à griffonner des paperasses) que je signe SUR L'HONNEUR. (La Sécurité Sociale est un des rares organismes, à ma connaissance, à accepter encore des déclarations SUR L'HONNEUR. Personnellement, je trouve très sympathique cette confiance dans le Citoyen, bien que je connaisse des cas...) Et j'envoie ce précieux document avec l'ordonnance du médecin et la facture de l'opticien pour...

... 2 820 francs.

Et quinze jours plus tard je reçois...

... 141,35 francs...

Génial, non ?

12

LETTRE À MONSIEUR LE MINISTRE DE LA CULTURE

17 janvier

Monsieur le Ministre de la Culture,

J'ai trouvé ce matin, dans mon courrier, l'avis de payer avant le 15 février mon **premier tiers provisionnel.**
Déjà !
Alors que je suis encore à moitié ruinée par les cadeaux de Noël et que nous sommes en pleine période de soldes !
Plus question de faire la queue dès l'aube pour arracher à une foule de bonshommes en délire une paire de Weston, dont mon petit-fils aîné est fou. A ce propos, j'ai été très déçue d'apprendre que Weston n'était pas une marque anglaise comme je le croyais, mais faisait partie du groupe des chaussures André : je vais donc à l'avenir offrir à mon Sébastien des bonnes grosses patasses André. C'est moins snob mais drôlement plus économique !
J'abandonne également le projet de me battre avec des hordes de Japonaises pour un foulard Hermès moins cher que d'habitude. Tant pis. Je me passerai du modèle de cette année.
Je ne dévaliserai pas non plus Kenzo pour recouvrir mes fesses d'adorables petits caleçons fleuris.
Je me promènerai, avenue Montaigne et rue du Faubourg-Saint-Honoré, la tête tournée de côté, à l'égyptienne, pour ne pas voir toutes ces boutiques merveilleuses qui décotent à des prix inouïs des

fringues sublimes. Parce que notre magnifique capitale est en ce moment une véritable mine de bonnes affaires.

Cela m'a donné une idée.

Pourquoi votre collègue, et sûrement ami, Monsieur le Ministre des Finances, n'organiserait-il pas, lui aussi, des soldes ?

Un rabais de 9 % à tous les contribuables qui paieraient leur premier tiers provisionnel un mois plus tôt.

Accompagné d'une campagne publicitaire d'enfer. Jacques Séguéla ferait cela très bien : « Français ! Payez vos impôts en avance ! Et profitez de la ristourne du Trésor Public ! »

Je suis sûre que tout le monde se précipiterait comme sur des boucles d'oreilles en promotion chez Christian Lacroix. Et le Ministre des Finances étant sûrement bien placé pour connaître les Sicav les plus rentables (peut-être même à 10,50 %), hop ! en un mois, le Gouvernement se ferait une jolie pelote.

Et le contribuable, avec ses 9 %, s'offrirait une petite folie dont il rêvait.

Moi, j'hésite entre deux.

D'abord et encore et toujours : un lifting.

Oh ! Pas un grand : un petit !

Pas celui des seins avec des implants de gel de silicone qui bougent (vous aviez le sein rond comme une pomme, crac ! le voilà en poire !) ou des poches de sérum physiologique (liquide) qui crèvent et se vident brutalement (floc ! votre poitrine s'affaisse et dégouline).

Pas le petit bidon — et pourtant j'ai là quatre kilos de trop —, car j'ai peur de la liposuccion qui vous laisse le ventre tout grumeleux de bosses de graisse.

Pas les fesses. Il paraît que celles des acteurs américains sont bourrées de silicone et restent très douloureuses quand ils s'asseyent. Quelle horreur !

(Maintenant que j'y pense, c'est vrai qu'on les voit toujours photographiés debout.)

Pas les lèvres. Comme les actrices Kim Basinger ou Michèle Pfeiffer qui ont fait ourler voluptueusement les leurs à coups de piqûres de je ne sais quoi. (Et on accuse ces pauvres Chinois d'avoir inventé tous les supplices !)

Non. Le double menton seulement... que j'ai très double. Juste un petit tirage de peau et de muscles. Hélas ! cela coûte malgré tout la peau des fesses (même non bourrées de silicone). Et il faut trouver un vrai chirurgien. J'ai appris, lors d'une émission de télévision avec André Bercoff, que les médecins généralistes, les urologues, les rhumatologues avaient le droit de vous charcuter même s'ils n'avaient jamais touché un bistouri de leur vie. Vous faites confiance à votre gynéco et, patatras ! vous vous réveillez transformée en créature de Frankenstein.

Je crains que, cette année encore, je ne doive renoncer à mes projets de ravalement. A cause de ce tiers provisionnel. Vous vous en fichez ? Ce n'est pas gentil parce que ma pauvre petite gueule ne rajeunit pas tous les matins et que je vais bientôt arriver à l'opération de la hanche rouillée (troquer la vieille articulation grinçante contre une neuve en plastique pour garder une démarche jeune-jeune-jeune et sans canne).

Reste mon deuxième rêve.

Un petit tableau de fleurs de Garcia-Font que j'ai entr'aperçu dans une galerie d'art, avenue Matignon. Un bijou éclatant de couleurs et de gaieté et qui m'aurait mise de bonne humeur au réveil.

Mais c'est lui ou encore et toujours mon tiers provisionnel.

Et, je vais vous parler très franchement, Monsieur le Ministre, cette situation commence à m'agacer sérieusement.

Parce que, tandis que je ne peux pas m'offrir mon petit Garcia-Font...

... VOUS, en tant que Ministre de la Culture, vous avez réclamé, pour 1992, un budget de 13 milliards de francs.

TREIZE MILLIARDS!!! Rien que pour la Culture!
7,3 % de plus qu'en 1991!

Alors que Monsieur Bérégovoy, quand il était Ministre des Finances, nous avait promis qu'il n'y aurait aucune augmentation d'impôts, et qu'au contraire il ferait des économies...

... VOUS, bernique, vous augmentez vos dépenses!
Vous trouvez que c'est sérieux?

Mais il y a pire.

Ce qui m'exaspère carrément, c'est que, alors que je suis obligée de me priver de mon joli petit tableau, VOUS, Monsieur le Ministre de la Culture, vous encouragez avec MES SOUS un Art Contemporain auquel je ne comprends rien.

Et que j'ai découvert en visitant une exposition de nos jeunes artistes actuels au Musée de la Ville de Paris. Ce jour-là, j'ai reçu un choc. Je l'ai écrit à Monsieur le Maire. Il ne m'a pas répondu. (A mon avis, il n'aime pas non plus, mais il n'ose pas l'avouer.)

Vous me direz, poliment j'en suis sûre, que je n'y connais rien. Que j'appartiens à la famille de ces bourgeois qui ont aimé les Pompiers et craché sur les Impressionnistes. D'accord, c'était une connerie. Mais on ne va pas nous la jeter à la gueule pendant des siècles, quand même!

Et si, du reste, la même erreur se répétait aujourd'hui?

Si, terrifiés à l'idée de louper cette fameuse avant-garde, les critiques d'art, les fonctionnaires culturels, les gogos, et vous-même (pardonnez mon impertinence due à mon caractère pétardier) vous étiez tous en train d'encourager des **Nouveaux Pompiers Officiels...**?

Par exemple, les «compositions» de Monsieur

Jean-Pierre Reynaud à base de carrelage blanc de WC avec comme motifs décoratifs des crocs de boucher (prix de l'ensemble : 400 000 francs, ce qui fait cher le carreau de Cérabati et le croc de boucher !). Ou une canne d'aveugle. Ou du matériel médical (un paquet de vrai coton hydrophile, une petite bouteille d'alcool à 90 degrés et une bande de gaze, le tout acheté quelques francs à la pharmacie du coin et revendu comme œuvre du Maître : 250 000 francs). Voilà ce que j'appelle un bénéfice intéressant. Possède un sens drôlement commercial, Monsieur Jean-Pierre Reynaud !

Autre « création » du susdit : la porte arrière d'une ambulance militaire avec une croix rouge (achetée aux surplus de l'Armée ?) proposée telle quelle pour 400 000 francs (peut-être devrais-je essayer de vendre mes vieux pneus de tracteurs, peints en rose ?).

Monsieur Jean-Pierre Reynaud décrit ses bricolages comme « des œuvres limite de la modernité » (ah bon ?) dont « la froideur... nous enveloppe comme un suaire » (youpee !). De fait, quand je me suis promenée dans son exposition, j'ai été impressionnée par le silence recueilli des visiteurs, ce qui ne les empêchait pas de manifester, par des hochements de tête approbateurs, l'admiration respectueuse dans laquelle les plongeait la vue de ces chefs-d'œuvre qui me donnaient à moi l'impression d'être une grosse vache découvrant avec hébétude un lavabo dans son pré.

Deuxième génie de l'Art Contemporain auquel je ne comprends rien (mon Père, c'est ma faute, c'est ma très grande faute ! Ou plutôt celle de mes parents et maîtres qui m'ont trop emmenée visiter le Louvre et ses vieilleries)...

... le peintre américain Robert Ryman.

Dévorée de l'envie d'être d'avant-garde, moi aussi, j'ai galopé à la galerie Renn Espace où la foule se pressait — toujours religieusement — devant...

... 44 tableaux TOUS ENTIÈREMENT BLANCS sur des murs TOUS ENTIÈREMENT BLANCS.

Je dois vous avouer avec honte, Monsieur le Ministre, que j'ai préféré les murs aux tableaux. Travail plus propre (peut-être d'un petit ouvrier portugais au noir?). Et sûrement moins onéreux.

J'ai lu dans la presse que l'une de ces peintures (mais laquelle? Une grande toute blanche, bien sûr, et sans même la trace impure de la signature du Maître) avait été achetée chez Christie's par le metteur en scène et producteur de films Claude Berri, pour la somme fabuleuse de 2 millions de dollars (plus d'1 milliard de centimes. Si! si! J'ai recompté trois fois). Pour trouver l'argent, Claude Berri a vendu la moitié de sa maison de production de films et, dit-on, un Matisse. (Cher Claude, j'espère de tout cœur que tes trois fils, dans vingt ans, ne regretteront pas le Matisse et ne t'appelleront pas le Vieux Con comme ces héritiers d'un collectionneur qui avait échangé 60 Boudin contre 1 Meissonier — exilé depuis dans le grenier familial.)

Comme j'admire beaucoup Claude Berri, j'ai quitté l'exposition EFFONDRÉE! « La beauté de la rigueur chromatique » dont parlaient les critiques d'art ne m'avait pas frôlée de son aile bouleversante.

Obtuse, j'étais! Aveugle!

Du reste, un autre critique ne me l'envoya pas dire : « L'âme de toute la peinture est dans l'œil de celui qui la regarde. »

Et l'Evangile d'ajouter : « Si ton œil est mauvais, arrache-le ! » (Peut-être, avant de prononcer ces paroles imprudentes, le Christ n'avait-il pas visité une exposition d'Art Contemporain?) Quoi qu'il en soit, avant d'arriver à cette extrémité douloureuse, je résolus de faire le tour de notre Grand Musée National, notre Temple de la Culture Moderne, je veux parler de Beaubourg's Carcasse.

La première chose qui m'accueillit fut une « expansion » en mousse de plastique blanchâtre, en forme de diarrhée, de notre cher César.

Je connaissais.

C'est l'Homme-de-ma-vie qui est à l'origine de cette trouvaille.

Un jour, César — qui était un de ses copains — passa sur les quais de la Seine et trouva mon cher mari à la tête de ses ouvriers, en train de remplir de polyuréthane et de je ne sais quel autre produit les cales de ses bateaux pour les rendre insubmersibles. Travail assez simple. Une giclée de deux matières plastiques différentes projetées dans une machine spéciale, et wouff! ça gonfle, ça gonfle... et retombe en forme de colique.

— Génial! dit César à mon époux. Je peux utiliser ton truc?

— Bien sûr, mon pote! répondit l'Homme.

Le lendemain, César apparut dans un bleu de travail très peuple. Il fit wouff-wouff avec la machine qui éructa sa crotte diarrhéique. Les ouvriers des Bateaux-Mouches faisaient cercle respectueusement autour de lui.

— Sublime! s'exclama César.

— Qu'est-ce que tu vas faire de «ça»? interrogea l'Homme, un peu surpris.

— Ben... le vendre à un musée!

— Et... «ça» ira chercher dans les combien? demanda timidement le Chef de Marine.

— Oh! fit légèrement César, aux environs de dix briques... (C'était il y a longtemps!)

A l'heure du déjeuner, à la cantine, le Chef de Marine, à la tête de ses ouvriers, vint exprimer son indignation à l'Homme en train de dévorer en grommelant un mauvais bœuf en daube (parce que cuisiné sans vin rouge à cause des balayeurs noirs musulmans).

— Qui c'est ce type qui vend dix briques un petit morceau de mousse de plastique expansé? Alors que nous, on en fabrique des tonnes toute la journée sans prime supplémentaire !

— Oui, mais lui, c'est un artiste ! expliqua l'Homme, toujours la bouche pleine de daube (sans vin rouge).

Les marins exprimèrent en termes très grossiers ce qu'ils pensaient des artistes en général, et de celui-là en particulier.

Là, j'ai un aveu à faire.

J'étais jeune.

Je fus épatée.

J'allai trouver le Maître (qui est, par ailleurs, un homme amical et chaleureux) avec un œuf d'autruche qui traînait dans mes tiroirs. Et suggérai à César d'en casser le haut et d'en faire sortir de la mousse colorée comme le jaune d'un œuf à la coque qui aurait explosé.

L'idée l'amusa beaucoup.

Pas moi. Quand je vis le résultat. Un truc baveux à l'air pourri. Répugnant. Je dissimulai poliment mon désappointement, remerciai le Maître avec enthousiasme, rentrai chez moi et planquai l'affreuse chose sur le haut d'une armoire avec les vieux chapeaux de brousse. L'oubliai.

Un jour, faisant des rangements (une fois tous les vingt ans), je le retrouvai. Toujours aussi repoussant. Qu'en faire ? Je ne pouvais pas le garder toute ma vie sur le haut de l'armoire. Et si je le vendais ? César était désormais très célèbre et fort coté. J'avais justement besoin d'argent pour acheter une petite étiqueteuse électrique pour mes bouteilles de Blanquette de Limoux.

Un copain, commissaire-priseur, vint examiner la chose (avec un certain dégoût).

— En plus, ce machin, il n'est pas signé ! s'exclama-t-il. Demande-lui de te le signer.

— Je n'oserai jamais ! Ça change beaucoup le prix ?

— Enormément. C'est pour cela que les artistes

signent rarement leurs cadeaux. (Depuis j'ai découvert que Mathieu m'avait fait le même coup.) Ainsi, Picasso, pour payer un jour un déjeuner dans un restaurant, croqua un petit dessin sur la nappe de papier. Le restaurateur se confondit en remerciements ... et lui demanda d'y ajouter son nom.

— Je paie une addition. Pas l'immeuble, répondit le Maître sèchement.

Cette pratique mesquine m'indigna. Au point que je flanquai l'œuf de César à la poubelle. Réjouie à l'avance de la tête désemparée du clochard découvrant la chose, le lendemain matin, au bout de son crochet.

Pour en revenir à Beaubourg, têtue comme une Béarnaise, je passai ensuite un long moment à examiner les œuvres d'un certain Claude Rutaut.

Première salle : murs tout blancs où étaient suspendus trois petits tableaux entièrement blancs. Décidément, c'était la mode ! Robert Ryman n'avait qu'à bien se tenir.

Deuxième salle : murs tout beiges avec un grand tableau entièrement beige — toujours la fameuse « rigueur monochrome » — et un rouleau de papier kraft accroché au mur et dont deux ou trois mètres étaient déroulés. La symbolique m'en échappa complètement.

Troisième salle : « consacrée à la notion du non-peint ». S'entassaient là des piles de toiles brutes sortant de chez le marchand. Le génie à l'état pur puisque l'Artiste n'avait pas commis un seul trait de pinceau.

— Du « non-peint » par un « non-artiste », me souffla un monsieur pris de pitié devant mon air effaré... Ça va loin ! ajouta-t-il avec enthousiasme.

En effet.

Pourquoi ne deviendrais-je pas à mon tour un « non-écrivain » s'adressant — par pages blanches — à des « non-lecteurs » ?

Pourquoi ne pas servir dans des restaurants des «non-bouillabaisses» à des «non-clients»? Etc.

Le gouffre du néant infini s'ouvrait sous mes pas. L'angoisse me saisit. Et si la grâce de l'illumination ne me frappait pas? Si je demeurais toute ma vie une handicapée mentale, une bourgeoise pas chébran, fermée à «ces errances charnelles qui hurlent d'être» (je cite un critique)? Non! Non! Impossible! Pitié! Je ne pouvais pas rester sur le bord du chemin de l'Art Moderne Contemporain. Je m'obstinai donc. Et continuai à me balader au milieu de «créations» des plus curieuses.

Dont :

... Trois pianos : l'un recouvert d'une housse de feutre avec une croix rouge. Je notai pieusement sur un petit carnet que la Croix-Rouge est une grande source d'inspiration actuelle. Un autre (de piano) grossièrement repeint en noir, y compris les touches blanches — pauvre vieux! Le troisième, d'Arman, entièrement démantibulé (peut-être par ses enfants) et dont les morceaux étaient cloués sur un panneau de bois.

... Un gros cube évidé tout en carreaux blancs de WC (coucou! revoilà Jean-Pierre Reynaud), décrit par le Maître comme «une œuvre en devenir». (Il ne se mouche pas du pied droit, celui-là.)

— Il manque une baignoire! s'écria un petit garçon en passant devant. (Je jure que c'est vrai!)

A mon avis, il manquait plutôt un siège pour faire pipi et le tout transporté à la place des cabinets du Musée qui — je vous le signale en passant, Monsieur le Ministre — sont franchement dégoûtants, bien qu'il y ait du papier toilette mais posé à *l'extérieur*. Tant pis pour les distraits.

... Des branches d'arbres cassées, comme j'en trouve plein mes bois après une tempête, et que, paysanne que je suis, je brûle dans ma cheminée au lieu de les exposer sur les murs.

... Des morceaux de toile à sac déchirée, des cordes

à nœuds pendues au plafond, des coins de bâti de fenêtre avec morceau de vitre fêlée, un fût métallique noir muni d'une pompe faisant dégouliner sans cesse de l'huile de vidange (Monsieur Louis, mon cher régisseur à la campagne, en aurait une attaque : «*Macarel !* Qu'est-ce que c'est que cette connerie d'huile qui coule !»).

... Et enfin un immense et étrange machin intitulé «jardin greffé», je crois, d'un artiste japonais. Avec des fleurs en plastique jaunasse, des bouts de bras et de jambes en plastique rose, des carrés de faux gazon en plastique vert ornés de... non, ce n'était pas possible ! Si ! Ça l'était !... ornés de crottes en plastique (du moins je l'espérais... à moins que les gardiens, tous les matins...)*.

Je m'enfuis.

En sortant, je croisai une classe de petits écoliers qui venaient visiter ces témoins admirables de notre esthétisme contemporain, sous la houlette de leur maîtresse que j'entendis, au passage, crier : «Surtout les enfants, ne touchez pas aux œuvres d'art !»

Je ne pus m'empêcher de lui demander :
— Quel âge ont vos bambins ?
— Cinq ans.

Pauvres choux !

Passer un bel après-midi ensoleillé à regarder des crottes dans un musée au lieu de jouer au ballon ou de courir dans les allées fleuries du Jardin du Luxembourg, quelle tristesse !

Mais non ! C'est moi qui avais tort ! Barbare que j'étais ! Bourgeoise encroûtée dans de vieux préjugés. Bornée au pois chiche en guise de cervelle !

J'avoue avoir vécu là, Monsieur le Ministre, une véritable crise d'identité. Tel saint Paul foudroyé sur le chemin de Damas, je tombai (moralement) à

---

* A noter que j'ai raté l'exposition — dans je ne sais quelle galerie — par un certain Ben Vautier d'un verre dans lequel il avait pissé. Je ne m'en console pas.

genoux de honte tandis que vous m'apparaissiez au milieu d'éclairs et me criiez : « Repens-toi, pauvre ringarde ! Et apprends à aimer l'art conceptuel, l'art minimal, le pop'art, l'arte povera, les Jocondes à moustaches et les " Merdes de l'artiste au naturel " de Manzoni, en boîtes signées et datées avec prix indexés sur le cours de l'or... »

Je me traînai à la FNAC où je passai l'après-midi à feuilleter fiévreusement les livres d'Art sur nos grands « plasticiens ». Terme qui a remplacé « peintre » ou « sculpteur ». De même que désormais on ne dit plus « femme de ménage » mais « technicienne de surface ». Ni « sourd » mais « malentendant ». Et, en Amérique, « homme blanc » se prononce « déficient en mélanine » (noire) et « vieillard », « personne chronologiquement gâtée ».

J'en reviens à nos Maîtres actuels :
— Alechinsky ? Hélas — honte à ma sale nature ! —, je ne pus m'empêcher de regretter qu'il eût abîmé de superbes cartes marines par des gribouillages frénétiques et hideux.
— Robert Combas ? aux dessins dignes d'un jeune Africain de cinq ans pas doué.
— John Voss ? dont les sculptures m'évoquèrent les travaux de poterie de mes petits-enfants le mercredi après-midi. En moins bien.
— Lichtenstein ? qui recopie ses meubles et ses objets dans les annonces de l'annuaire téléphonique. Prix de l'annuaire : 0 franc. Prix d'un Lichtenstein : 4 millions. Décidément, ils sont diablement commerçants les « plasticiens » modernes ! Fini l'artiste qui crève de faim dans sa mansarde !

Mais qui achète ÇA 4 millions ?
L'ÉTAT.
AVEC MES SOUS !
Alors, je me révoltai.
Tant pis !
Insensible à l'Art Contemporain j'étais.

Insensible à l'Art Contemporain je resterais.

Malgré les louanges des critiques d'art, qui ne sont pas piquées des hannetons.

Lu au hasard dans le catalogue des acquisitions du Ministère de la Culture pour 1990 :

… Là où j'avais cru deviner l'esquisse de deux sandwichs et d'une feuille de platane, le critique d'art avait vu « le réel sensible d'une circulation de pensée et de forme ». (Il était évident que ma circulation de pensée à moi était nulle !)

… A propos d'une grande baignoire d'hôpital en tissu caoutchouté dont un pan tombait par terre comme un rideau, le critique s'était écrié : « Cette sculpture ne se donne à voir et à comprendre que dans les déplacements et les analogies qu'elle provoque, rendus indissociables par leur mise en connexion arbitraire. » (Vous n'avez pas compris ? Moi non plus. Privés de Carambar.)

… Parlant d'un bac en bois peint avec, posés dedans, une couche de coton hydrophile (non seulement la Croix-Rouge, mais l'hôpital et la pharmacie inspirent nos artistes actuels qui doivent souffrir de multiples bobos) et une petite lampe-tulipe à la lumière bleutée, le commentateur, enthousiaste : « Chez le créateur, le matériau, quelle que soit son origine, manifeste une présence péremptoire, comme s'il lui fallait témoigner de la pesanteur du monde et, en retour, reconduire avec une élégante ironie la pensée chez l'énigme. »

Où les critiques apprennent-ils ce langage inouï ?

Y a-t-il une secte cachée dans le Morvan qui dispense ce savoir réservé aux élites intellectuelles (dont je suis évidemment exclue) ?

Honnêtement, Monsieur le Ministre, les gens qui écrivent des trucs pareils ont-ils les idées claires ? Ou se foutent-ils de notre gueule ?

La colère me prit.

De quel droit, au nom de quelle onction divine, une

nomenklatura de technocrates culturels (qui sont-ils, d'abord ? d'où viennent-ils ?) dépense-t-elle mes sous pour encourager un « art » qui me déplaît furieusement ?

Et l'infiltrer partout.

Jusqu'au Ministère des Finances à Bercy, où j'ai aperçu dans les douves un homme de bronze à trois jambes (peut-être pour s'enfuir plus vite, loin de la Direction Générale des Impôts ?). Ailleurs, dans un grand couloir, un Alechinsky (ayant abandonné ses gribouillis névrotiques au profit de ce qui me parut être le dessin du virus de la grippe). A côté, une peinture de Rebeyrolle intitulée « Pactole » et représentant le richissime roi Midas avec des oreilles d'âne. (Etait-ce une amusante allusion de l'artiste à Monsieur le Ministre des Finances de la France ? Je n'ose croire à une telle insolence.)

Quoique...

La Cour des Comptes rapporte cette plaisante anecdote. Quand la sculpture commandée pour la Cour d'Honneur arriva, on s'aperçut que l'artiste facétieux avait simplement représenté deux lingots d'or. On eut peur des commentaires railleurs du *Bébête Show*, de Jacques Martin et autres Inconnus. Et on cacha précipitamment les lingots à la cave où ils seraient toujours (prix : 1,2 million : ah ! quand même !).

Plus dramatique.

O rage, ô désespoir ! L'Art Contemporain est en train de polluer, telle une marée noire, ma douce province. Y compris à Castelbrac où, à l'entrée de la charmante petite ville ancienne, a été édifié un étrange monument qui semble sortir du délire d'un maçon alcoolique. Deux blocs de ciment surmontés de tuyaux serpentins en caoutchouc rouge et ornés de gros globes roses ressemblant à d'énormes boules Quiès.

Titre du machin : « Cep de Vigne ».

Quand, stupéfaite, j'y fis allusion devant le Maire et les différentes personnalités locales — dont Nono, le patron du Café du Commerce, qui sait tout —, j'appris que cette «œuvre» était le moins vilain des douze projets remis à la suite d'un concours par une école d'architecture de Toulouse.

Qu'elle avait coûté 40 millions de francs.

Et que la population consternée l'avait surnommée «Le Scud». Tout le monde était d'accord pour camoufler l'affreux truc par des parterres de fleurs et des arbres. Et le Jardinier en Chef s'efforçait même en douce de faire grimper du lierre dessus.

— Mais pourquoi avoir dépensé l'argent de nos pauvres citoyens dans une telle horreur ? demandai-je crûment au Maire.

— Au nom de la Culture Moderne ! me répondit-il dans un sanglot.

Trop c'est trop !

Merde à la Culture Moderne ! Mes frères, amateurs de Bruegel le Vieux, Bosch, La Tour, Vermeer, Degas ou Magritte, révoltez-vous ! Et vous, mes sœurs, qui aimez le grand théâtre classique et les pièces — dites, avec dédain, de boulevard —, réclamez le retour des cages du Cardinal La Balue pour enfermer certains «décideurs intellectuels» ! Et vous tous encore, fous de Mozart, brûlez la Cité musicale de l'IRCAM ! (Qui a coûté 400 millions, mais tant pis !)

En attendant, je vous le dis franchement, Monsieur le Ministre, j'en ai aussi ras la casquette que vous dépensiez :

... jusqu'à *un milliard* pour le théâtre et des pièces auxquelles je ne comprends rien (surtout quand elles sont jouées en italien, en espagnol, en danois et même en polonais). Ou qui m'énervent quand il s'agit de «re-lectures» de grands auteurs classiques (morts de préférence depuis longtemps afin qu'ils ne puissent pas rouspéter), par n'importe quel petit prétentieux. Assez de Molière «revisité» par Jules! Ou du grand Shakespeare rajeuni par Oscar! Epargnez-nous les *Caligula* de Camus où des uniformes de vilains paras côtoient (Youssef Chahine seul sait pourquoi) des toges romaines. Et les Marivaux avec des moutons qui bêlent sur le plateau. Marre de Corneille joué dans des décors de bistrots par des «mecs» en jeans avec leurs «meufs» à talons aiguilles. Ou du *Roméo et Juliette* par Daniel Mesguich avec fumigènes et comédiens accrochés à des échafaudages. Ou encore d'*Andromaque* relu par un certain Marc Zammit: «Racine est vraiment épatant! Il chante l'illégitimité des massacres et des guerres nationales...»

Pourquoi n'écrivez-vous pas vos textes vous-mêmes, au lieu de piquer ceux des autres, bande de metteurs en scène gonflés de vanité, coucous minables, cohorte de nuls! Il est vrai que le résultat n'est pas toujours exaltant. Tel ce *Prométhée enchaîné* de Jacques Livchine «joué» par des chiens, de vrais molosses, déchiquetant de la barbaque bien sanglante sur scène. Ou la *Femme-Chapiteau* du même: cette fois, ce sont des souris qui, s'échappant des jupes d'une actrice, «jouent» *Roméo et Juliette*. Pauvres petites bêtes!

M'agace aussi la facilité actuelle du théâtre du désespoir.

Alors que le citoyen-contribuable s'efforce de garder, tant bien que mal, son moral à travers tous les emmerdements de la journée, le voilà qui doit subventionner, le soir, de la pleurnicherie en tranches. Certains jours, il a le choix entre: «Une plongée dans un monde chaotique et incertain», à Saint-Denis. «Un voyage immobile aux fins confuses», à Gennevilliers. «Une vision systématiquement horrible des coïts désespérés de nos frères humains», dans le XIe arrondissement. «La misère des gens (...) au cœur du désarroi, l'opacité des vies, la pauvreté des êtres perdus, éperdus, battus, secoués. Dont la vie est faite de déglingues épouvantables», à Toulouse où le spectateur n'est pas épargné non plus !

N'oublions pas au passage les subventions aux fourmillantes troupes de province (pardon. On ne dit plus «province», on prononce «Région»!) qui s'en vont jouer *Grand-Peur et Misère du IIIe Reich* pour égayer les villages à l'époque des moissons et s'indignent de trouver des salles de mairie vides.

Ni les subsides accordés à tous ces festivals (qui n'a pas son petit festival ? Qui ?) dont l'éclosion à travers notre douce France ressemble à celle de milliers de champignons parfois indigestes.

Ainsi à Lescouloubre, où j'emmenais chaque été un break bourré d'enfants voir, par exemple, *Le Cid* donné par la Comédie-Française, dans les splendides remparts de la vieille Cité. A la satisfaction générale. La mienne d'abord, de contribuer à «cultiver» la jeune génération. Celle de la jeune génération de passer une soirée marrante, la tête en bas, à essayer de voir si les acteurs aux jupettes romaines (un tic des décorateurs modernes, les jupettes romaines) soulevées par la tramontane déchaînée portaient ou non des slips Eminence.

Puis, un jour maudit, un descendant de ces féroces Barons du Nord qui ont ravagé notre Midi civilisé, un Directeur d'Avant-Garde, décida que nos programmes étaient «réac» et qu'il fallait éduquer les ploucs que nous étions. Brutalement, nous eûmes droit à un *Roméo et Juliette* (encore un !) où Roméo était joué par une fille et Juliette par un garçon. (Cela n'épata personne dans le pays où l'on fête Carnaval du 15 janvier à Pâques.) A un *digest* de Shakespeare de onze heures de suite (le public partit se coucher au bout de trois). A un *Dom Juan* sans Commandeur. Etc.

Je ne suis jamais retournée ni les enfants au Festival de Lescouloubre. Du reste, j'ai appris qu'il était destiné aux «touristes». Bien fait pour eux.

Pour en revenir au budget du Ministère de la Culture, j'ai appris que cette tour ronde, au style «pissotière», de l'Opéra de la Bastille a coûté 3 milliards. Auxquels il faut ajouter une subvention de 500 millions par an*. Mais savent-ils, ces amateurs de grosses dames hurlant, bouche ouverte jusqu'à la glotte «aaaah! je riiiis de me voir si belle en ce miiiiroir», que leur passion pour l'art lyrique est ruineuse? Par je ne sais quel mystère extravagant, au prix du billet de 500 francs payé par le spectateur, s'ajoutent 1 000 francs subventionnés par le contribuable. Résultat (contraire à toutes les lois commerciales): plus il y a de monde pour entendre chanter Pavarotti, plus ça coûte cher aux Français!

J'ai aperçu également dans la Loi de Finances 92 — chapitre Culture (entre autres):

... *Une subvention pour la promotion du Rock.* Johnny Hallyday est-il vraiment dans la dèche?

... *Une aide à la Littérature policière.* San Antonio, James Hadley Chase, Mary Higgins Clark, P. D. James, Patricia Highsmith, Djian, ont-ils réellement besoin d'être encouragés par des impôts — sur mes droits d'auteur — pour augmenter leurs propres droits d'auteur?

... *Un milliard 46 millions pour la Musique et la Danse*, dont 50 millions pour Monsieur Boulez, Pape de notre musique contemporaine française: l'expression atonale. Suite de sons divers allant du vrombissement du marteau-piqueur aux cling-schlaff-clonk d'usine, le tout écouté pieusement par un millier d'initiés. Mais financé démocratiquement par tous les citoyens même si ces minables en sont encore à rechercher du plaisir dans la musique (le comble de la vulgarité, d'après Boulez Ier). Ne pourrait-on envi-

---

* La moitié de cette subvention, soit 250 millions, permettrait à 14 millions d'enfants de recevoir enfin un enseignement artistique valable, d'après Yehudi Menuhin.

sager quelques économies en enregistrant directement les bruits d'une journée chez Citroën ?

Par contre, je n'ai pu trouver ce que nous dépensions pour toutes ces Fêtes qui se succèdent sans arrêt : Fête de la Musique — Fête du Cinéma — Fête du Théâtre — Fête de la Jeunesse — Fête du Sport — Fureur de lire — Fête de la Science — Fête de la Pêche — Fête de la Planète...

Et ma Fête à moi, alors ?

Il est hors de question (incivique) de ne pas participer au grand Vaudou culturel auquel notre beau pays est livré. Même les Ministres se dégonflent. Se croient obligés de prétendre, tous les étés, qu'ils vont profiter de leurs vacances pour relire Proust, Balzac ou Stendhal sur la plage. Alors que je suis prête à parier qu'ils dévorent *La Vie privée de Lady Diana*, camouflés sous leur serviette de bain.

Qui va oser se révolter contre le terrorisme de nos fonctionnaires culturels ?

Pourquoi ne puis-je pas vivre entourée de quelques tableaux qui me plairaient, *à moi* ? Un marché mexicain orange et rouge de Cathelin. Une pomme de Rohner si appétissante qu'on a envie de croquer dedans avec volupté. Une grosse femme avec un gros cul sur un gros cheval, de Botero, dont j'adore l'humour. Un deuxième buste romain de Mitoraj.

L'Homme m'en a déjà offert un, au grand émoi du sculpteur à qui Alexandra, une amie d'Artcurial, nous avait présentés.

— C'est le symbole de la Pologne asservie. Je l'ai appelé : « L'Homme bâillonné », murmura timidement le Polonais.

Hélas, l'Homme-de-ma-vie était, ce jour-là, d'humeur farceuse.

— Mais c'est moi, « l'Homme bâillonné » ! tonitrua-t-il. La voilà celle qui me bâillonne ! (Il me désigna d'un index vengeur.) Ma femme ! Ma propre femme !

J'entrai dans le jeu.

— Ne l'écoutez pas, Maître ! Cet individu est un

infect macho! Le plus bâillonné des deux n'est pas celui que vous croyez!

S'ensuivit une joyeuse mais vigoureuse engueulade conjugale, sous le regard du pauvre Mitoraj, consterné à l'idée que son œuvre allait s'échouer chez des dingues pareils.

Mais ce que j'aimerais par-dessus tout, c'est courir les expositions, fouiller les galeries, explorer les ateliers en province, à la recherche d'un nouveau et terrifiant Francis Bacon, d'un poétique successeur de Magritte, d'un jeune Nicolas de Stael que j'empêcherais juste à temps de se suicider.

Aussi, j'ai l'honneur, Monsieur le Ministre, de réclamer LA SUPPRESSION DU MINISTÈRE DE LA CULTURE (vous ne m'en voudrez pas, j'espère, il vous reste l'Education Nationale).

Je revendique le droit d'être mon propre mécène avec mon propre argent.

Et non plus l'Etat avec mes impôts.

Qu'on laisse les citoyens libres de leurs goûts!

... et qu'on me rende mes sous...

Oui!

QU'ON ME RENDE MES SOUS!

Avec cette fortune, j'achèterai une galerie de peinture pour exposer les tableaux d'un nouveau Picasso: ma fille, Petite Chérie.

Ses peintures sont vivantes, violentes, colorées, originales, un peu folles, pleines de force et de mouvement.

C'est sa Maman qui vous le dit!

13

LETTRE À MADAME
MON INSPECTRICE DES IMPÔTS

20 février

Chère Madame mon Inspectrice,

J'ai signé, hier (en blanc, chut!), la **déclaration de mes revenus** de l'année dernière que ma conseillère fiscale et amie, la belle Marilyn aux-cheveux-d'or-jusqu'à-la-taille (ce qui provoque un certain émoi dans les Centres d'Impôts), va remplir à ma place.

En fait, j'ai pensé à vous presque tous les jours, pendant cette année qui vient de s'écouler. Si! si! En rangeant systématiquement et au fur et à mesure, dans un dossier spécial, mes frais professionnels.

Un boulot d'enfer.

Surtout quand il faut agrafer à chaque facture la petite fiche de paiement par Carte Bleue que j'ai tendance à jeter. Pourquoi cette précaution? Le Fisc aurait-il peur que je réclame des fausses factures à mon marchand de crayons? (Il est vrai que j'ai des aînés dans la carrière... des fausses factures. Pardon pour cette vilaine allusion politique! J'essaierai de ne plus recommencer.) Il est vrai aussi que j'ai vu un grand producteur de cinéma ramasser au Fouquet's toutes les additions laissées sur les tables...

Depuis le temps que je vous adresse des déclarations de revenus, j'espère que vous avez constaté à quel point j'étais honnête.

Pour les notes de restaurant, justement, j'inscris soigneusement sur l'addition — comme me l'a bien recommandé Marilyn — avec quelle personnalité j'ai partagé mon blini-saumon fumé à l'épicerie russe du coin de la rue. Et j'écarte scrupuleusement les factures des déjeuners avec mes petits-fils. Ce qui est injuste car ils m'inspirent beaucoup plus pour mes livres que Monseigneur Gaillot, et pourtant là, y aurait à dire! Et que je pourrais très facilement indiquer comme invités : « Régis Debray » ou « Madame Danièle Mitterrand ». Qui oserait les déranger pour vérifier? Surtout Régis Debray, connu pour son caractère bougon.

Même chose pour les fleurs. Et cependant, quelle tentation! J'adore envoyer de (ravissants) gros bouquets ronds de chez Veyrat à des productrices de cinéma ou de télévision, des amies réalisatrices, des actrices, etc. Et je résiste vaillamment à la sauvage envie de m'en faire livrer un en douce par la même occasion, pour illuminer mon salon. Ah si! Je l'ai fait une fois. Pour une séance de photos de presse. Hélas, le photographe a enlevé mes pivoines sous prétexte qu'elles cachaient mon visage (c'était exprès : j'ai remarqué que ces petits génies du Leica me shootaient toujours de bas en haut, ce qui me donne le double menton et les trous de nez de Piggy-la-cochonne).

Autre exemple de ma vertu (parfaitement! Je n'hésite pas devant le mot « vertu » !), les vêtements et autres dépenses dites de « représentation ». Eh bien, Madame mon Inspectrice, je vous jure que je ne déduis que les chandails et les pantalons achetés spécialement pour passer à la télévision. Je ne vais quand même pas apparaître trois livres de suite dans le même cashmere rose! Mes lectrices finiraient par le remarquer! Ni continuer à recevoir les journalistes dans un salon où la moquette est si vieille qu'on voit le parquet. Je l'ai donc changée (horreur! c'est pire : la nouvelle gondole comme une mer houleuse). Quant à la moquette de mon bureau, par souci d'économie, je n'ai fait que remplacer le petit carré sous mes pieds, que je dois frotter si nerveusement — quand j'écris — que le plancher lui-même est usé.

Dès fin janvier, Marilyn commence à me carillonner au téléphone pour que je lui apporte mes dépenses et mes recettes. Y compris les 13,40 francs envoyés par un producteur à titre de pourcentage sur **Vas-y, Maman!** (J'ai fait encadrer le chèque.) Et j'espère que le comptable de ce radin va perdre des heures (coûteuses) à rechercher les 13,40 francs pas encaissés dans ses relevés de banque.

En préparant mon dossier, je déprime.
Parce que je m'aperçois que j'ai encore gagné beaucoup d'argent. (Nom d'un chien, où est-il passé, ce fric?)
Et que je vais donc payer de lourds impôts.
Je plaide coupable.
Je ne peux pas m'empêcher de TROP travailler.
Pire: j'aime.
Tous les jours, du 1er janvier au 31 décembre, j'écris de 5 heures à midi, comme vous le savez peut-être. Et finalement, ça fait des livres, ça fait des scénarios, ça fait des feuilletons de télévision, ça fait des pièces de théâtre, ça fait des articles dans les journaux.
Parce que, deuxième grave défaut, je ne refuse jamais aucune proposition. J'ai trop peur de manquer de boulot l'année suivante. On ne se remet jamais d'avoir eu faim. (Mais non, Madame mon Inspectrice, je ne dis pas cela pour vous attendrir et vous demander une faveur. Ah! là! là! ce que vous êtes méfiants dans les Services Fiscaux! Cool! Cool!)
Je suis également perpétuellement torturée par la peur que, tout à coup, mes chères lectrices ne m'abandonnent. Mon livre sort... Aucun succès... Plus un rond.
Et pas de chômage à toucher. Je n'y ai pas droit. A propos, vous trouvez cela juste, vous?
Autre angoisse: la panne d'inspiration. Elle a frappé un de mes amis, auteur très connu. Il est resté sept ans devant sa page blanche. Il a failli devenir fou. (Peut-être aurait-il mieux fait de le devenir tout à fait!

Son Percepteur l'aurait-il poursuivi jusque dans sa cellule de Sainte-Anne ? Oui. Bon début de pièce, hein ?)

Ensuite, cauchemar qui me réveille la nuit : le bel accident de voiture qui endommage gravement mon siège social, ma petite usine à moi, ma SARL personnelle : MON CRÂNE, où bouillonnent des idées qui me surprennent moi-même. Au point que lorsqu'on m'interroge : « Où trouvez-vous donc toutes vos histoires ? », je réponds franchement : « Je n'en sais rien ! » (Elles sortent toutes seules de ma tête, à mon grand étonnement !)

Enfin, le drame absolu : le gâtisme.

Si c'est le gâtisme total : ça va ! Mes filles m'installeront comme une vieille pomme sur une planche, dans un hospice (on dit maintenant : « superbe-résidence-4e-âge ») qu'elles paieront avec mes économies que j'aurai arrachées à vos griffes fiscales. Et où elles viendront (je ne compte pas trop sur *vous* ou autre fonctionnaire des Impôts, et pourtant je vous aurai peut-être donné plus d'argent dans toute ma vie qu'à mes propres enfants !), enfin, j'espère qu'elles viendront, mes filles, m'apporter de temps en temps des galettes bretonnes en compagnie de mes petits-enfants que je ne reconnaîtrai pas.

Je vous flanque le cafard, Madame mon Inspectrice ?
Bon, j'arrête.
Je vais vous raconter mes vérifications fiscales, c'est plus gai !

Avant, cependant, une petite remarque.

Quelque chose me met dans une colère noire tous les ans, lors de ma déclaration de revenus, c'est le coup de la « déduction des dons à des associations humanitaires ».

Déduction, mon œil !

Comme la majorité des Français, j'envoie par-ci par-là un chèque à Médecins du Monde, Médecins sans Frontières, l'Abbé Pierre, la Croix-Rouge (Non ! Plus la Croix-Rouge, depuis le coup de Georgina soignant Monsieur Habache, alors que des millions d'enfants meurent dans le monde, faute de soins médicaux), l'Aide au Quart Monde, les Orphelins d'Auteuil, les Handicapés, etc. Je parraine un petit Thaïlandais pour qu'il aille à l'école et pas dans un bordel à touristes occidentaux pédophiles. (A ce propos, je ne comprends pas pourquoi on ne photographie pas ces vieux cochons criminels, avec collage dans leur quartier d'affiches marquées *Wanted.)* J'essaie aussi d'aider les Arméniens victimes des tremblements de terre, les Kurdes massacrés par Saddam Hussein, les Touaregs déboussolés dans leur désert, les petits orphelins soudanais affamés et rassemblés dans des camps d'enfants, les Somaliens, les Bosniaques, etc. Je sais : c'est une toute petite goutte d'eau dans un océan de misère ! Le Gouvernement ne cesse de nous le rappeler...

MAIS...

... cela ne l'empêche pas de nous taxer sur 60 % des sommes envoyées de bon cœur aux malheureux.

Quelle mesquinerie ! Quelle honte ! Un impôt sur la charité !

Et que devient cet argent, je vous le demande ?

Va-t-il au Ministère de la Coopération ?

Qui, au lieu d'aider les populations désespérées, entretient des corrompus comme Mobutu (surnommé « le coffre-fort géant surmonté d'un calot de léopard »), Baby Doc Duvallier (lequel, après avoir pillé Haïti, mène une vie luxueuse sur la Côte d'Azur, sous notre nez et à notre barbe) ou l'ex-empereur Bokassa qui, avant de finir en prison, a dépensé des milliards (nos milliards) pour un grotesque couronnement.

Vous connaissez sûrement, Madame mon Inspectrice, la définition de l'aide au Tiers Monde : « prendre l'argent des pauvres des pays riches pour aider les riches des pays pauvres ».

Et faire n'importe quoi.

Par exemple donner une subvention au Burkina-Faso qui est l'un des pays les plus misérables d'Afrique « pour l'informatisation de ses chèques postaux » (lu dans le Budget 1992 de la France).

J'avoue en être restée baba. D'abord, et je m'en excuse humblement auprès des Burkinabés, je croyais qu'ils en étaient encore à échanger des coquillages. Mais même si chèques postaux il y a, n'était-il pas plus utile de leur donner du lait en boîte pour les bébés* plutôt que des ordinateurs?

Etait-il vraiment indispensable d'offrir deux petits jets au général Juvénal Habyarimana et au major Pierre Buyoya, Présidents du Rwanda et du Burundi? Alors que moi je me contente d'un modeste avion Saab à hélices pour faire, vroum-vroum-vroum, Paris-Carcassonne en 1 h 45.

En 1991, la France a dépensé pour les Etats africains 43 milliards. Soit 17 % de plus qu'en 1990. Or, en 1990, l'Afrique était plus pauvre qu'en 1950! Où passe le (notre) fric? Dilapidé par les Gouvernants et leurs acolytes? Placé dans des paradis fiscaux? Par ailleurs, je vote résolument contre le fait de prêter un sou aux pays où les femmes sont tenues en esclavage, enfermées, excisées. Non mais!

Ce n'est pas de votre compétence?

Vous avez raison, Madame mon Inspectrice, je reviens à mes vérifications fiscales.

Ma première expérience, je l'ai due à mon premier film, **Erotissimo,** réalisé avec Gérard Pirès, qui obtint un grand succès et le Prix de la Critique Internationale à Berlin. (Pardon si je vous semble manquer de modestie mais j'en suis très fière, et cela vous expliquera surtout que je gagnais là quelques sous.)

Malheureusement, le scénario ne plut pas, mais alors pas du tout, à Monsieur de la M., alors Directeur Général des Impôts.

Je dois avouer que j'avais écrit un rôle pas triste

---

* … nos excédents laitiers, par exemple! Cela ferait plaisir à nos agriculteurs, du même coup.

pour Francis Blanche qui, avec le talent formidable qu'il avait, réussissait à faire rire des salles entières de cinéma dans un rôle d'Inspecteur-Vérificateur, empoisonnant complètement la vie d'un malheureux contribuable, joué par Jean Yanne.

Monsieur de la M., qui était un ami — sans humour — d'un de mes amis, lui déclara : « Ah ! Elle a voulu se payer notre tête ? Eh bien, elle va voir ! Une bonne vérif, cela lui fera du bien. A elle, le metteur en scène et le producteur du film ! »

Je prévins immédiatement Marilyn qui poussa un « Merde ! » retentissant.

— Pourquoi tu t'inquiètes ? demandai-je, on a toujours été honnêtes, non ?

— Oh ! Cela ne suffit pas avec ces messieurs du Fisc ! déclara sombrement Marilyn. D'abord ILS vous emmerdent pendant des mois. ILS vous font perdre un temps fou. Et ILS trouvent toujours quelque chose ! IL FAUT qu'ILS trouvent quelque chose ! Sinon, ils sont mal notés. Alors, ILS s'accrochent comme des morpions. Sans compter qu'ILS vous traitent comme des chiens !

Je fus donc terrifiée lorsque je reçus l'avis de me présenter tel jour, telle heure, tel endroit, tel bureau. Heureusement, Marilyn pouvait m'accompagner.

Première surprise. Dans une minuscule pièce grise et sans lumière se tenait, derrière un petit bureau, un monsieur plus très jeune, avec l'air triste et une chemise élimée.

Il n'avait pas l'air trop méchant et je commençai à reprendre espoir lorsque j'aperçus devant lui... le double de tous mes relevés bancaires.

— Comment avez-vous eu ça ? lui demandai-je, interloquée.

Il parut interloqué lui aussi.

— Mais je l'ai demandé à votre banque. J'ai le droit, vous savez !

— Sans me prévenir et avoir mon accord ? Mais ce

sont des méthodes de flic ! Est-ce que vous allez aussi m'interroger attachée à ma chaise, avec une lampe dans les yeux ?

— Calme-toi, me dit précipitamment Marilyn. (Puis s'adressant au Vérificateur :) Ne le prenez pas mal, Monsieur l'Inspecteur ! Mais c'est la première vérif de ma cliente... et elle est assez pétardière !

— Oh ! j'ai l'habitude d'être mal accueilli ! remarqua ce dernier d'un ton douloureux, je désire simplement examiner l'origine de toutes ses recettes.

— Il veut quoi ? demandai-je hargneusement à Marilyn.

— Que tu lui indiques la provenance de toutes les sommes que tu as reçues depuis quatre ans.

— Depuis QUATRE ANS ! Et comment veut-il que je m'en souvienne au bout de QUATRE ANS ! Il est fou !

— Encore une contribuable difficile ! gémit le représentant du Fisc.

— Tu n'as pas gardé tes reçus bancaires ? demanda Marilyn.

— Tu sais bien que ma grand-mère m'a appris à ne jamais rien jeter.

— Remercie ta grand-mère et retrouve-les !

— Ils sont tous en vrac dans la cave !

— Fouille ta cave, classe-les et note sur chacun la provenance des fonds.

— Pour quoi faire ?

— Je dois m'assurer que vous avez bien déclaré toutes les sommes que vous avez perçues à titre professionnel, expliqua le Vérificateur.

— En résumé, vous me soupçonnez d'être malhonnête ?

— C'est mon métier, remarqua-t-il froidement. Et puis, vous savez, beaucoup de contribuables le sont, hélas !

— Pas moi.

— C'est ce que nous verrons.

Je passai les quinze jours suivants à quatre pattes dans ma cave à trier mes papiers, rassembler mes souvenirs, consulter mes agendas.

J'insultai ma banque qui-aurait-pu-avoir-la-gentillesse-de-me-prévenir, non ?... Le Directeur me répondit froidement qu'il n'avait pas à le faire. Je compris que je n'étais pas une assez bonne cliente. Je changeai de banque.

Le film que j'étais en train d'écrire resta en panne.

Mon producteur comprit la situation. Il était lui-même la proie d'un autre Vérificateur, ainsi que mon cher metteur en scène et ami, Pirès.

Enfin, j'arrivai au bout de mes peines et prévint mon bourreau fiscal qui me fixa un rendez-vous. Marilyn ne pouvait, hélas, m'accompagner, étant déjà retenue par un entretien particulièrement délicat concernant un de ses meilleurs clients, peintre connu, qui avait coiffé un Percepteur d'un pot de vert Véronèse.

— Tu te débrouilleras très bien toute seule avec lui ! Simplement, ne l'insulte pas !

— Mais non ! Au contraire ! Je vais lui faire du charme !

— Surtout pas ! Il pensera immédiatement que tu as quelque chose à cacher !

Non seulement la longue séance de travail se déroula sans anicroche, mais il me sembla qu'une certaine amitié naissait entre l'Ogre surgi des entrailles de la DGI (Direction Générale des Impôts) et moi. Il alla jusqu'à m'avouer que cette vérification « dont l'ordre venait de très haut » lui déplaisait. Et suggéra que notre prochaine réunion ait lieu à la maison, dans mon salon.

Enchantée, je me jetai sur le téléphone pour annoncer la bonne nouvelle à Marilyn.

— Ça se passe divinement bien !... Juste une somme de 2 000 francs que je n'arrive pas à justifier. Mais, tu ne le croiras jamais, « IL » m'a proposé de se déplacer lui-même et de venir chez moi, la semaine prochaine !

— Pauvre idiote, rigola Marilyn. Tu crois que c'est

à cause de tes beaux yeux ! Pas du tout ! C'est pour s'assurer que tu n'as pas de Picasso sur tes murs.

— Pourquoi ? Tu crois qu'il n'aime pas Picasso ?

— Picasso ou un autre grand peintre que tes ressources déclarées ne te permettent pas, à l'heure actuelle, de t'offrir ! Il te suspecterait alors d'avoir touché de l'argent au noir !

— Il va être déçu ! Non seulement je n'ai pas de Picasso, mais même pas de tableaux du tout. Juste des posters.

De fait, quand le Vérificateur entra dans mon salon, il jeta immédiatement un regard perçant à la ronde. Et parut consterné par mes posters. Pour le réconforter, je lui offris du thé. Il accepta et dévora joyeusement une énorme tartine de pain Poilâne débordant de confiture de fraises. (Je n'avais pas encore mes propres abeilles au miel succulent.)

Puis il me fit ses confidences.

La vie d'un Fonctionnaire du Fisc était, d'après lui, un calvaire.

Mal payé — au point de devoir porter des chemises usées et d'avoir des problèmes pour payer ses impôts à lui : « Ça, le public n'y pense jamais que, nous aussi, nous payons des impôts comme tout le monde ! »

Détesté par la Société au point que son propre fils avait caché honteusement pendant toute son enfance la véritable activité de son Papa de peur d'être tabassé à l'école. Parfaitement, tabassé ! Et que la belle-mère de mon interlocuteur croyait toujours qu'il était douanier.

Toute la sainte journée en contact avec des contribuables qui gagnaient dix fois plus que lui, arrivaient en Rolls, trichaient comme des cochons avec l'aide de conseillers fiscaux vicieux, et demandaient des délais de paiement en pleurnichant qu'ils avaient des problèmes financiers. « Pour ceux-là, je n'ai aucune pitié ! J'ai même parfois envie de les flinguer ! » m'avoua-t-il dans un bel élan de sincérité.

Sans oublier les pourris qui glissaient des billets de 500 francs dans leurs dossiers pour essayer de le corrompre.

Ceux qui faisaient intervenir des ministres : « Je peux casser votre avancement, vous savez ! »

Les copains d'enfance en larmes : « Tu ne peux pas me faire ça à moi, ton vieux pote ! »

Le malheureux qui menaçait de se suicider... et qui le faisait (le Vérificateur avait mis deux ans à s'en remettre).

Les femmes qui ouvraient leur manteau de fourrure sous lequel elles étaient nues.

— Oh !

— Mais oui ! Vous savez, j'ai tout vu !

— Et vous touchez des sous sur les sommes récupérées sur les contribuables ?

— Non ! Simplement une vague prime annuelle. Pour un redressement sérieux nous avons surtout droit à une bonne note et à de l'avancement...

— Mais alors, dans mon cas, c'est embêtant pour vous !

— Je m'en fous ! Je prends ma retraite dans trois mois ! Alors, leur mauvaise note, ils peuvent se la mettre là où je pense !

— Et qu'est-ce que vous allez devenir ?

— J'ai un ami qui m'a proposé de venir travailler avec lui comme « conseil fiscal ». On gagne un argent fou parce que, toutes les ficelles, on les connaît. Mais j'en ai marre des chiffres et du métier. Mon fils est élevé. Je me retire dans une petite maison que j'ai fait construire en Bretagne et je vais pouvoir me livrer à... heu... ma passion !

— Laquelle ?

— L'accordéon. J'ai toujours rêvé de jouer de l'accordéon dans les petits bals de village.

— Je vous souhaite bonne chance ! déclarai-je du fond du cœur à mon nouvel ami.

Quand il s'en alla, nous échangeâmes un sourire

amical et une chaleureuse poignée de main. A la porte, il se retourna :

— Et ce chèque de 200 000 francs (anciens) sur une banque de la Charente-Maritime, vous ne vous rappelez toujours pas qui vous l'a donné ?

— Non ! dis-je gaiement. Peut-être un amant de passage !

Il rit.

— Vous valez plus que ça ! déclara-t-il galamment. J'ai été heureux de faire votre connaissance.

— Moi aussi ! fis-je sincèrement.

Il descendit l'escalier.

Je me précipitai dans mon bureau en dansant. Et commençai à écrire un film : **Cours après moi que je t'attrape !** dont le héros (joué par Jean-Pierre Marielle) était un adorable Percepteur.

Le film (interprété également par Annie Girardot en tondeuse de chiens attendrissante) obtint un grand succès..

... Et me fit encore gagner des sous !

Aussi, quand, quelques années plus tard, je reçus un avis pour une nouvelle vérification fiscale, j'en fus ravie. Pas Marilyn.

— Tu es folle ! Ce n'est pas parce que tu as vécu un cas absolument unique dans toute l'histoire de la Fiscalité, et que tu as failli avoir une idylle avec un Inspecteur des Impôts, que tu vas t'en tirer aussi bien une deuxième fois !

— Pourquoi pas ? On est toujours aussi honnêtes, non ?

— Oui, mais là, il s'agit d'une vérification de tes frais professionnels et je te parie que, par pur sadisme, on va nous en rejeter la moitié. Ensuite, ça se passe à S. puisque ton nouveau mari et toi, vous êtes, Dieu sait pourquoi, domiciliés dans une de ces sales petites villes autour de Paris où ils sont moins coulants avec les artistes que dans le VIIe arrondissement de Paris. En plus, j'ai déjà téléphoné pour le rendez-vous et c'est une bonne femme !

— Et alors ?

— Les femmes sont beaucoup plus vaches que les hommes ! Crois-moi ! Ça va être l'enfer !

Le jour prévu, je passai prendre Marilyn à son bureau pour l'amener déjeuner au Lion d'Or de S. Nous avions rendez-vous à 14 heures précises avec l'Inspectrice. Marilyn aperçut sur la banquette arrière de ma voiture deux grosses valises.

— Tu comptes t'enfuir au Paraguay si le contrôle tourne mal ?

— Non ! non ! C'est juste pour la Vérificatrice !

Elle resta la bouche ouverte.

— Mais il y a quoi, là-dedans ?

— Tu verras ! dis-je gaiement.

Mais Marilyn était de mauvaise humeur, ce jour-là.

— Ce que c'est stressant d'être toujours présumée coupable. J'en ai marre ! Je vais quitter le métier !

— Mais non ! Tu me racontes toujours que tu es copine avec plein de Receveurs marrants qui te font passer avant tout le monde, adorent écouter tes potins sur le showbiz et, quand un sous-fifre vient leur annoncer qu'un certain monsieur Schtroumpf se plaint d'attendre depuis deux heures alors qu'il avait rendez-vous, répondent, furieux d'être dérangés : « Faites saisir ! Je ne peux pas m'occuper de toutes les misères de l'arrondissement ! »

Marilyn éclata de rire.

— Tu ne sais pas mon dernier coup ? J'ai un client, metteur en scène, une tête de pioche, qui refusait purement et simplement de payer ses impôts et réclamait qu'on le mette en prison ! J'ai emmené tout le service à une projection privée de son dernier film... un film un peu hard sur les bords... Et ils ont été tellement contents que je lui ai obtenu cinq ans de délai !

Une bonne bouteille de rouge au déjeuner et nous débarquâmes toutes les deux, très gaies, à 14 heures pile, au Centre des Impôts où...

... deux dames nous attendaient...
... dans un bureau pas chauffé...
... et dans un silence glacial...
Notre bonne humeur tomba tout d'un coup.

— Merde! Elles sont DEUX en plus! me chuchota Marilyn, effondrée.

— Qu'est-ce que c'est ça? interrogea d'une voix rogue la fonctionnaire la plus âgée en désignant les deux grosses valises que je traînais avec peine. Pas une bombe, j'espère!

— Non! non! Les justificatifs de mes frais professionnels, je haletai, essoufflée.

La Vérificatrice Chef ne parut pas convaincue.

— On nous veut tellement de mal! marmonna-t-elle, et pourtant nous faisons simplement notre métier. Bon. Asseyez-vous et ne perdons pas de temps. (Elle se tourna vers moi.) Dites donc, vous avez un drôle de mari! C'est un cas!

— A qui le dites-vous! m'exclamai-je, d'une voix plaintive.

— Il refuse de joindre votre déclaration de revenus à la sienne!!! Jamais vu une chose pareille...!!!

— Je sais! Mais il prétend qu'il est féministe et qu'il ne veut pas savoir ce que je gagne. C'est un original, vous savez!

— Nous, nous sommes de bonne foi, intervint Marilyn. J'adresse la déclaration de ma cliente à Monsieur l'Inspecteur avec une lettre le priant de la joindre au dossier de son mari.

— Et j'envoie même des sous directement au Percepteur, fis-je remarquer, ce qui est vraiment sympa de ma part, parce que si je ne payais rien, c'est lui qui serait responsable et aurait peut-être même son compte en banque bloqué!

— Tout cela est illégal, rugit la Vérificatrice. Et si votre mari continue à faire la mauvaise tête, je peux le faire envoyer en prison.

J'approuvai avec un large sourire.

— Bravo! Cela lui fera beaucoup de bien! Il

pourra enfin dormir au lieu de travailler 24 heures sur 24. Et je lui porterai des oranges.

— Je doute qu'il le prenne aussi bien que vous !

— Vous savez, insinuai-je perfidement, mon mari a déjà passé de longs séjours en prison...

— Comment ça ? sursauta la Représentante du Fisc, enchantée à l'idée de s'attaquer à Al Capone.

— Oui. Pendant la guerre. C'était un grand résistant. Les Allemands l'ont attrapé à plusieurs reprises, torturé, menacé de le fusiller. Et Franco l'a condamné à mort. Il a passé dix mois à attendre son exécution tous les matins. Alors, il est très blasé, ajoutai-je gaiement.

La Chef me jeta un regard haineux.

— Revenons à nos frais professionnels, dit-elle d'un ton glacial. Je les ai examinés. Vous dépensez une véritable fortune, tous les mois, en livres.

— Votre remarque me surprend beaucoup, m'écriai-je d'un ton geignard. Je le comprendrais si j'étais charcutière. Mais je suis écrivain et j'ai besoin de documentation que je trouve très souvent... dans les livres des autres !

— Et pourquoi n'allez-vous pas à la Bibliothèque Nationale ? Cela vous reviendrait moins cher !

— Je ne peux pas. Et je vais vous montrer pourquoi.

Je me levai, hissai une de mes valises sur le bureau, ouvris les serrures, clic-clac, en sortis un gros bouquin que je brandis sous le nez de l'Inspectrice.

— Regardez ce livre ! dis-je d'un ton emphatique. Ce sont les Mémoires de cette actrice américaine idiote, Zsa-Zsa Gabor. Il ne présente aucun intérêt... SAUF...

Je gardai quelques secondes le silence. Les deux Vérificatrices me regardaient comme hypnotisées. (Folle ! Elles avaient affaire à une folle !)

— ... SAUF... CETTE PAGE !!!... où l'auteur raconte une scène de ménage amusante. Alors, moi, cette page, je la conserve...

Et, d'un geste dramatique, je déchirai la feuille !

Les deux Représentantes du Fisc sursautèrent.

— ... Quant au reste du livre, je le bazarde !

Et je lançai les Mémoires de Zsa-Zsa Gabor dans la corbeille à papiers du Centre des Impôts.

Les deux dames fonctionnaires, n'en croyant pas leurs yeux, se penchèrent d'un même mouvement sous le bureau pour vérifier que j'avais bien flanqué le bouquin à la poubelle. Marilyn me fit un clin d'œil complice et un petit signe d'applaudissement discret.

J'agitai ma page déchirée.

— Il y a là une anecdote très amusante dont je vais, un jour, m'inspirer pour écrire toute une scène de ménage dans un feuilleton de télévision. Alors, je vais la ranger soigneusement dans mon dossier « Documentation/Scènes de Ménage » qui, je vous le signale en passant, pèse déjà plus de deux kilos !... Et voilà pourquoi, conclus-je, je ne peux pas aller à la Bibliothèque Nationale où il est interdit de déchirer les bouquins !

Il y eut un grand silence.

— Bon, dit la Chef, j'accepte vos frais de livres. Sauf les vingt volumes de *La Vie quotidienne de l'Egypte à nos jours*. Vous n'êtes pas historienne, que je sache !

— Censure ! Censure ! cria Marilyn. Ma cliente a le droit d'écrire un sujet historique si elle en a envie.

— Je doute que votre cliente écrive jamais un sujet historique, riposta furieusement la Vérificatrice.

— Pourquoi pas ? répliquai-je, vexée. Bertrand Tavernier a bien mis en scène la vie du Régent au XVIIIe siècle, avec Philippe Noiret, et le film a obtenu un gros succès.

— C'est vrai ! zozota brusquement la petite Adjointe-Vérificatrice dont personne n'avait encore entendu la voix, je l'ai vu et... heu... c'est un très bon film.

Sa Chef la regarda comme si elle était une crotte. La jeune fonctionnaire se tut, terrorisée.

— Bon, dit la Chef d'une voix énervée, d'accord

aussi pour les vingt volumes en question mais... (elle eut un trémolo triomphant)... cette fois, je vous tiens !

Elle sortit d'un dossier posé devant elle une facture d'une agence de voyages qu'elle lut d'une voix ironique :

— « Un voyage-charter aux Iles Maldives. Forfait 10 jours : 12 000 francs. » Vous n'allez pas essayer de me faire croire que vous avez été aux Iles Maldives pour TRAVAILLER !

— Mais si ! répondis-je, séraphique. Et je vais vous le prouver immédiatement.

J'ouvris, clic-clac, la deuxième valise et en tirai un manuscrit et un dossier.

— Louis de Funès — que j'aimais beaucoup — m'avait demandé de lui écrire un film sur la Retraite. J'ai rédigé un projet de quatre-vingts pages que voici... (je brandis le script d'une main) et que j'ai déposé à la Société des Auteurs sous le titre **La Belle Vacance.** Voilà le récépissé (j'agitai le papier de l'autre main). Dans ce texte figure le récit d'un voyage en charter de personnes du troisième âge aux Iles Maldives... où je me suis rendue pour me documenter ! Pour le prouver, voici des remarques que j'ai griffonnées sur les menus des repas dans le Boeing d'Air France... (je les posai d'un geste ostentatoire devant la Vérificatrice). A propos, vous avez remarqué qu'on mange tout le temps dans les avions ! C'est écœurant, on a l'impression d'être une oie gavée avant Noël. Et pour finir, voilà toutes les notes que j'ai écrites sur le papier à en-tête de l'hôtel de Vassiliru (je flanquai un tas de feuilles gribouillées sur la table).

— Mais Louis de Funès est mort ! remarqua la petite Adjointe d'un ton triomphant (elle m'avait l'air de connaître mieux le cinéma que le Code Fiscal).

— Eh oui ! soupirai-je. Donc le film est tombé à l'eau. Et comme j'ai horreur d'avoir travaillé pour rien, je suis en train d'écrire un livre qui se passe entièrement dans les Iles et qui s'appellera : **Dix-**

Jours-de-Rêve. Je vous l'enverrai... si vous ne me croyez pas.

— Je vous crois, grogna la Vérificatrice, de mauvaise grâce. Mais vos petits gribouillages ne vous ont certainement pas empêchée de vous baigner et de vous dorer au soleil !

— Aucun article du Code Fiscal, remarqua avec feu Marilyn, n'interdit à une contribuable de se baigner ni de se dorer au soleil pendant quelques minutes au cours d'un voyage professionnel. Nous sommes prêtes à le plaider !

La Vérificatrice ne répondit rien.

Trois heures plus tard, elle avait épluché sadiquement l'intégralité de mon dossier. Et, Dieu merci, constaté que j'avais totalement oublié de déclarer 7 000 francs de Congés-spectacles. Ce qui mit tout le monde de bonne humeur. L'Inspectrice parce qu'elle m'avait prise en faute. Son Adjointe parce que sa Chef était contente. Marilyn parce qu'elle m'avait prévenue que, tant que la Fonctionnaire des Impôts n'aurait pas un petit redressement à se mettre sous la dent, elle resterait d'une humeur de dogue qui ne veut pas lâcher son os. Et moi, parce que je m'en foutais.

Tout à coup, l'incident survint.

La Représentante du Fisc sortit de son dossier une coupure de presse (de *Minute*).

— Vous avez bien écrit une pièce de théâtre, **Remarie-moi,** qui a été jouée au Théâtre Daunou ?...

— Ben oui !... et... heu... ça a pas mal marché...! dis-je avec une certaine vanité.

— Ça a peut-être pas mal marché, mais MOI, je n'ai trouvé aucune déclaration de recettes correspondante. Vous avez peut-être « oublié » comme pour les Congés-spectacles.

Marilyn me regarda, pétrifiée d'horreur. Cette fois, la Chef ne croirait plus à mon étourderie, mais à une tentative éhontée de fraude. J'étais bonne pour l'amende ! Même, qui sait, pour la prison (tiens ! et si j'y écrivais un livre ?).

Soudain, la mémoire me revint.

— Cette somme figure dans celles versées par la Société des Auteurs. Vous pouvez vérifier !

Il y eut un silence terrible. La Vérificatrice fouillait nerveusement dans mes papiers.

— C'est exact !

Je me permis un large sourire. J'avais tort.

— Ne triomphez pas trop vite ! fit-elle, venimeuse. Je n'ai pas terminé.

La moutarde me monta au nez.

— Je commence à en avoir marre ! Vous ne voulez pas admettre que je ne triche pas ! Oh ! Pas par civisme angélique ! Mais j'ai décidé une fois pour toutes que cela me coûterait plus cher en temps, en inquiétude, en insomnies, en somnifères, de manigancer des magouilles plutôt que de déclarer la vérité.

— Ah ! parce que vous dites la vérité lorsque vous n'annoncez aucun bénéfice agricole alors que vous avez une exploitation viticole ?

Je bondis de ma chaise.

— Vous tombez bien ! criai-je en me levant avec indignation. A mon tour de me plaindre ! Mes bénéfices agricoles, non seulement je n'en ai pas, non seulement le forfait est fixé trois ans plus tard d'après des renseignements faux du Cadastre, mais je n'en suis même pas informée DU TOUT ! Le Centre des Impôts de Castelbrac se contente de les envoyer directement, sans daigner me prévenir, au Centre des Impôts de S. qui, lui, me taxe tranquillement. Est-ce que c'est légal, ça, de faire payer à un contribuable des impôts qu'il ne peut même pas vérifier ?

Devant ma fureur, la Vérificatrice battit en retraite.

— Je connais mal la fiscalité agricole, maugréa-t-elle. De toute façon, c'est un vrai casse-tête.

— Quel dommage ! soupira hypocritement Marilyn, nous comptions justement vous demander un conseil...

Nous passâmes l'heure suivante toutes les quatre penchées sur le Code Fiscal agricole. La Vérificatrice téléphona même à un collègue pour savoir quelle était l'interprétation officielle d'un article particulièrement obscur. Il n'en savait rien mais promit de se renseigner auprès d'un troisième collègue. Bref, le Centre des Impôts de S. tout entier se mit à plancher sur la mystérieuse fiscalité agricole.

— Vous feriez mieux de demander à un spécialiste dans votre coin là-bas, déclara enfin la Vérificatrice d'un ton aimable. (Aimable pour moi, car à la façon dont elle prononça «votre coin là-bas» il me sembla qu'elle éprouvait un certain dédain pour les Services Fiscaux Provinciaux. Même au cœur de notre belle Administration Française, le snobisme parisien exercerait-il aussi ses ravages?)

J'essayai sournoisement de profiter de son changement d'humeur.

— J'ai vu que vous aviez un gros dossier de coupures de presse sur mon humble personne et mes modestes œuvres. Pourrais-je y jeter un coup d'œil? Cela m'amuserait!

La Vérificatrice eut un sourire presque humain.

— Je regrette mais... Secret Défense!

Tout le monde rit et l'on se sépara dans la bonne humeur.

— Arrêtons-nous au premier bistrot et offre-moi un double Cognac! Je n'en peux plus! me dit Marilyn dès que nous fûmes remontées dans la voiture.

— Pourquoi? On s'en sort encore bien. Tout ce qu'elle a trouvé était justifié et pas bien méchant!

— Oui. Mais moi, affronter perpétuellement cette suspicion et cette agressivité, cela me tue!

— Pense au contraire que cela te fait vivre! Comme moi!

Et, de retour à la maison, je notai soigneusement les détails de cette journée. Qui me furent très utiles, plusieurs années plus tard, lorsque j'écrivis le feuilleton de télévision : **C'est quoi, ce petit boulot ?** où une Vérificatrice jouée merveilleusement par Michèle

Laroque réussit à perturber la vie de Jean-Claude Brialy, de Marlène Jobert, de toute leur famille et jusqu'au Président d'Antenne 2…

… Et je gagnai une fois de plus des sous !

Peut-être suis-je une des rares contribuables en France à qui le Fisc rapporte quelque argent !

Enfin, jusqu'à maintenant !

Quand **Dix-Jours-de-Rêve** parut, j'envoyai un exemplaire du livre à ma Vérificatrice avec une aimable dédicace. Elle ne me remercia jamais. Cela me blessa. Voilà un exemple typique de l'attitude de notre chère Administration Française qui refuse d'établir le dialogue et même des rapports amicaux avec le petit peuple des contribuables. Il paraît qu'il existe un Ministre chargé des Réformes Administratives. Si c'est vrai (je n'ai jamais entendu parler d'une réforme administrative, et vous ?), il a du pain sur la planche — côté relations humaines !

Voilà, Madame mon Inspectrice, j'espère que je ne vous ai pas trop ennuyée avec ces quelques réflexions que m'a inspirées la déclaration de mes revenus pour l'année précédente.

Ah ! une dernière remarque. Que vous jugerez peut-être intéressante à transmettre en haut lieu.

Avec les formulaires que vous m'avez adressés se trouvait une lettre du Ministre des Finances et de l'Economie m'annonçant que l'Etat allait consacrer *plus d'argent* (c'est lui qui souligne) à l'Education, à la Recherche, à l'Industrie, aux Routes, à la Solidarité envers les victimes de la crise, etc.

Bravo ! Mais c'est un peu vague, vous ne trouvez pas ? Moi, ce que j'aimerais — et je suis sûre que 99 % des contribuables aussi, si l'on faisait un référendum —, c'est qu'au lieu de ce discours un peu flou, Monsieur le Ministre m'envoie le détail du budget.

Comme ma grand-mère qui tenait soigneusement

ses comptes sur un grand carnet noir, pour mon grand-père.

Je serais plus contente de payer si je savais que l'Etat et MOI, nous dépensons... 250 milliards pour l'Education de nos enfants (OK, c'est une priorité nationale)... 238 milliards pour la Défense (peut-être pourrait-on faire là quelques économies, non?)... 27 milliards pour les Anciens Combattants (ils le méritent, les pauvres)... 828 millions pour la Sécurité Routière (bravo!)... 851 millions pour la Météorologie (doit s'améliorer)... 2 millions 500 000 pour Harlem Désir (ah non! Pas d'accord! Celui-là, il commence à être agaçant. Dès que deux mômes jouent aux billes dans une cour de récré et se battent, si par malheur l'un est blanc et qu'il fout une raclée au Noir, hop! Harlem Désir défile au nom de l'antiracisme).

... Et tant de milliards pour les 2 millions 500 000 fonctionnaires (tiens! je croyais qu'ils étaient plus, tellement ils sont omniprésents) qui se dévouent avec un tel cœur au service de la Nation (enfin, quelques-uns!).

Je vous prie de croire, Madame mon Inspectrice, à mon amicale fidélité depuis quarante et un ans.

P.-S. : J'espère que votre charmant Benoît continue à bien travailler à l'école et que Julie n'a pas eu de fièvre à la suite de ses vaccinations.

Quant à moi, mes petits-enfants poussent à une vitesse inouïe. Je tourne la tête, et hop, ils ont déjà une année de plus. L'aîné va même passer son bac (aïe!).

Si nous échangions des photos?

14

LETTRE AU PRÉSIDENT DU CONSEIL SUPÉRIEUR DE L'AUDIOVISUEL (CSA)

10 avril

Monsieur le Président du CSA,

Doit-on considérer la redevance audiovisuelle comme une taxe obligatoire ?
Non. La Loi n'impose à personne d'avoir un poste de télévision. Du moins, pas encore.
D'un autre côté, 96 % des ménages français en possèdent un et le regardent pratiquement tous les jours (alors que 26 % seulement de citoyens se lavent à fond. Soit 70 % de téléspectateurs dégoûtants !). Est-il possible de s'exclure d'une telle activité nationale ? De ne pas participer à cet immense mouvement populaire ?
Je réponds non.
Est-il civique de NE PAS contempler le Président de la République, dans toute sa gloire, quand il s'adresse au Pays pour lui souhaiter une Bonne Année, évoquer son Passé glorieux et son Futur radieux, et lui jurer que l'Europe de Maastricht va résoudre tous ses problèmes ?
Non et non !
Est-il admissible, quand on est une citoyenne responsable qui vote, de NE PAS écouter nos chers Hommes Politiques lorsqu'ils nous parlent dans leur magnifique langue de bois ou qu'ils chantent *Les Feuilles mortes* chez Sabatier ?
Non, non, non ! N'est-ce pas ?

Conclusion : avoir la télévision est un devoir patriotique.

Qui ne coûte pas cher.

580 francs de redevance pour avoir le droit de regarder six spectacles en couleurs, trois cent soixante-cinq jours par an, soit 1,58 franc par jour... Le prix d'une bouchée de pain, d'une gorgée de vin rouge, de deux ronds de saucisson, de trois bouffées de cigarette, de quatre minuscules carrés de chocolat au lait...

En ce qui me concerne, c'est même avec le sentiment exaltant d'assumer doublement mon rôle de citoyenne-contribuable que je paie DEUX fois la redevance. Celle pour mon poste à Paris et la deuxième pour celui à la campagne. Il paraît que je pourrais n'en acquitter qu'une si je transportais ledit poste d'un endroit à l'autre. J'y ai songé. J'ai reculé devant la perspective de grimper tous les mois dans le petit avion à hélices vroum-vroum-vroum Paris-Carcassonne et retour, en portant mon gros Philips sur la tête comme une femme africaine son four à pain.

Je préfère régler sans discuter mes deux taxes.

Geste d'autant plus méritoire que j'ai été obligée d'installer sur le toit de ma ferme une onéreuse antenne parabolique pour pouvoir attraper quelques images relativement nettes. Ce qui n'a pas empêché PPDA quelques semaines plus tard de disparaître dans une sorte de brouillard. Indignée, j'appelai le réparateur. Qui vint, régla des boutons, vérifia des kilomètres de fils, démonta le poste. Rien à faire. PPDA s'enfonçait de plus en plus dans sa brume. Le réparateur monta alors sur le toit de la maison où le mystère s'éclaircit. Une grosse araignée tissait une toile épaisse sur la parabolique. Le réparateur l'arracha. PPDA revint. Le réparateur rentra chez lui. L'araignée ressortit de dessous une tuile. Et se remit joyeusement à filer. Depuis, entre PPDA et elle, c'est la guerre. Je ne suis pas sûre que PPDA gagnera.

D'autre part, je regarde très peu la télévision.

Pour un certain nombre de raisons que vous me permettrez, Monsieur le Président, de vous exposer.

D'abord, j'aimerais savoir le nom des traîtres qui ont décidé de retarder le début du film du soir de 20 h 30 à 20 h 50 ? (Quand ce n'est pas 20 h 55.)
Film qui se termine donc à 22 h 30 dans le meilleur des cas. C'est-à-dire presque jamais. Les metteurs en scène français et même étrangers ayant désormais la redoutable manie de tourner des longs métrages de deux heures et plus (trois heures trente, le dernier Lelouch!). Ce qui entraîne le téléspectateur à éteindre son poste vers 11 heures du soir.
Peut-être serez-vous stupéfait de l'apprendre, Monsieur le Président, mais, à 10 heures, je dors déjà. (Avant les poules.) Et, avec moi, un grand nombre de travailleurs qui se lèvent à 5 heures le lendemain matin. Ouvriers, agriculteurs, livreurs de journaux, éboueurs, infirmières, banlieusards, mères de famille, etc. Toutes catégories de Français dont les «décideurs» parisiens semblent ne jamais avoir entendu parler. Occupés qu'ils sont à dîner entre eux au Fouquet's à 21 h 30 et à petit déjeuner, toujours entre eux, au Plazza, le lendemain matin, vers 9 heures, les yeux à peine ouverts.
A tous ces gens-là, j'appliquerais la sanction que les responsables chinois de la Culture viennent de prendre contre cent cadres de leur propre télévision : les envoyer vivre quatre mois aux côtés des masses laborieuses «afin qu'ils retrouvent les valeurs de base».
Bravo!
Je verrais assez bien Monsieur Bourges, Madame Alduy, Monsieur Le Lay, Monsieur Mougeotte et d'autres, installés dans un F3 bruyant au Val-Fourré et prenant le car tous les matins à l'heure où ils se couchent d'habitude, pour aller pointer aux usines Renault.
(Seule exception : Monsieur Rousselet de Canal +

dont les films commencent pile à 20 h 30 ou 20 h 35. Merci, Monsieur Rousselet!)

Dans le fond de ma chère province française, je me suis livrée à une petite enquête auprès de mes voisins agriculteurs.

Pas encore blasés de recevoir la télévision (et suivant le principe bien français: «j'ai eu payé, j'y ai droit»), ils ne peuvent s'empêcher de regarder le film du soir. Même s'il s'agit de la soixante-dix-neuvième rediffusion du *Corniaud*. Tout au moins le début. Car ils m'ont avoué s'endormir devant leur poste quand passe le marchand de sable rural, c'est-à-dire justement vers 10 heures.

De temps en temps, l'un d'eux se réveille.

— *Macarel!* Qui c'est, ce *couillong*, là?

— Le petit *copaing* de la fille qui est montée à Paris, répond sa femme ensommeillée.

— Hé! *Nong!* C'est son *cousing* qui est parti la chercher pour qu'elle fasse pas pute! marmonne la mémé.

— Ah *bong!* Réveillez-moi quand elle aura chopé le Sida, réclame Monsieur Auriac qui se rendort, imité par sa femme et la mémé.

Dans mon village, personne ne voit jamais la fin des films.

Et encore moins les émissions tardives comme *Ciel, mon mardi!... Ushuaia... Caractères... Bouillon de Culture* (qui passe parfois à 23 heures! Il est fou, ce Pivot!), etc., dont les critiques parlent ensuite avec délices. Ce qui m'agace prodigieusement. Je médite, pour me venger de ces couche-tard, de leur téléphoner un beau matin, vers 4 h 30 par exemple, dans leur premier sommeil:

— Allô? Ici Euro-Sondages! Votre journal a brûlé cette nuit! Quelle est votre première réaction?

Et pourquoi ces horaires tardifs, je vous le demande, Monsieur le Président?

Pour assener aux téléspectateurs vingt minutes de publicités et de jeux.

Je vous le dis comme je le pense : RAS-LE-BOL !

En ce qui concerne les publicités, il paraît que c'est un mal nécessaire. Les chaînes ont besoin d'argent, malgré la redevance.

Trois parades pour le téléspectateur qu'elles ennuient (les publicités et les chaînes) :

1. Ranger bruyamment la vaisselle.
2. Aller longuement faire pipi.
3. Avoir toujours à portée de main un journal où se plonger dès qu'apparaît sur l'écran l'annonce de la « réclame » (appelée parfois « petite pause » quand il s'agit de couper le sifflet du Président Mitterrand au cours de « 7 sur 7 », ce qui heurte mon respect républicain pour le premier personnage de l'Etat. La Publicité lui passe quand même sur le dos. Insupportable !). Echapper à la « réclame » n'est pas toujours facile, même pour une simple téléspectatrice.

Il m'est arrivé, en plein dîner, alors que j'étais en train de manger des spaghettis à la bolognaise en compagnie de mes petits-fils et de leurs copains (total : quatre garçons préadolescents), d'avoir à faire face à une publicité pour des serviettes hygiéniques. Déjà, l'évocation de serviettes hygiéniques pendant qu'on dévore des spaghettis à la bolognaise est franchement déplaisante, mais, entourée des gloussements étouffés de quatre petits mâles hilares, cela devient carrément traumatisant.

Autres pubs antipathiques (toujours pendant les spaghettis bolognaise) : celle des poudres à dentier. Ou des assurances-obsèques.

Sébastien :

— T'en as une, Mamie, d'assurance-obsèques ?

Moi, embêtée !

— Ben... non !

— Tu devrais. Ça a l'air sympa.

En effet, « ça » a l'air sympa. J'y songerai toute la nuit suivante en écrivant mon testament.

Si, par bonheur, je ne suis pas à table, je me réfugie dans la lecture fascinée des titres de mon quotidien préféré : « LES CHAUFFARDS IVRES ONT UNE PRÉDILECTION POUR LES CALVAIRES BRETONS »... « IL TUE LA FEMME DE SON AMANT AVEC UNE POÊLE À FRIRE »... « LE FORGERON IRASCIBLE ÉTRANGLE LE NOTAIRE ÉMÉCHÉ »...

Ou des nouvelles du journal local : « Les pilleurs de troncs ont encore frappé à l'église de Saissac. Dieu seul sait s'ils seront pardonnés ! »... « Le radar des gendarmes de Bouzignac s'envole pendant qu'ils faisaient une sieste réparatrice à l'ombre d'un platane. » Etc.

De temps en temps, je lève un œil pour savoir si les pubs sont terminées. Malgré moi, je finis par en repérer certaines. Auxquelles je ne comprends rien. Images sensuelles d'un couple en train de se dévorer du regard. Bon. Ça doit être pour illustrer un parfum voluptueux. Non, du café. Tiens, pourquoi du café ? Un carton me l'explique : « Un café nommé Désir ». Malheureusement, quand je demande à mon épicier du café Désir, il ne connaît pas ! « Cette marque n'existe pas ! » grogne-t-il. J'apprendrai un jour, par hasard, qu'il s'agissait en fait d'un Arabica Carte Noire (enfin, je crois). Entre-temps, j'ai bu du thé.

En ce qui concerne les différentes lessives, un vilain diable me souffle qu'il s'agit toujours de la même poudre vendue sous des noms différents et dans des emballages divers. Alors, au hasard !

Je ne m'intéresse pas aux performances des voitures : j'ai décidé, une bonne fois pour toutes, de ne pas me casser la tête et d'avoir systématiquement des breaks Peugeot, commodes pour transporter le marché de la semaine, les deux gros chiens-loups, des ballots de paille, une demi-pile de bois. Et éventuellement six enfants agités. D'autre part, les concessionnaires à Castelbrac sont des amis et me font passer en priorité à la moindre réparation (les « estivants » n'ont qu'à attendre).

J'ignore pour quelle peinture blanche bondit gracieusement une belle panthère noire. Je m'en fiche.

Ce que je demande à une peinture, ce n'est pas de bondir gracieusement mais de s'étendre facilement, de sécher vite et de ne pas sentir trop fort, toutes qualités pour lesquelles je demande conseil à mon fidèle quincaillier.

Certaines fantaisies publicitaires me paraissent étranges. Pourquoi la dame qui vante les mérites d'un beurre des Charentes bien français a-t-elle l'accent anglais ? Ainsi que la représentante des lunettes Afflelou ? Le ton british est-il plus vendeur que le pied-noir ou le charentais ?

Il m'arrive cependant d'apprécier certains spots. Ceux du Boursin, toujours amusants. (Ce n'est pas pour autant que j'achète du Boursin dont je ne digère pas l'ail, pardon Monsieur Boursin.) Ou celui du type collé par les pieds au plafond par la Super-Glu et dont on espère toujours qu'il va tomber. Attention, cette publicité est dangereuse. J'ai lu récemment, dans mes chers faits divers, qu'un employé mécontent avait enduit de ce produit la lunette des WC de son Président. Les Pompiers avaient été obligés d'emmener ledit Président à l'hôpital, le siège des cabinets collé à ses fesses !

Je reconnais même avoir une affection particulière pour l'adorable petit garçon sur son pot et le gros nounours de Lotus. Mais je suis obligée d'avouer à la maison Lotus que j'achète les premiers rouleaux de papier cul qui me tombent sous la main chez Leclerc. Y a-t-il vraiment des ménagères qui font quatre kilomètres de plus pour une marque particulière ?

A propos de publicité, je vous suis reconnaissante, Monsieur le Président, d'avoir interdit celle de Benetton. (Du moins, je l'ai entendu dire.)

J'abomine purement et simplement le Signore Luciano Benetton qui, pour vendre ses tricots de merde, utilise des images de plus en plus provocantes.

Bien qu'agnostique et même anticléricale, j'ai été choquée par la photo du curé embrassant une religieuse. Depuis ce jour, je n'ai plus jamais mis les pieds dans un magasin Benetton (dont, par ailleurs, la qualité des produits laisse souvent à désirer et où les vendeuses sont généralement arrogantes avec les grosses dames). On voit bien que, dans cette histoire, le Signore Benetton ne craignait pas d'avoir affaire à l'Ayatollah Khomeiny. Qui l'aurait immédiatement condamné à mort comme Salman Rushdie. Moi, si j'avais été le Pape, je me serais quand même fendue d'une belle excommunication, comme au temps jadis, doublée d'un vigoureux boycott. Hop! Plus un chrétien en Benetton! Luciano se serait peut-être arrêté de rigoler...

Mais il y a plus monstrueux encore. Toujours pour vendre ses cochonneries de pull-overs, il utilise l'image d'un cimetière. Celle d'un jeune homme en train d'agoniser du Sida dans les bras de son père en larmes. Le corps d'un mafioso de Palerme gisant dans une flaque de sang. Hélas, là aussi, les traditions se perdent. J'aurais préféré qu'au lieu de poursuivre en justice Luciano Benetton et son publicitaire, Oliviero Toscani, la Mafia les flanque à la mer, un bloc de ciment aux pieds. Ou les fasse sauter dans leurs voitures comme les malheureux juges Falcone et Borsellino.

Vous me trouvez sanguinaire ?

Pourquoi ? Voilà qui aurait été une fabuleuse publicité pour les produits Benetton ! Et n'est-ce pas là, après tout, le but recherché ?

Pardon pour cette digression, Monsieur le Président.

J'en reviens à ce fameux créneau horaire de 20 h 30 à 20 h 50 sur nos chaînes de télévision. Responsable en grande partie de la morosité des Français tentés de se coucher tard, obligés de se lever tôt, et fatigués de ne jamais pouvoir dormir leur content de sommeil.

Et tout cela pour QUOI ?

Pour des JEUX de hasard et de pronostics !

Des JEUX D'ARGENT!
Encouragés par l'Etat!
Organisés par l'Etat!
Rapportant des milliards à l'Etat!
Un scandale! Je vous le dis carrément.

Quand j'étais petite, flamber était considéré comme un «vice». «Marcel fait le malheur de sa femme et de ses enfants», chuchotait-on avec horreur d'un oncle qui fréquentait un peu trop les casinos.

Christian Morin, dans son livre passionnant, *La Roue de la fortune*, raconte que cette frénésie remonte à la nuit des temps. Les Egyptiens ont inventé les dés, les Chinois les osselets, les Romains les courses de chevaux et les paris clandestins, l'Empereur Auguste la loterie, le Moyen Age les cartes.

J'ai été attristée d'apprendre que c'est notre grand Roi Louis XIV qui a créé la première Loterie Royale, ancêtre de notre Loterie Nationale. A la veille de la Révolution, trois cents fonctionnaires y travaillaient déjà et, deux jours après la prise de la Bastille, un tirage eut lieu comme d'habitude! Cependant, Mirabeau tonne contre cet impôt «sur le délire et le désespoir». La Loterie d'Etat est abolie le 15 novembre 1793. Rétablie par le Directoire qui a besoin d'argent. Réabolie par Louis-Philippe. Ressuscitée par la République en 1933, la Loterie Nationale se saborde en 1990.

Mais, hélas, elle a enfanté plein de petits monstres: le LOTO (2 tirages bleus, 2 tirages rouges), le LOTO SPORTIF, le TIERCE-QUARTE + QUINTE +, le TAPIS VERT, le TAC-O-TAC, le BANCO, le MILLIONNAIRE, etc., avec tirages en direct devant le Peuple, vieillards et enfants compris, qui se voit instiller goutte à goutte le virus de cette «passion funeste» (Chateaubriand). Résultat: les Français ont dépensé, en 1991, 58,3 milliards de francs.

Folie que l'Etat, bookmaker vorace, taxe largement (47 % des mises — selon Edouard Brasier dans *La*

République des jeux) après l'avoir, avec cynisme, provoquée.

Par des publicités : « Le Loto, c'est facile, c'est pas cher et ça peut rapporter gros » (c'est ça, oui ! — une chance en 67 037 ans de gagner le gros lot !).

Autre slogan attrape-gogos : « 100 % des gagnants ont tenté leur chance »... Il aurait fallu ajouter : « 0,0000001 % de ceux qui ont tenté leur chance ont gagné. »

Mais qui suis-je pour faire la morale à l'Etat ? N'ai-je jamais joué moi-même ?

Si, je l'avoue. A douze-treize ans, j'ai perdu au poker la bicyclette de mes rêves. Petite secrétaire fauchée, j'achetais toutes les semaines, avec des copines de bureau, un dixième de la Loterie Nationale qu'une énorme dame, qui tenait à peine dans une guérite dans la rue, nous faisait choisir parmi d'autres épinglés sur sa vaste poitrine. Nous n'avons jamais gagné. Mais évoqué pendant des heures avec enchantement « ... ce qu'on ferait si on devenait millionnaire ! »

Jusqu'à ce que je comprenne que le gros lot était un leurre et qu'il valait mieux compter bêtement sur mon travail que sur la cagnotte. Et cela me fout en rogne de voir le Gouvernement agiter de la main droite le chiffon rouge de l'espoir et piquer de la main gauche la moitié des sous dépensés pour un rêve qui a si peu de chances de se réaliser (1 sur 14 millions de gagner le gros lot du Loto).

Vous me ferez peut-être remarquer, Monsieur le Président, que l'Etat n'est pas le gardien de la Morale Publique.

Ah bon ?

Alors pourquoi nous parle-t-il inlassablement de Justice Sociale, de Devoir, de Solidarité avec les Malheureux, d'Aide au Quart Monde, de Lutte exaltante contre le Racisme, d'Ingérence Humanitaire, de Combat contre la Corruption, d'Idéal à donner aux Jeunes...

L'idéal du « grattage et du tirage » ?

Pourquoi incite-t-il les plus pauvres (ce ne sont pas les riches qui jouent) à dépenser leurs quatre sous, et parfois les allocations familiales, alors que *le jeu en France est prohibé en droit pénal et seulement toléré sur stricte dérogation*?

L'Etat Français serait-il vertueux en paroles et pousse-au-crime quand il s'agit d'encaisser du fric?

Ce n'est pas possible, n'est-ce pas?

Vous me le jurez?

Alors, halte à la Lotocratie!

En revanche — je serai honnête —, j'aime bien les jeux conviviaux, ou les tests de culture générale.

Pas au point de les regarder, bien sûr.

Sauf pendant quelques minutes, juste avant les informations.

Par exemple *Questions pour un champion*. Cela m'enchante quand, à la question : « Où se trouvaient les jardins d'Hamilcar ? », je réponds, une seconde avant le candidat : « A Mégara, faubourg de Carthage ! » (c'est la seule phrase que j'aie retenue de la lecture de *Salammbô* à l'école). Encore plus épatant si cela me donne l'occasion de briller devant mes petits-enfants !

Sébastien, admiratif :

— Tu es formidable, Mamie ! Tu sais TOUT ! Pourquoi tu ne te présentes pas ? Tu gagnerais SÛREMENT...

Par contre, je suis nulle au *Juste Prix*. J'ignore combien coûte une baguette de pain, étant donné que je ne mange que des biscottes, sur ordre de ma nutritionniste. Et je suis trop vieille pour que *Tournez, manège* m'intéresse. Recommencer au bout de trente ans à m'habituer à un autre bonhomme que le mien serait au-dessus de mes forces.

J'ai cependant un grave aveu à faire. J'adore encore plus participer à des jeux où je suis parfois invitée quand je sors un livre.

Je me suis énormément amusée à *L'Académie des*

Neuf, bien que je n'en aie JAMAIS compris les règles — même au bout de plusieurs années —, ce qui n'a pas eu l'air de gêner le moins du monde le souriant Jean-Pierre Foucault. J'ai gagné une très belle encyclopédie Larousse au *Jeu du Dictionnaire* à Bruxelles. J'ai passé des moments délicieux à *Dessinez, c'est gagné* avec le charmant Patrice Laffont, malgré les insultes de mes équipiers qui prétendaient que plus mauvaise dessinatrice que moi, tu meurs!

A ce propos, j'ai vécu une petite aventure édifiante.

Je traversais en voiture un minuscule village pas très loin de ma ferme quand j'aperçus un jeune gars qui faisait du stop. Il avait une bonne tête d'agriculteur du coin. Je m'arrêtai. Il monta dans mon break, me regarda, s'exclama:

— Vous! Je vous connais!

Je m'épanouis de fierté. Ainsi ma renommée d'écrivain s'étendait jusqu'au fin fond des Corbières. Ah! ah! J'emmerdais tous les critiques parisiens, y compris... *(censuré par l'Editeur)*. C'est alors que mon compagnon s'écria:

— Mais oui! Je vous ai vue à *Dessinez, c'est gagné!*

Naturellement, il ignorait tout de mes prouesses écrivassières. Cela me rabattit le caquet. Je me jurai de recommencer à faire de la lèche aux critiques parisiens, y compris... *(toujours censuré par l'Editeur)*.

Si vous ne dévorez pas des yeux le tirage du Loto, la publicité, les films à 20 h 50, les séries américaines, comme Monsieur Valéry Giscard d'Estaing (qui se vante de n'avoir jamais manqué un épisode de *Santa Barbara!* A 18 h 55! Il ne travaille déjà plus à cette heure-là?) ou Monsieur Mitterrand (qui s'est plaint de la disparition de *Dallas)*, alors que regardez-vous à la télévision? me demanderez-vous peut-être.

Les Infos.

Je suis accro aux Infos.

Depuis que la 5 a, hélas, disparu, avec son Journal Télévisé de 12 h 45 (heure convenable pour le déjeuner des masses laborieuses debout depuis 5 heures du matin, je suis obligée d'attendre l'heure parisienne de 13 heures pour dévorer mon bifteck/salade devant le JT d'Antenne 2. Et écouter avec passion les nouvelles du monde entier. Les drames. Les guerres. Les émeutes raciales. Les tremblements de terre. Les attentats de l'ETA. Les catastrophes aériennes. Les morts sur la route. Les enfants affamés, enlevés, violés, étranglés (en avalant mon yaourt, je suis pour la peine de mort). Les déclarations consternantes de nos Hommes Politiques. Suivies des chiffres non moins consternants du chômage. Les 2 000 vacanciers indignés bloqués en hiver dans leurs trains ou leurs voitures par une tempête de neige (cela nous fait ricaner, nous autres bouseux de la campagne, que personne ne vient interviewer quand nous sommes coincés par la tourmente pendant quarante-huit heures dans nos fermes sans électricité ni chauffage!). La France paralysée en été par les routiers en colère, en avril par les grèves de la SNCF, aux vacances scolaires par les arrêts de travail des pilotes d'avion, etc.

Oui, j'absorbe tout avidement, SAUF...

A 19 heures je suis là, de nouveau fidèle au poste (c'est le cas de le dire) devant FR3. Avec le plateau du dîner. Premier JT de la 3. Les titres. C'est ce que je préfère.

Deuxième JT. Les Infos locales. J'adore. A Paris, Madame Jacqueline Nebout, en charge à la Mairie des **espaces verts,** veut créer des chemins de randonnée champêtre à travers la capitale. A Montpellier, le journaliste est consterné: le torero El Fundi a été encorné à la corrida d'Alès. Et les viticulteurs de l'Hérault ont déversé du fumier dans la cour de la Préfecture. (Allez-y, les gars!) Bref, tout ce qui se passe dans ma région, SAUF...

A 19 h 30, je zappe sur Canal +, Philippe Gildas et Annie Lemoine. Je réécoute quelques nouvelles brèves, SAUF...

A 20 heures, je zappe sur la 1. Si je n'y suis pas déjà à cause de mon émission politique préférée : le *Bébête Show*.

Et ça recommence.

Les drames du monde entier. Les guerres. Les émeutes raciales. Les tremblements de terre. Les déclarations consternantes de nos Hommes Politiques...

Je ne m'en lasse pas.

A la fureur de Petite Chérie.

— Ça fait quatre fois qu'on se tape les mêmes infos ! Et on a loupé les *Guignols* sur Canal + !

— Tu n'avais qu'à aller les regarder sur ton petit poste portable. Moi, ce sont les nouvelles nationales et internationales qui m'intéressent. La marche désolante du monde. Les enfants martyrs. Le trou dans la couche d'ozone. La déforestation de l'Amazonie. Sarajevo. Les rivières polluées avec tous ces poissons morts, le ventre en l'air. La sécheresse. La pluie diluvienne, Eltsine, le cyclone Andrew... TOUT — SAUF...

... SAUF LE SPORT !

JE HAIS LE SPORT AU JOURNAL TÉLÉVISÉ !!!

Voir une vingtaine de bonshommes cavaler dans tous les sens derrière un baballon me gonfle carrément. Tandis que d'autres bonshommes les regardent en hurlant comme des bêtes (quand ils ne se battent pas entre eux ou ne détruisent pas voitures et magasins). Et que des journalistes me cassent les oreilles avec des commentaires incompréhensibles : « Le Challenge du Rachat... (quel rachat ? Celui de nos péchés par le Christ ?)... Le Match Avancé... (comme un vieux camembert ?)... La Finale des Poules (tiens ! je ne savais pas que les poules jouaient au foot. Elles gagnent quoi ? Des œufs en chocolat ?).

Quand il ne s'agit pas de foot ou de rugby (que je reconnais aux énormes fesses des joueurs et à leurs fantastiques jambonneaux enlacés), gare au tennis, et au schlong-schlong-schlong exaspérant de la baballe en fond sonore. Et aux problèmes de santé de nos fiers champions de la raquette.

On ne nous épargne rien.

Totor, il a mal au petit doigt de pied gauche! Machin, il souffre de son coude droit! Truc sanglote à cause de son ménisque! Mais on s'en fout des bobos de ces geignards! Moi, j'ai un méchant rhumatisme dans l'épaule gauche. Je n'emmerde personne avec.

Et les rallyes automobiles avec leur saloperie d'engins qui vrombissent à vous déchirer le tympan? (Que fait Ségolène, nom de Dieu?) Et les voiliers en train de naviguer en solitaire (avec 5 caméras, 3 radios et 2 balises). Mais qu'ils le restent, solitaires, avec leurs skippers sérieux comme des évêques! (On n'a pas tous les jours la chance de rigoler avec une Florence Arthaud qui n'entend pas sonner son réveil en plein Atlantique!)

Et les courses cyclistes! Avec leurs coureurs si vilains en train de tricoter des papattes et de trémousser leurs derrières de serpent couverts d'étiquettes publicitaires. (J'ai l'impression de voir le même plan depuis vingt ans.)

A propos de «sponsoring» (j'ignore le mot français: au secours, l'Académie Française!), il faut reconnaître au passage que les sportifs se débrouillent mieux que les dadames snobs qui se trimbalent dans un tee-shirt acheté très cher parce qu'il y a écrit dessus CHANEL en lettres géantes. Il m'est arrivé, pour me distraire, d'entrer dans la boutique, rue Cambon, et de demander combien la maison Chanel PAYAIT pour transformer une citoyenne honorable en femme-sandwich. La tête des vendeuses louchant de stupéfaction me met de bonne humeur pour toute la journée. Même réaction dans tous les magasins réputés *chicos*. Y compris chez Courrèges où la Directrice a failli s'évanouir quand j'ai voulu acheter de ravissantes espadrilles roses *à condition* qu'on me découpe aux ciseaux à ongles les initiales de Monsieur Courrèges brodées dessus.

« Je n'ai aucune raison de faire de la pub pour Monsieur Courrèges, lui ai-je fait remarquer, il a déjà bien de la chance que je lui achète ses tatanes. » Je me suis sauvée avant qu'elle n'appelle SOS/Sainte-Anne.

Pour en revenir au sport, je n'ai rien contre les après-midi qui lui sont entièrement consacrés. Au contraire. Pendant ces émissions interminables, j'ai le temps de me promener, d'aller au cinéma, de lire un livre, de feuilleter mes chers magazines, de téléphoner à mes copines, de couper les roses de mon jardin, de brosser mes chiens, de rêver en regardant les nuages, etc. Bref, de vivre.

Non, ce qui m'exaspère, c'est que la place du sport dans le JT grandit d'année en année, comme le cadavre dans la pièce de Ionesco, *Amédée ou Comment s'en débarrasser*. Quelques nouvelles brèves, et hop, « place au Sport ! » Immédiatement je me réfugie dans mon journal. Je ne suis pas la seule à plonger brutalement dans une autre activité. Le charmant Jean Chalon se jette sur ses collages et ma copine Muriel Beyer reprend la lecture d'un manuscrit. (Nous avons d'ailleurs décidé, tous les trois, de créer une Association Loi 1901 contre le Harcèlement Sportif au Journal Télévisé.)

Sans compter que cela empire. De plus en plus souvent, désormais, les Infos COMMENCENT par les nouvelles sportives. Alors que la Yougoslavie est ravagée par la guerre civile. Que l'Algérie ne va pas fort. Que la Russie se disloque. Que meurent de faim les petits Somaliens. Qu'il y a des camps de concentration serbes. Qu'on prostitue des enfants en Thaïlande. Que l'Iran, la Libye, la Syrie vont avoir la bombe atomique et nous la foutre sur la gueule. Que le Sida va tuer vingt millions de personnes en Afrique... On nous annonce QUOI ?...

Que Papin ne tient pas la forme !

Le comble ! Les Hommes Politiques que nous avons

élus pour s'occuper en principe de nos soucis les plus graves se passionnent — ou font semblant — pour ces jeux de cirque. Comme des petits garçons encore en culotte courte. (Mais les hommes ne restent-ils pas toute leur vie des petits garçons en culotte courte ? Vite, le pouvoir aux Femmes !)

Il y a deux ans, je crois, pour regarder à la télévision un match de foot, à Bari, Monsieur Mitterrand a repoussé un entretien avec le Chancelier Kohl (il n'y a donc personne à l'Elysée capable de faire marcher un magnétoscope ?). L'Assemblée Nationale s'est mise en vacances. Yves Montand — qui vivait encore, le pauvre — a loué un avion spécial pour se rendre sur place. Et le Pape, le Pape lui-même, a fait savoir qu'il allait s'arrêter de prier pour s'asseoir devant son poste.

On croit rêver !

Parce que, pendant ce temps-là, une foule de jeunes, qui devraient FAIRE du sport et non le regarder, écroulés dans leurs fauteuils en buvant de la bière, n'ont pas assez de stades, de piscines, de courts de tennis, de centres équestres, etc.

Car ça coûte cher, le Sport-Spectacle. Les équipes de foot entretenues grassement par les municipalités (au secours ! nos impôts locaux !). Les joueurs aux salaires surréalistes (jusqu'à 1 million par mois, il paraît). Les coureurs aux primes versées en douce en Suisse par les grandes marques automobiles (1 milliard de centimes à Prost... Les Douanes découvrent le truc en 1984. Le Secrétaire Général de Renault, Monsieur Doubin — qui deviendra Ministre du Commerce et de l'Artisanat —, arrange le coup avec Monsieur Emmanuelli, Secrétaire d'Etat au Budget, futur Trésorier du PS et actuel Président de l'Assemblée Nationale. Ni vu ni connu je t'embrouille).

Moi, si je me faisais verser mes droits d'auteur en Suisse, mon cher Editeur et moi on serait déjà en prison !

J'ai même entendu chuchoter qu'on glissait des sous aux arbitres!

Sans oublier les subventions folles de l'Etat (au secours! nos impôts sur le revenu!) comme celles attribuées à l'écurie de formule 1 Ligier (1 milliard et un budget de 500 millions par an) qui — manque de bol — n'a jamais gagné une course!

Mais ce n'est pas fini, le pactole du Sport. D'un côté, on fait tomber une pluie d'or sur les joueurs. De l'autre, la retransmission des événements sportifs coûte de plus en plus cher à la télévision (qui se plaint ensuite de n'avoir pas d'argent pour tourner des feuilletons français).

L'exclusivité du Tour de France coûtera 4 millions par jour à Antenne 2 qui a déjà versé 30 millions pour les Jeux d'Albertville.

Tiens! Parlons-en, d'Albertville!

Quel cauchemar!

Un mois avant l'inauguration, l'agit-prop a commencé.

La Savoie était devenue le centre d'un monde fou-fou-fou. On y construisait des autoroutes, des villages, des pistes inouïes. L'une à La Plagne nécessitait le stockage de 40 tonnes d'ammoniaque qui pouvaient exploser à tout moment. Une autre de 3 kilomètres descendait schuss sur Val-d'Isère et faisait l'objet de soins fabuleux: chaque bosse sculptée jusqu'à la forme parfaite (?), chaque rocher calfeutré et défendu contre la neige (??). Je découvris alors avec surprise que la neige était l'ennemie des Jeux-Olympiques-d'Hiver-se-déroulant-en-montagne. Du reste, il était question de la fixer (toujours la neige) sur la piste avec un bon gel (quel gel? celui qu'on utilise pour les cheveux?) ou de la saupoudrer en cas de soleil (également un ennemi des Jeux-Olympiques-d'Hiver-en-montagne) avec des aiguilles de pin (arrachées aux pauvres arbres?). On déplaçait une rivière (l'Isère) sur 2 kilomètres. On bétonnait 15 hectares de berges. On déboisait 28 hectares de forêt sans un soupir de Brice

Lalonde ou d'Antoine Waechter. On refaisait deux fois le tremplin de saut de Courchevel (coût : 135 millions) par suite d'instabilité du terrain (vous ne pouviez pas vous en apercevoir avant, bande d'incapables ?). On pompait l'eau des lacs de montagne pour les canons à neige sans demander leur avis aux pauvres truites.

Une semaine avant la cérémonie d'ouverture, l'hystérie s'empara de tous. Un déluge de chiffres et d'informations diverses s'abattit sur le téléspectateur. On installait à Chambéry une mégacuisine. Prévus : 2 300 000 repas, 20 tonnes d'entrecôtes, 26 tonnes de fromage. Prévus également : 5 prêtres catholiques, 4 pasteurs protestants, 1 pope, 1 rabbin, 1 iman musulman, mais pas de sorcier (et les Africains animistes, alors ?).

Jour J – 4. Drame. Les danseurs, les chauffeurs de taxi, les CRS, les cheminots, les cantonniers, les conducteurs de cars menacèrent de se mettre en grève. Les CRS parce qu'ils ne voulaient pas être logés dans la prison neuve d'Ayton. Ils considéraient que c'était une insulte à leur fonction. Qu'à cela ne tienne ! Ce seraient les conducteurs de cars qui dormiraient derrière les barreaux. Ils protestèrent à leur tour. On leur promit des primes. Primes aussi pour les danseurs mécontents du froid (le froid est également un ennemi des Jeux-Olympiques-d'Hiver-en-montagne). Primes également pour les râleurs qui avaient hérité, pour dormir, de lits d'enfants. Ou qui se plaignaient du manque de sanitaires (pouvaient pas aller pisser dans la neige comme l'Homme qui adore y écrire son nom ?).

Le Grand Jour. Télé glapissante dès l'aube. Présentateurs hors d'eux. L'un d'eux manqua éclater en sanglots en parlant d'une JOURNÉE HISTORIQUE POUR LA FRANCE.

17 heures. L'émotion générale était telle que je ne pus m'empêcher de m'asseoir, moi aussi, devant mon poste, en compagnie de l'Homme.

Stade bourré à craquer d'officiels, de rois, de reines, de stars du showbiz, d'hommes politiques — y compris l'antipathique Vice-Président Quayle et ses 42 gardes du corps (quand je dis 42, c'est peut-être 56). Les cloches de toutes les églises de la Savoie se mirent à sonner pour célébrer la Grande Religion du Dieu Sport. (Jésus, qui se contentait de marcher sur l'eau, n'aurait aucun succès aujourd'hui. Ce n'est pas une spécialité olympique.)

A partir de là, tout se brouille un peu dans ma tête.

Il me semble avoir aperçu le Président Mitterrand, très engoncé dans un pardessus (portait-il, comme on l'a prétendu, un gilet pare-balles ?). Madame Mitterrand, vêtue d'une ravissante doudoune noire à fleurs (je ne pus jamais obtenir le seul renseignement intéressant de la soirée : où acheter la même doudoune ?). Défilé interminable de délégations de tous les pays précédées de jeunes créatures curieusement entourées de bulles en plastique où elles brassaient avec agitation des plumes d'oie figurant des flocons de neige.

Deux comédiens à la voix stupide commentaient le spectacle en vers de mirliton où «il est difficile de rester assis» rimait avec «Croatie».

— C'est moi qui suis assis par leur connerie ! déclara l'Homme.

Je criai : «Arrête de bougonner !» et continuai à regarder passer la délégation des Bermudes (en tête, un très vieux porteur de drapeau en short jaune. On avait visiblement oublié de le prévenir qu'il faisait froid en hiver en Savoie française). La délégation de la Mongolie (ou du Danemark ?) avec des bonnets de fourrure (c'est Bardot qui allait piailler ! Elle le fit, paraît-il, poursuivant au téléphone le pauvre Killy de sa vindicte). La délégation du Swaziland comportant un seul membre. Un skieur. Tout noir. Je restai baba. Je croyais que le Swaziland était un désert plat et brûlant au sud de l'Afrique. Où ce valeureux athlète africain avait-il pu trouver une montagne et de la neige pour s'entraîner ?

Phrases exaltées des commentateurs sportifs : « Sublime !... Génial de pureté (?)... Ce spectacle tridimensionnel est un hymne à la fraternité humaine (??)... Ah ! Tout le monde se lève pour une OLA...! Une profonde et puissante houle parcourt le stade... Même Monsieur Mitterrand se dresse... c'est la communion avec la foule !... On attendait cette cérémonie d'ouverture comme l'apparition de la Vierge de Lourdes...! »

Cette réflexion déplut à l'Homme. Il se leva.

— Si Mitterrand est la Vierge de Lourdes, moi, je ne suis pas Bernadette Soubirous ! Allez, viens, je t'emmène dîner chez Lasserre.

J'hésitai entre le show follement branché du jeune Découflé, annoncé avec 2 500 participants, des danseurs, des rollers, des patineurs, etc. Et un exquis repas avec, pour commencer, mon cocktail préféré : champagne et jus de pêche frais.

Hélas, je suis gourmande. Très gourmande.

Pendant les jours suivants, l'hystérie redoubla. Vingt-cinq minutes sur trente du Journal Télévisé de TOUTES LES CHAÎNES étaient consacrées à Albertville. Inutile d'essayer de zapper. Images curieuses de types balayant frénétiquement la glace devant une espèce de boule appelée curling. (Je suis prête à parier que pas un de ces dingues ne touche un vrai balai chez lui !) Bobsleigh dévalant la fameuse piste à 4 millions, se renversant, avec trois types remontant comme des fous dans leur drôle de traîneau, deux dans un sens, le troisième dans l'autre.

Un chauvinisme délirant s'empara de tous.

Je fus ainsi obligée d'écouter conter le fabuleux exploit d'un certain Franck Piccard avant de découvrir qu'il n'était QUE médaille d'argent. Du vainqueur, un Autrichien nommé Ortlibe, pas un mot. Ah si ! On signala avec fierté que le champion olympique

AURAIT PU être français: son père était d'origine alsacienne.

Autres victoires FRANÇAISES: celles de Surya Bonali (3e place) et de Laetitia je ne sais quoi (5e place), « qui ont ENCHANTÉ le public » (bien plus que les championnes, naturellement, qui étaient d'affreuses étrangères). « La SUPERBE DÉFAITE » des hockeyeurs français contre le Canada. La « SPLENDIDE PERFORMANCE » de Carole Merle arrivée (presque) en tête lors de la descente dans le super-G — quand l'abominable femme des neiges italienne Deborah Compagnoni lui VOLA une seconde. Déception sur les antennes? Non. Consolation: « Compagnoni, c'est aussi un peu LA VICTOIRE DE LA FRANCE. Elle parle français, son médecin est français et même la marque de ses skis est française. »

Peut-être aussi sa petite culotte?

J'essayai alors d'écouter la radio. Je fus cueillie à froid à 5 heures du matin par une voix sinistre: « Les Duchesnay ne sont plus maîtres de leur destin... »

Même mes chers magazines féminins étaient consacrés à la mode J.O. (la ligne « sportwear d'Albertville », les « lunettes des glaciers », les montres « médailles d'or », etc.) et aux potins sportifs. J'en appris de belles. Superstitieux, certains athlètes portaient les mêmes sous-vêtements pendant toutes les épreuves (hou! les cochons!). Les délégations du Japon et de l'Italie refusaient de manger la nourriture des villages olympiques (hou! les mal élevés!). Les Norvégiens avaient apporté leur propre saumon fumé et caviar en tube (on n'arrête pas le progrès) et remplacé les sommiers de leurs lits français par des lattes de bois à la norvégienne (hou! les chochottes!). Une délégation scandinave avait tellement peu confiance dans la météo française (là, on ne pouvait pas lui donner tort), qu'elle avait amené sa voyante (si! si! une voyante!).

Même les éditorialistes des hebdos politiques que j'avais jusque-là crus sérieux se joignirent au chœur lyrique. Y compris Jean d'Ormesson, de l'Académie Française :

« ... Les J.O. sont distribués à travers le monde avec une générosité, une impartialité sans précédent (tu parles, Charles!)... il n'y a pas de peuple qui n'aura vibré, tremblé, espéré avec les Dieux du Stade... (surtout les Pygmées du Botswana). Ils sont les chevaliers d'une civilisation qui a perdu ses valeurs et qui les retrouve dans le panache de la neige. »

Monsieur le Président, je suis prête à payer une troisième redevance et même une quatrième pour une chaîne de télévision SANS SPORT, SANS PUBS, SANS LOTO NI TIERCÉ, NI PMU, ETC.

Mais consacrée à ce qui nous intéresse, mon Association et moi : DE VRAIES INFORMATIONS DÉTAILLÉES, LES LIVRES, LE CINÉMA, DES FILMS à 20 h 30, un magazine sur la TERRE (il y a bien *Thalassa* sur la MER), LES ARBRES, LES FLEURS, LA CAMPAGNE FRANÇAISE (où est passé le cher Pierre Bonte?), L'HISTOIRE, *LES INCONNUS*, LE CAFÉ THÉÂTRE, LES ENFANTS, LA VIE DES FEMMES DANS LE MONDE ENTIER, LA POLITIQUE, et même ANNE SINCLAIR (si elle arrête d'inviter Patrick Bruel et jamais mon boucher) et des DUELS passionnés comme sur feu la 5 où l'on espérait toujours qu'un des protagonistes allait filer une bonne claque à l'autre.

Je vous remercie, Monsieur le Président, de bien vouloir faire étudier par vos services cette hypothèse qui ralliera, j'en suis sûre, beaucoup de voix. Parce que sans être la Sofres, j'ai fait mon petit sondage personnel. Et je peux vous affirmer que 120 % des femmes pensent comme moi.

P.-S. (sans rapport avec ce qui précède) : Pouvez-vous également envoyer une note aux journalistes de toutes les chaînes pour qu'ils arrêtent de donner les prix (de n'importe quoi) en dollars. Cette manie est exaspérante. Le temps que je calcule le montant en francs (voyons, en ce moment, le dollar il est à 5 francs, 5,50, 4,70 ou 5,38?), je rate la date de la grève d'Air Inter pour les prochaines vacances scolaires.

Note ultérieure de l'auteur: Et ça a recommencé pour Barcelone! Le samedi 1er août à 20 h 25, 4 chaînes sur 5 retransmettaient les J.O. d'été. Quant à Canal +, il a fait fort. De 7 heures du matin à minuit passé: sport-sport-sport. J'ai rêvé de ligoter Monsieur Rousselet à son fauteuil et de l'obliger à regarder son propre programme quinze heures de suite. J'ai failli casser mon poste de honte en voyant de grands gaillards pleurnicher sous prétexte qu'on leur remettait une médaillette de bronze alors qu'à l'image suivante un père bosniaque enterrait son bébé, le masque hagard, sans une larme.

15

LETTRE À MONSIEUR
LE PREMIER MINISTRE
DE LA FRANCE

14 mai

Monsieur le Premier Ministre de la France,

Au moment de payer mon **deuxième tiers provisionnel,** avec la résignation d'un briscard discipliné par quarante et un ans de manœuvres fiscales — «A droite/droite, payez vos impôts sur le revenu! A gauche/gauche, payez vos cotisations sociales! En avant toute, payez la CSG, et plus question d'aller passer huit jours au Kenya!» —, je parcours le livre de François de Closets : *Tant et plus.*

ET QU'EST-CE QUE J'APPRENDS ?

... que l'ÉTAT GASPILLE tous azimuts l'argent des contribuables !

LE MIEN AVEC !

Le ciel me tombe sur la tête !

J'en reste sidérée, médusée, renversée, stupéfiée, abasourdie, consternée...

EFFARÉE.

Bien sûr, j'avais déjà noté çà et là des détails fâcheux. Des frais de mission sans mission mais séjour touristique aux Caraïbes. Des factures réglées deux fois. L'acquisition et la rénovation (coûteuses) du Théâtre du Vieux-Colombier dont nul ne sait trop quoi faire. La Poste créant brusquement une société pour transporter ses fonds qui lui revient beaucoup plus cher que quand c'était elle-même qui assurait cette activité. Des escroqueries marrantes (les avions «renifleurs». Génial, non?). Des délits d'initiés (cette expression m'enchante : j'imagine immédiatement une réunion, la nuit, dans une cave, d'hommes d'affaires masqués). Des dépenses inconsidérées de notre Panier Percé National : Jack Lang...

Peccadilles, pensais-je.

Mais voilà qu'il ne s'agit plus de quelques millions, mais de MILLIARDS, dilapidés dans une gabegie monstrueuse.

155 milliards au minimum (certains chuchotent qu'il s'agirait même de 300 milliards) pour l'avion de chasse Rafale (336 appareils remis à l'Armée. Pour le prix on aurait pu en construire un peu plus, non ?)... *48 milliards* pour le surgénérateur Super-Phénix (qui n'a fonctionné que six mois à plein régime en six ans) arrêté «provisoirement» (jusqu'aux élections de 1993, en tout cas) parce qu'il serait DANGEREUX !... *27 milliards* pour le programme Hermès, afin d'envoyer un Français dans l'espace — alors que les Américains et les Russes ont découvert qu'il valait mieux expédier un brave robot. Mais nos responsables veulent voir flotter un Français dans l'espace. Cocorico !... *20 milliards* pour le câblage TV de la France en fibre optique prévu pour 8 millions d'abonnés. (Pour l'instant, il n'y en a que 850 000 !)... *5,2 milliards* pour la construction (commencée) de la Grande Bibliothèque de France. (Ne pas s'inquiéter : elle coûtera plus cher. On parle déjà de 10 milliards.)... *1,3 milliard* pour le fonctionnement du Ministère des Anciens Combattants (bientôt 1 fonctionnaire pour 7 pensionnés, en attendant le moment où il ne restera que des fonctionnaires et plus d'Anciens Combattants)... *1/2 milliard* pour le Centre Mondial Informatique et des Ressources Humaines de Monsieur Jean-Jacques Servan-Schreiber, fermé en 1986, FAUTE DE PRESENTER LE MOINDRE INTÉRÊT !... Etc.

Tous ces milliards me flanquent le tournis.

Plus stupéfiant : cette valse de l'argent des Français n'est pas due à la corruption — comme on pourrait le croire — mais à l'irresponsabilité, à l'incompétence... et surtout à la mode, affirme le passionnant mais sévère François de Closets.

Le grand chic pour nos Chers Ministres, paraît-il, n'est pas d'économiser les fonds publics, mais de les dépenser. Ils considèrent en effet que, plus leurs budgets augmentent, plus ils sont de grands Hommes Politiques.

« JE DÉPENSE, DONC JE SUIS. »

En conséquence, malgré les perpétuelles promesses officielles d'économie, il n'est pas question de rogner un seul franc.

Nulle part et à aucun échelon.

Le fils d'une de mes amies vient de terminer son service militaire à Paris. Son travail consistait essentiellement à transporter le courrier de sa caserne au Ministère (une dizaine de lettres par jour). Pas question d'avoir recours bêtement à la Poste. Non. Il devait utiliser un gros camion dont il fallait justifier l'existence, ainsi que celui du poste « frais d'essence ». L'énorme véhicule, conduit sous sa haute direction par un autre appelé (à qui il était urgent de trouver une occupation), traversait donc tout Paris pour trimbaler la dizaine de lettres. Mais la chose se compliqua quand « ON » décida brusquement, au mois de décembre, l'achat d'une voiture pour éponger à tout prix un crédit — qui, sinon, ne serait pas renouvelé l'année suivante, quelle abominable perspective ! — Ce nouveau véhicule devait rouler à son tour, pour justifier son existence et augmenter le poste « frais d'essence ». « ON » décréta donc que le camion et la voiture transporteraient désormais EN CONVOI MILITAIRE, à travers la capitale, les dix lettres du Ministère !

Je jure que l'anecdote est authentique !

Outre les milliards balancés par les fenêtres pour des projets fastueux, souvent inutiles, outre les budgets qui grossissent sans cesse, il y a la pluie dorée des subventions. La liste des Associations Loi 1901 qui en reçoivent occupe un rapport de 547 pages.

Je l'ai parcourue (si! si!). On dirait un inventaire surréaliste à la Prévert. Chaque Ministère y va de sa subvention, grande ou petite.

Par exemple, les AFFAIRES ÉTRANGÈRES pour environ 500 subventions dont certaines destinées à :
… *l'étude du vieillissement cardiaque et cérébral* (de qui ? des vieux dictateurs africains ?) ;
… *la publication d'un livre sur Liszt* (le Quai d'Orsay ignore visiblement qu'il existe de nombreux éditeurs en France) ;
… *les amis du Chabichou «Poitou»* (j'apprécie énormément le Chabichou, mais pourquoi pas aussi le Pont-l'Evêque ?) ;
… *la compagnie de Saturne pas rond* (c'est celui qui a trouvé un nom pareil qui tournait pas rond!).

Pendant ce temps-là, on ferme des consulats à l'étranger par manque de moyens. Vous me direz que les amis du Chabichou sont peut-être plus aimables que le personnel des consulats français à l'étranger qui n'est pas toujours aussi coopératif qu'il le devrait avec nos compatriotes dans le malheur*.

Revenons à nos subventions.
L'ÉDUCATION NATIONALE, elle, verse (entre autres !) :
… 179 000 francs pour *le Cheval Occitan*. (J'ai interrogé deux éleveurs de chevaux : ils ignoraient l'existence de cette race d'équidés.)
… 25 000 francs (seulement) *pour favoriser une école efficace* (moins que pour le Cheval Occitan ; la pagaille actuelle de nos lycées s'explique).

---

* En particulier celui de Los Angeles, très désagréable avec ma petite sœur… Quoi ? Il ne savait pas qu'il s'agissait de ma petite sœur ? Tant pis pour lui.

... 6 000 francs pour *les professeurs échangistes* en France (j'ai relu trois fois : il y a bien des professeurs «échangistes» en France et on leur donne des sous au lieu de les laisser se débrouiller tout seuls au Bois de Boulogne, comme n'importe qui !).

... 1 069 500 francs pour *les Guides de France*.

Je ne sais que penser.

J'ai été, moi-même, guide.

Une journée.

On m'a virée dès le premier soir.

Pourtant, j'avais passé des heures délicieuses, dans mon uniforme bien propret, en compagnie d'autres petites filles de mon âge. Puis, après le salut au drapeau (ou une cérémonie de ce genre), une cheftaine me fit faire quelques pas en avant des troupes et me demanda pourquoi je voulais être Guide de France. Je n'hésitai pas :

— Pour m'amuser avec des copines ! répondis-je, extasiée.

Hélas, il paraît que ce n'est pas là l'idéal scout. Je ne fus pas jugée digne de participer à ce noble mouvement. On me pria de ne plus revenir. Ma mère, qui avait fait l'achat du petit uniforme et espérait être débarrassée de ma présence agitée pendant les weekends, fut très mécontente. Moi aussi.

Plus un sou pour les Guides de France !

Toujours l'ÉDUCATION NATIONALE :

... 20 000 000 pour *l'Alliance Française*.

Là, je crie : Bravo !

L'Alliance Française est un vivier formidable de jeunes étrangères au pair pour les mères de famille qui veulent faire garder leurs enfants.

Cependant, on peut connaître des soucis avec ces charmantes créatures.

Comme j'en ai eu, par exemple, avec la grosse Américaine dépressive qui avait le mal du pays et téléphonait en sanglotant à sa «mum» dans le fond de l'Arizona, me minant à moi aussi le moral («elle va se tirer demain par avion chez elle, crac, et qui me gardera ma petite Justine ? »). Ou l'Allemande amoureuse qui exigeait de roucouler tous les soirs au téléphone, à l'heure du dîner, avec son fiancé bavarois. (Les jeunes personnes de l'Alliance Française occupent énormément le téléphone.) Ou la ravissante Ecossaise qui s'enfuit, une nuit, avec «l'homme de ménage» marocain d'un copain journaliste qui, furieux, m'accusa d'avoir fomenté le complot. (Nous sommes toujours brouillés et il continue d'écrire de méchantes critiques dans son journal sur mes feuilletons de télévision.)

Et Yuta !

Il y a deux ou trois ans, un Service Culturel Français en Allemagne m'invita à donner une conférence, à Munich. Je tentai de refuser, ayant horreur de parler en public, et prétextant que je n'avais rien à dire. Mais la dame fut si gentille que je n'osai pas dire niet en fin de compte. Et puis j'aime dîner à Munich, au premier étage d'un petit restaurant, sur la grande place.

Je me retrouvai donc en train de raconter ma vie (c'est le seul sujet que je connaisse) à une centaine de dames allemandes qui m'écoutaient dans un silence poli et, me semblait-il, amical.

— ... A mon retour du Sahara, m'écriai-je d'un ton emphatique, je me mis à écrire mon premier livre, mais comme le jour je trimais dans un magazine de mode pour gagner ma vie et celle de mon enfant, je devais travailler à mon roman la nuit...

— Cha, ch'est bien vrai ! intervint une voix féminine, elle tapait à la machine chusqu'à l'aube et elle m'empêchait de dormir !

L'interruption me laissa interdite, la bouche ouverte. L'honorable assemblée se tourna d'un seul bloc vers une dame très élégante qui se leva.

— Che suis Yuta ! me dit-elle... la cheune fille allemande qui gardait votre fille aînée quand elle était betite !

Je restais toujours sans voix, désemparée.

— Vous ne me reconnaissez pas ? s'exclama-t-elle, déçue. Voyons ? YUTA !!!

— Mais si ! Bien sûr ! mentis-je. Chère Yuta !!!

Là-dessus, chère Yuta entreprit, me sembla-t-il, de raconter — en allemand — à l'élite féminine de Munich sa vie chez moi comme baby-sitter. Ses souvenirs devaient être fort drôles, car les dames présentes se tordirent de rire et les photographes bombardèrent de flashes la nouvelle conférencière.

Je ne sus jamais ce qu'elle révéla. L'Ambassade de France refusa gentiment mais fermement de me traduire les articles parus dans la presse le lendemain.

Pour en revenir, une fois de plus, aux subventions, j'applaudis des deux mains à celle accordée aux *Auberges de la Jeunesse*.

Je garde un excellent souvenir d'avoir, à vingt ans, parcouru la Scandinavie avec une copine, en faisant du stop dans la journée (moyen de transport que j'ai interdit formellement plus tard à mes filles, m'étant embourgeoisée entre-temps) et en dormant la nuit dans les Auberges de la Jeunesse.

Où notre arrivée provoquait une intense rigolade.

Nous avions en effet, Janine et moi, décidé de nous balader, pouce levé, mais vêtues de nos plus jolies robes, avec bas, chaussures à talons, gants et valises (en faux cuir — nous étions très fauchées ! —, mais valises tout de même). Résultat : nous n'avons jamais attendu plus d'une minute qu'un conducteur — un peu surpris mais enthousiasmé par notre accoutrement — s'arrête pour nous prendre, au nez et à la barbe des autres auto-stoppeurs aux shorts froissés, aux chemises sales et aux énormes sacs à dos encombrants. C'était à notre tour de rigoler. Jusqu'au jour où nous nous sommes retrouvées perdues au nord de l'immense forêt norvégienne, traînant nos bagages ridicules, boitillant sur nos talons aiguilles, sans la moindre voiture à l'horizon de la piste défoncée. Nous avons fini par dormir dans la paille d'une vieille grange appartenant à un fermier norvégien terrorisé par notre étrange apparition. Il nous prenait visiblement pour ces sorcières qui hantent les forêts nordiques.

Oui également et de tout cœur à la subvention du Ministère des Anciens Combattants pour *le Souvenir des Dardanelles et fronts d'Orient*. Bien que cette association n'ait rien fait pour aider mon Papa quand il écrivit ses souvenirs d'officier de notre valeureuse Armée Française sous le titre : *Un bipède galonné*. Il y racontait en particulier comment, tout jeune maréchal des logis de l'Armée du Levant, il fut envoyé en Turquie où la Première Guerre mondiale n'était pas terminée — en 1919.

Malheureusement, le glorieux Etat-Major de la valeureuse Armée Française avait décidé que la Turquie était un pays chaud. Mon Papa se retrouva donc avec son peloton de Spahis, en tenue de toile, en plein hiver, sur les plateaux glacés d'Anatolie. Pour se protéger du froid, il devait matelasser sa poitrine — sous son uniforme en loques où grouillaient de gros poux blancs — avec de vieux journaux faisant office de Damart. Et s'enterrer la nuit jusqu'au cou dans un trou creusé près du feu. Beaucoup de ses malheureux soldats (et leurs chevaux peints au permanganate, couleur dégueulis d'ivrogne, pour cause de camouflage) mouraient gelés et étaient dévorés par les hordes de loups qui suivaient.

Le grand trésor de mon cher Papa n'était pas les quelques pièces d'or de sa solde qu'il portait dans un sac à pansements autour du cou, mais une bougie. Qu'il allumait à intervalles réguliers et grâce à laquelle, déculotté, il réchauffait la partie qu'il estimait la plus noble de sa personne. Mon Papa redoutait en effet, plus que tout, que gèle sa virilité. Je vous rassure tout de suite, Monsieur le Premier Ministre, il n'en a rien été. Au contraire. Il devint plus tard le fier géniteur de sept petits Burons et Buronnes.

Le souvenir de la bougie de mon père vaudrait bien d'être fêté, non ?

Par contre, à quoi servent les subventions accordées (par le Ministère de la Culture) :
... *aux pieds dans le PAF ?* (Paf dans le Pif ou Pif dans le Paf ? Et le Paf de qui ?),
... *à l'Agence Faut-Voir ?* (t'as raison : on n'est jamais trop prudent)... ou *aux Nez Creux* (à qui appartiennent ces tarins malins ?) par les Services du Premier Ministre lui-même !

A noter qu'il y a des Associations qui se débrouillent moins bien que d'autres.
Ainsi...
... *Le Poilu de la Meuse* ne touche que 2 000 francs, le pauvre,
... Et *les Anciens Combattants, Victimes de guerre, et Résistants du Ministère des Armées :* 2 500 francs seulement.
Alors que...
... *Les Amis de Paul Ramadier* reçoivent 20 000 francs ! Ce qui semblerait prouver que les vieux copains de Monsieur Paul Ramadier — qui pourtant a inventé la vignette automobile — sont plus nombreux que les Anciens Combattants et Résistants du Ministère des Armées.
Mais passons !
... *Le Comité Interprofessionnel de la Dinde Française* ne touche que 50 000 francs, alors que *l'Institut Technique du Porc* croule sous 4 460 000 francs. En tant qu'amie des Dindes Françaises et Dinde moi-même, je proteste contre ce lobby des Porcs.

A lire la liste interminable de ces milliers d'Associations choyées et financées, on finit par se demander qui, en France, n'est pas subventionné.
... MOI !!!

Et pourtant, j'y aurais droit comme tout le monde, non ?

Autant que :

... *L'Association pour le Développement des Recherches sur le Comique, le Rire et l'Humour* (CORHUM), qui a touché 21 462 000 francs en 1990. Mais ne m'a jamais fait profiter de ses travaux. Ni daigné s'intéresser aux miens. Ni adressé la moindre boîte de chocolats quand j'ai reçu le Prix Courteline. Ni offert une rose, une BD des Bidochon ou une place du spectacle de Muriel Robin quand j'ai déprimé. RIEN. Mais d'abord, qui sont-ils, ces rechercheurs de comique, de rire et d'humour ? Françoise Dorin ou Claude Sarraute que je prenais pourtant pour de bonnes copines ? Mes concurrents (dont je ne citerai pas les noms pour ne pas leur faire de publicité) ? Ou d'autres qui se croient drôles... à tort ! Par exemple :... *(censuré par l'Avocat)*.

Et :

... *L'Entraide aux Travailleurs Intellectuels* qui, elle non plus, ne m'a jamais envoyé un seul tube d'aspirine payé sur ses 1 100 000 francs ! Qui entraide-t-elle, cette entraide ? Marguerite Duras ? Pour payer ses... *(censuré par l'Avocat)*.

Ne croyez pas, Monsieur le Premier Ministre, que ce gaspillage des fonds publics auxquels j'apporte ma modeste mais courageuse contribution (aux fonds publics, pas au gaspillage !) me rende aigre. Ou que je sois jalouse qu'aucune de ces épatantes subventions ne tombe jamais sur moi.

Non ! Je suis simplement une citoyenne mécontente.

Parce que, pendant ce temps-là, la FRANCE MANQUE D'ARGENT.

Pour sa JUSTICE, par exemple. Les juges se plaignent d'être mal payés et pas assez nombreux. Les procès traînent interminablement. Les détentions provisoires s'allongent. Les greffiers manquent de machines à écrire, etc.

Et le projet de Nouveau Code Pénal dont on nous rebat les oreilles depuis des années n'est toujours pas voté définitivement.

Pour ma part, j'attends, avec impatience, la réforme de la garde à vue.

Beaucoup de Français l'ignorent. Mais à l'heure actuelle, n'importe quel commissaire de police un peu teigneux peut coller n'importe quel citoyen honorable en garde à vue pendant vingt-quatre heures *sans que ce dernier ait le droit de donner le moindre coup de fil pour rassurer sa famille sur sa disparition.*

Je ne le savais pas moi-même jusqu'à l'année dernière.

Où l'Homme, deux fois de suite, s'est retrouvé enfermé dans des commissariats divers tandis que je le cherchais fébrilement à travers tous les hôpitaux de Paris.

Sa première garde à vue fut provoquée par une tentative de cambriolage d'un Italien qui, sur le coup de 2 heures du matin, escalada les hautes grilles fermées du quai des Bateaux-Mouches et tenta de pénétrer dans la Gabarre. Le fou ignorait l'existence du chien de garde Alque qui a une passion : s'approcher en douce des voleurs et mordre férocement leurs postérieurs charnus. L'Italien, les fesses en sang, se mit à hurler. Le gardien de nuit accourut. L'Homme — qui dormait là — fut réveillé par le tapage, appela les Pompiers puis, grognon, se recoucha.

Le lendemain, dès l'aube, la police débarqua. Réveillant à nouveau l'Homme, cette fois très grognon, pour l'avertir que l'Italien, son derrière recousu, avait porté plainte contre l'Homme et son chien Alque pour tentative d'homicide. Et que le premier devait se présenter le jour même à tel commissariat pour témoigner. L'Homme, de plus en plus grognon, prit sa mobylette — sur laquelle il a fait installer le téléphone, ce qui est, vous en conviendrez, peu courant — et se rendit à la convocation où le commissaire l'informa qu'il le plaçait vingt-quatre heures en garde à vue! Appliquant le principe à la mode selon lequel les cambrioleurs doivent être protégés des cambriolés. L'Homme protesta violemment. Le commissaire refusa de le laisser téléphoner pour prévenir ses équipages ou sa femme légitime (moi) de son retard.

L'Homme a la tête près du bonnet.

— Vous êtes tous une bande de petits cons minables! s'emporta-t-il. Vous croyez que vous allez m'impressionner avec votre garde à vue? Mais j'ai connu la Gestapo avant vous et les prisons de Franco. Et je vous emmerde.

Les flics, pas contents, l'enfermèrent dans la cage grillagée après lui avoir fait enlever ses lacets de chaussures et sa ceinture de pantalon.

L'Homme bâilla, réalisa qu'il avait peu dormi la nuit précédente et qu'il avait là l'occasion de se livrer à un petit roupillon réparateur. Du coup, il s'étendit sur l'étroit banc en bois bien connu des clochards et des putes et s'endormit paisiblement.

Malheureusement (j'espère qu'il me pardonnera cette révélation sur son intimité), l'Homme ronfle.

Effroyablement fort.

Dix minutes plus tard, on ne s'entendait plus dans le commissariat. Les policiers se regardèrent. Ces ronflements étaient non seulement épouvantables, mais révélaient une conscience tranquille. Qui était donc ce curieux grand gaillard, à la voix tonitruante, au sommeil de bébé intolérablement bruyant et à la mobylette pourvue d'un téléphone? Peut-être avaient-ils fait une erreur sur la victime. Inquiets, ils appelèrent leurs potes du commissariat du VIIIe arrondissement.

— Z'êtes pas fous! s'exclamèrent ceux-ci, ce n'est ni un cambrioleur ni un assassin mais cette grande gueule d'amiral des Bateaux-Mouches sur la Seine!

Relâchez-le tout de suite ! C'est un brave type mais il a parfois un sacré mauvais caractère.

Les flics, très embêtés, vinrent réveiller l'Homme avec de douces manières de nounous, lui remirent eux-mêmes ses lacets de souliers, lui renfilèrent affectueusement sa ceinture de pantalon.

Et le renvoyèrent à la maison où je sanglotais, pensant qu'il était mort, écrasé par un autobus avec sa mobylette à téléphone. L'Homme, lui, était ravi de son aventure (il avait bien dormi pour une fois) et s'opposa à ce que je dépose plainte pour garde à vue abusive (l'Avocat aussi).

La deuxième garde à vue de l'Homme se révéla non moins pittoresque.

Il était convoqué dans un autre commissariat sous prétexte « d'emploi de main-d'œuvre au noir ». En fait, il s'agissait non de travail au noir, mais d'un plongeur noir (un Malien) qui travaillait depuis plusieurs mois dans l'entreprise mais qui s'était gardé de révéler (le pauvre) que son permis de travail n'avait pas été renouvelé le mois précédent. La comptable, en vacances, n'avait pas vérifié.

— En somme, vous utilisez un clandestin ! accusa un jeune commissaire hargneux et chauve.

— Tellement clandestin, ricana l'Homme, que je lui remets des fiches de paie et que je cotise pour lui à la Sécurité Sociale !

Le ton monta.

— Vingt-quatre heures de garde à vue ! décida le petit commissaire rageur.

Mais mon époux n'avait pas sommeil ce jour-là.

— Je n'ai pas de temps à perdre dans votre saloperie de cage. Je n'irai pas ! gueula-t-il, furieux.

— C'est ce qu'on va voir, glapit l'officier de police, menaçant.

— Auparavant, je veux ma pilule ! gronda mon mari.

— Quelle pilule ? balbutia le fonctionnaire pris au dépourvu.

— Pas la pilule anticonceptionnelle, pauvre crétin ! Celle que je dois prendre tous les jours à cette heure-ci pour mon cœur.

Il s'agit là d'une des petites ruses de l'Homme. Il possède un cœur de jeune homme (il nous enterrera tous, hélas !), mais n'hésite pas à se plaindre de cet organe fragile pour se sortir de situations déplaisantes.

— De toute façon, c'est la Loi, remarqua-t-il, majestueux. J'ai droit à une visite médicale.

— Bien, fit le petit commissaire chauve, fou de rage. Je vais vous faire conduire à l'antenne médicale de l'aéroport de Roissy. Mais... sous bonne garde !

C'est ainsi que l'Homme, encadré par quatre flics comme un vulgaire voleur de sacs de vieilles dames, traversa l'aéroport de Roissy. Où il rencontra un vieux copain à lui de la Résistance, ex-ministre, député et P-DG connu.

Ce dernier éclata de rire.

— Dis donc, toi, tu ne changes pas ! Toujours à faire le con !

— Tu vois ! répondit l'Homme, hilare à son tour, encore dans la Résistance.

— Tu veux que j'appelle le Ministre ? demande G. de B.

— Penses-tu ! Je m'amuse comme un fou ! Et puis cela me donne l'occasion de connaître Roissy. Je passe toujours par Orly !

Cette petite conversation n'avait pas échappé à l'escorte policière qui la rapporta à son chef. Lequel pâlit. Il n'avait plus affaire à un sale patron d'un affreux clandestin, mais à un respectable employeur d'un malheureux immigré. Comment se sortir de ce merdier ? D'autant plus que notre petit commissaire avait son amour-propre...

— Je vous relâche, proposa-t-il à l'Homme, si vous

reconnaissez que je vous rends la liberté... à cause de votre âge !

Or s'il y a quelque chose que l'Homme déteste, c'est bien une allusion à son âge !

— Qu'est-ce qu'il a, mon âge ? demanda-t-il sur un ton doucereux.

— Eh ben... vous n'êtes plus tout jeune ! remarqua le policier.

L'Homme explosa. Tel l'Etna dans ses mauvais jours.

— En tout cas... encore assez pour te foutre une volée, jeune merdeux ! Viens dehors montrer si tu es un homme ! hurla-t-il.

Le commissaire préféra signer précipitamment la remise en liberté du forcené. Qui rentra chez moi sur son éternelle mobylette à téléphone. Et me retrouva en larmes. Mais c'est lui qui appela l'Avocat (l'allusion à son âge lui était restée en travers de la gorge). Pourquoi le respectable citoyen français n'était-il pas protégé des régaliennes gardes à vue policières par un *Habeas Corpus* ? Comme les Anglais.

Oui. Pourquoi ?

Il n'y a pas que pour sa JUSTICE que la France manque d'argent. Elle est fauchée pour tout et partout. Et sa dette s'agrandit inexorablement. Certains avancent le chiffre de 2 000 milliards, avec des intérêts à payer de 160 milliards par an. Soit la moitié de ce que rapporte l'impôt sur le revenu. Pire encore. L'Etat, pour rembourser, devra à nouveau s'endetter...

Où on va, là ?

Que dirait ma grand-mère qui m'a appris à ne jamais emprunter un sou ?

Peut-être ferait-elle une modeste suggestion que je me permets, Monsieur le Premier Ministre, de vous transmettre ?

La CRÉATION d'un SUPER-MINISTÈRE d'ÉTAT

(Bah! un de plus ou de moins!), non pas de l'Economie, mais DES ÉCONOMIES.

Uniquement composé de FEMMES. Parfaitement. Depuis les milliers d'années que les Hommes sont au pouvoir et que le monde va de travers, il est temps que ça change.

ET...

— *Chargé de traquer les dépenses inutiles tous azimuts.* («Cher Jack Lang, veuillez justifier la subvention de 200 000 francs au "Bigoudi Impérial"»... «Chère Madame Frédérique Bredin, les 50 000 francs à la Fédération Française du Twirling-bâton sont-ils vraiment indispensables? D'abord, qu'est-ce que le twirling-bâton? Pourriez-vous utiliser à l'avenir un mot français?»... «Chère Ségolène, les études menées depuis 1978 sur les rats noirs du Parc National de Port-Cros pour déterminer l'importance de la prédation des rats sur les glands des chênes verts et dans quelle mesure la fluctuation des glands influencerait le nombre des rats sont-elles réellement nécessaires?»)

— *Chargé aussi de faire rembourser* aux fonctionnaires, qui en prennent à leur aise, leurs déjeuners trop copieux, leurs voyages abusifs, leurs vraies/fausses missions, leurs voitures de fonction sans fonction, leurs primes de vacances ou de départ qu'ils se sont attribuées à eux-mêmes (n'est-ce pas, Docteur Garretta?), leurs généreux frais généraux («Cher Jean-Jacques Servan-Schreiber, veuillez nous adresser un chèque de 190 000 francs correspondant à la location d'avions-taxis pour des trajets qui pouvaient facilement se faire par le train.»). «Note à tous les Ministres: les frais de transport par avions ou hélicoptères officiels de vos familles en Provence ou dans le Luberon, pendant la paralysie des routes françaises par les routiers en juillet 92, seront directement débités de votre compte.»

— *Chargé enfin de virer les incompétents.*

Ah! Je reconnais que c'est là une mission quasi impossible.

IL N'EXISTE PAS EN FRANCE DE FONCTIONNAIRE INCOMPÉTENT.

Ni parmi les CRS qui se sont aperçus de l'assassinat de Chapour Bakhtiar deux jours plus tard.

Ni parmi le personnel du Rectorat de Paris de l'Education Nationale qui jetait des piles de dossiers de malheureux instituteurs — dont le salaire n'était pas payé depuis plusieurs mois — pour pouvoir partir tranquillement en vacances.

Ni dans le service de la Caisse Régionale d'Assurance-Maladie de Nancy qui, après s'être trompée dans ses calculs de retraite d'une petite vieille, lui a réclamé les sommes versées en trop et tenté de faire hypothéquer sa maison.

IL N'EXISTE PAS NON PLUS EN FRANCE D'HOMMES POLITIQUES IRRESPONSABLES qui prononcent des discours oiseux, dans un volapük plein de contre-vérités, de vœux pieux, de promesses jamais tenues («Les promesses n'engagent que ceux qui y croient» — Charles Pasqua). A noter que certains propos peuvent avoir des accents populistes («Je ne suis pas de ceux qui se mettent un bâton dans le cul pour être plus raide» — Michel Charasse) ou naïfs («Les membres de la Haute Autorité n'ont pas été choisis parmi les hommes politiques mais parmi les honnêtes gens» — Louis Mermaz), ou même vachards pour le copain («Notre groupe n'a rien à dire dans ce débat. C'est pourquoi nous avons choisi comme orateur Balladur» — Philippe Seguin)*.

IL N'EXISTE SURTOUT PAS EN FRANCE DE MINISTRES COUPABLES. Au point de donner leur démission spontanément. En fait, remarque Alain Decaux dans son livre *Le Tapis rouge*: «Ils s'accrochent si fort à leurs sièges que, pour un peu, il faudrait une opération manu militari pour les en chasser.»

Tant pis! Envoyez la troupe!

* Lu dans *Le Dico français-français* de Philippe Vandel (J.-C. Lattès).

16

LETTRE À CES MESSIEURS LES DÉPUTÉS

10 juin

Messieurs les Députés,

Je m'adresse à vous pour me plaindre d'un impôt insupportable que vous avez voté, je crois, avec un bel ensemble (il y a des jours de pluie où l'on se demande si les Hommes Politiques appartiennent bien à la même race que nous autres, les simples citoyens/contribuables). Je veux parler de :

L'ISF
ou
IMPÔT DE SOLIDARITÉ SUR LA FORTUNE.

Ce n'est pas qu'il me coûte très cher. Franchement non.
Mais je le trouve ODIEUX !

1. Il me colle au front une étiquette infamante : « Sale Riche ! » Presque une étoile noire. Je n'ose avouer pratiquement à personne ce secret honteux qui pèse sur ma bonne conscience civique et que nous sommes 144 058 à partager en silence.

2. Il m'empêche d'être fière d'avoir si bien travaillé toute ma vie. Il m'arrive même, c'est fou, de me sentir coupable d'avoir tant bossé !
Et pourtant, il a bien fallu !

A dix-sept ans et demi, je crevais de faim et j'étais au chômage. Sans allocations.

Et personne pour me payer des études à Sciences Po et à l'ENA comme Monsieur Fabius, Mesdames Frédérique Bredin, Martine Aubry et même Ségolène Royal (qui pourtant n'a l'air de rien avec ses cheveux fragiles, son sourire enfantin et sa petite Flora), et tant d'autres. (Pratiquement tous, sauf Monsieur Bérégovoy et Monsieur Tapie.) Je serais devenue ministre, moi aussi. J'arriverais le mercredi matin, dans la cour de l'Elysée, avec mes dossiers, un air important, une jolie robe à fleurs et une superbe voiture officielle avec chauffeur et cocarde. J'adorerais.

Au lieu de ça, j'ai travaillé comme dactylo car nul n'a songé à me pistonner. Or, le piston, il paraît que ça marche épatamment en France*. Rien ne remplace un papa connu pour trouver un premier job. Manque de chance, pour entrer dans une agence de pub, je n'étais ni la fille de Jacques Chirac, de Jacques Calvet ou de Killy, ni Marie Périgot (Président du CNPF), ni Estelle, l'héritière du Vice-Président de Citroën.

Bêtement béarnaise, je n'ai pas eu droit non plus aux réseaux d'entraide. L'auvergnat (les bars-tabacs). Le savoyard (l'hôtel des ventes de Drouot). L'arabe (les épiceries). Le juif (la confection et Monsieur Benmussa, patron d'Edgar, le restaurant branché de tous les Hommes Politiques, qui téléphone à Monsieur Levy — directeur de Publicis — pour lui dire : « C'est une mitzvah ! » = « bonne action » en hébreu, et hop, chez Publicis !).

Pour me lancer dans le cinéma, je n'ai bénéficié d'aucun coup de main comme Caroline Lang, fille de Jack qui, lui, a pris à son Cabinet le jeune Bruno Lion, fils de Robert, patron de la Caisse des Dépôts.

Même chose pour obtenir un appart (parfois pres-

---

* Lire *La France du piston*, de Claude Askolovitch et Sylvain Attal (Robert Laffont).

tigieux malgré un loyer modeste) de la Ville de Paris. Je n'étais pas fille de député comme damoiselles Isabelle Dominati, Hélène Tibéri, Vanina d'Ornano, Frédérique Pons. Mon Papa n'était qu'un simple petit colonel de notre grande Armée Française, certes valeureuse, mais pas du tout branchée (et carrément méprisée par notre cher petit monde politico-parisiano-intello et bourgeois).

Et ça continue ! Ce n'est toujours pas moi qui obtiens une table dans un restaurant bondé, un siège dans un avion surbooké, une chambre au dernier moment au Festival de Cannes, comme Anne Sinclair. (En fait, cela ne me gêne pas beaucoup. Je déteste les restaurants bondés, les avions pleins et le Festival de Cannes.) Qu'importe, le nombre de gens qui ignorent mon nom est tout simplement effrayant (on me demande sans arrêt : « Nicole QUI ? Nicole BARON ? »…).

Plus vexant. Pas une voix ne s'est élevée pour proposer au Président de la République de me nommer au Conseil Economique et Social (12 000 francs par mois, une chouette planque, tiens !). Comme Harlem Désir (dont Monsieur Mitterrand a, par décret spécial du 8 mai, fait sauter pour plus de 80 000 francs de contraventions. Comment il fait, celui-là, pour être chouchouté comme ça ?), Armand Mestral (débrouillards, ces comédiens), Marcel Bérégovoy (frère de Pierre), Bertrand Renouvin (un royaliste tendance Orléans régicide). Qui a bien pu le recommander, celui-là aussi ? Ou Georgette Lemaire (pourquoi Georgette et pas moi ? Je ne suis pas plus bête qu'elle, hein ?).

Le sort s'acharne diaboliquement contre moi. Non seulement je n'ai jamais été pistonnée (ah si ! une fois ! Par une vieille tante. Pour assister à un grand bal où j'ai perdu ma petite culotte), mais je suis incapable de pistonner à mon tour.

Y compris mes filles pour les faire entrer dans un bon lycée comme Fénelon où Madame Genzbittel, le

Proviseur, avoue gaiement qu'elle accepte tout de suite les enfants de parents connus, comme la fille du cinéaste Louis Malle. En échange, celui-ci a donné une conférence aux élèves sur le cinéma. Moi aussi j'aurais pu donner une conférence sur le cinéma, et peut-être plus marrante, parce que Louis n'est pas un rigolo !

J'ai donc dû me débrouiller toute seule. Travail-travail-travail. Avec, certaines années, deux ou trois boulots à la fois*. « Démerdassek », comme disait mon Papa le Colonel. Et la chance et le Bon Dieu aidant (peut-être qu'il existe après tout, celui-là !), les sous sont arrivés.

Vous me direz peut-être, Messieurs les Députés, que j'ai déjà eu de la veine d'avoir pu travailler, qu'il y a actuellement 3 millions de chômeurs qui aimeraient pouvoir en faire autant, que c'est finalement une INJUSTICE que je dois réparer.

Et l'INJUSTICE dont j'ai été victime, MOI, de ne pas naître avec les yeux de Liz Taylor, la silhouette de Bardot, les jambes de Marlène Dietrich, les cheveux de Kim Basinger (à la place de mes maigres tifs tout plats) ?

Pour être franche, je préférerais être moins « riche » (... enfin, ce que vous appelez « riche »... !) mais jolie comme Adjani !

En plus, elle n'est pas taxée sur sa beauté ! (Mais ne t'inquiète, ma chérie, ça va venir. « Ils » vont bien trouver une petite combine sournoise !)

3. Ce que vous appelez ma fortune, Messieurs les Députés, ce sont, en fait, mes ÉCONOMIES. Je baisse la tête, de honte ! Je sais. A notre époque, aimer travailler est un défaut et économiser, un vice. Je plaide les circonstances atténuantes. J'ai été élevée par

---

* Heureusement que Madame Martine Aubry n'était pas encore ministre, elle qui prône le partage du travail. Bien qu'elle ne m'ait pas encore offert la direction de la moitié de son Ministère !

des grands-parents aristos, affreusement réacs, qui avaient des idées de l'Ancien Temps dont je n'ai pas réussi à me débarrasser complètement.

Et qu'est-ce que j'ai fait de ces dégoûtantes économies ?

D'abord, J'AI PAYÉ DES IMPÔTS DESSUS.

Parce que l'ISF, Messieurs les Députés, c'est un impôt sur des sommes DÉJÀ imposées. Inouï, ça ! Y a pas de raison que ça s'arrête ! Me fait penser à la publicité de la peinture des frères Ripolin où un monsieur peignait dans le dos d'un monsieur qui peignait dans le dos d'un monsieur qui lui-même, etc. A perpète !

C'est ça votre Impôt sur la Fortune : une taxe à perpète !

4. A perpète sur quoi ? Il y a QUOI, en effet, dans mon petit patrimoine, comme on disait dans les familles bourgeoises ?

D'abord :

une MAISON qui est en même temps une FERME.

Je réclame, Messieurs les Députés, qu'elle soit DOUBLEMENT exonérée de votre ISF.

Parfaitement.

Premièrement : parce que *chaque citoyen devrait avoir LE DROIT imprescriptible de posséder sa propre maison*. Je vous propose même d'inscrire cette résolution en tête de la Déclaration des Droits de l'Homme (et de la Femme). Et pas un F3 en banlieue avec des cloisons si minces qu'on a l'impression de vivre chez le voisin. Ni un taudis dans une HLM délabrée construite par votre cher Roland Castro. Ni un aquarium dans une tour dont le verre vieillit vite en s'irisant. Non, une vraie belle maison, bien solide, où se réfugier, dormir en paix, rêver, faire l'amour, élever ses enfants, vieillir. Avec même un petit jardin pour planter des roses. Ça aide drôlement à vivre de regarder pousser des fleurs.

Deuxièmement : *une exploitation agricole devrait*

être « protégée » au même titre que les espèces en voie de disparition. On a fait à Rio un tintamarre incroyable au sujet des rhinocéros blancs ou des singes à cul rouge, mais silence au sujet des paysans obligés de quitter leur ferme. Et ensuite, Monsieur le Ministre de l'Agriculture prend l'air pincé d'un professeur chahuté quand les agriculteurs se répandent sur les routes avec leurs tracteurs et bloquent les villes (allez-y les gars! Sauf mercredi prochain où je dois aller à Béziers).

« Ils n'ont qu'à faire de l'agriculture extensive et cultiver des produits rentables », pensent les gens des villes.

Pas si simple.

J'ai essayé, il y a deux ans, de me lancer dans la truffe.

La truffe, « ça eut payé », comme disait l'autre.

En fait, il s'agissait d'une suggestion de l'Homme-de-ma-vie, toujours inventif et à l'affût de nouvelles activités (pour moi).

— Tu plantes sur la colline plein de petits chênes truffiers, tu laisses pousser, et dans quelques années je t'achète tes truffes à 4 000 francs le kilo.

4 000 francs le kilo!!!

Je me jetai sur le téléphone et appelai l'INRA (Institut National de la Recherche Agricole) pour expliquer mon projet. Un Ingénieur Agronome m'écouta avec beaucoup de gentillesse.

— Nous pouvons très bien nous charger de faire une analyse de votre terre et ensuite vous vendre des petits chênes aux racines trempées dans de la bouillie de truffes...

— Formidable!

— Mais j'ai une autre solution à vous proposer.

— ?

— Vous avez, dans votre coin, un gitan qui travaille en collaboration avec nous et qui n'a pas son pareil pour « sentir » les terres à truffes. Demandez-lui de venir, plutôt que de faire une analyse de terre.

Je fus un peu surprise. Mais, après tout, on utilise bien des sourciers à baguette pour trouver de l'eau. Et des guérisseurs pour soigner les entorses. Pourquoi pas un gitan pour renifler les truffes?

Au jour prévu, je vis arriver à La Micoulette une énorme et splendide voiture américaine. En descendit le plus beau gitan qu'on puisse rêver: mince, cambré, les cheveux noirs longs et bouclés sur la nuque, d'immenses yeux verts et un ravissant petit anneau d'or à l'oreille. Mais au lieu de se mettre à claquer dans ses mains et à «zapatader» en poussant des cris rauques, il regarda autour de lui avec une moue dédaigneuse.

— Mouais! Pas terrible, votre coin! Enfin, grimpons par là!

Il s'élança comme un chat. Quand j'arrivai à mon tour, essoufflée, sur la colline, il était en train de gratter la terre sous un chêne. Quelques minutes plus tard, il brandit une truffe, petite, mais vraie *tuber melanosporum*. Je poussai un cri de triomphe.

— Formidable! Je vais pouvoir planter plusieurs centaines de...

— Non! coupa-t-il froidement, la terre est trop riche, ici. Peut-être là-bas...

Et il désigna du doigt une lande éloignée d'un bon kilomètre.

— Mais c'est très loin de la maison. Tous les voisins vont venir me voler ma récolte.

— Sûrement.

— Alors, qu'est-ce que je fais?

— Rien.

— Comment ça, «rien»? Vous avez bien trouvé une truffe!

— Une truffe ne fait pas une truffière. Vous faites ce que vous voulez, mais moi, à votre place, je laisserais tomber, dit le gitan froidement.

Il remonta dans sa belle voiture américaine et repartit sans un regard. Adieu veaux, vaches, cochons et «diamants noirs»!

Quand j'annonçai la mauvaise nouvelle, le soir, à l'Homme, celui-ci poussa des hurlements dans le téléphone.

— Qu'est-ce que c'est encore que cette connerie ? Tu es en train de m'expliquer que l'INRA, composé en principe de scientifiques sérieux, t'a envoyé un gitan renifleur au lieu de te faire une solide analyse de terre ! Ils se prennent pour des sorciers africains ou quoi ?

Je rappelai en catastrophe mon ami, l'Ingénieur Agronome. Il fut formel.

— Si Monsieur Chiquito vous a conseillé de ne rien planter, ce n'est même pas la peine que nous fassions l'analyse de votre terre...

J'essayai bravement une dernière tentative :

— Mais mon mari pense que...

L'Ingénieur rit :

— Je parie que Monsieur votre mari nous a traités de sorciers africains !

— Ben...

— Je suis habitué ! Mais vous pouvez nous faire confiance et à Monsieur Chiquito aussi. Pas de truffes chez vous ! C'est dommage.

L'Homme piqua une deuxième colère. Il était né dans le Lot. Autant dire dans un nid de truffes. Lui aussi, il pouvait renifler « les diamants noirs ». Aussi bien qu'un gitan sorti d'on ne savait quelle roulotte.

Et il acheta — très cher — cinquante petits chênes truffiers qu'il me fit livrer par camion exprès.

Je les plantai pieusement avec l'aide de Monsieur Louis.

Ils crevèrent tous.

L'Homme ne fit aucune remarque. Mais depuis, le mot « gitan » est interdit à la maison.

Pour en revenir aux désolantes questions de sous, j'ai aussi, à la Banque, surveillées et choyées comme des oies à l'engrais, MES CHÈRES SICAV.

Et alors ?

Avec quoi je vais vivre quand je serai vieille ?

UN ÉCRIVAIN N'A PAS DE RETRAITE D'ÉCRIVAIN. Non. C'est comme ça.

Il m'est arrivé, à ce sujet, une histoire qui montre bien la légèreté financière des artistes, y compris des femmes de lettres.

Je cotisais comme tout le monde à la Sec Soc, pour mon « allocation vieillesse ». Tranquille comme Baptiste. N'avais-je pas lu, dans une de ces circulaires dont notre chère Administration Française bombarde les Français, une phrase magique : « ... votre retraite sera calculée en tenant compte des recettes des dix meilleures années... » ?

Youpee ! J'étais ravie...

... jusqu'au jour où je lus la suite, ce que j'avais toujours négligé de faire :

« ... DANS LA LIMITE DU PLAFOND DE LA SÉCURITÉ SOCIALE... »

5 720 francs.

Même pas le montant du loyer de mon appartement à Paris.

Ni, de loin, l'entretien de La Micoulette.

Ni non plus le prix de pension réclamé par la Résidence du Soleil Couchant à Castelbrac pour passer en paix mon quatrième âge.

Je n'en dormis pas pendant un mois. Et résolus de planquer de côté, vite ! vite ! le maximum de sous pour adoucir mes vieux jours.

Et ce sont les économies d'une future pauvre petite vieille que vous êtes en train de piquer, bande de malhonnêtes !

J'espère que devant cette effroyable révélation vous rougirez de honte et vous aurez à cœur de voter immédiatement l'exonération de l'ISF pour tous les écrivains.

Même si Monsieur le Ministre des Finances menace d'en piétiner ses lunettes.

Et rappelle que dans ISF il y a le mot SOLIDARITÉ.

Oui. C'est beau, c'est grand, c'est noble, la solidarité.

Je suis d'accord pour être solidaire avec tout le monde.

A condition que tout le monde soit solidaire avec moi.

Que les fonctionnaires partagent avec le modeste écrivain que je suis leur sécurité de l'emploi, leurs congés payés, leurs allocations de chômage. Que les Trésoriers Payeurs Généraux des Impôts — que j'ai fait vivre — me reversent une partie de leur belle pension. Que l'Education Nationale m'offre vingt-cinq semaines de vacances par an. L'EDF, l'électricité à 25 %. Air France, des billets presque gratuits pour le Tour du Monde. Le Ministère de la Culture, une voiture de fonction et des déjeuners remboursés au Récamier, le restaurant chic des éditeurs. Les Conseillers d'Etat, leur prime d'égout (?). Les pêcheurs de moules, leur retraite à cinquante ans...

Ah non! Pas de retraite à cinquante ans!!!

Parce que, Messieurs les Députés, l'idée simple de retraite m'est odieuse. Il me semble que si je devais arrêter d'écrire, je mourrais de mélancolie.

Dans ce cas, me direz-vous, pourquoi venir nous embêter avec vos histoires d'économies-pour-vos-vieux-jours puisque vous avez l'intention de travailler jusqu'au moment où vous vous effondrerez, morte, ploufff, sur votre Olivetti portative rouge?

Et si ma pauvre tête affaiblie et couronnée de cheveux blancs commence à radoter, avec quoi me paierai-je un nègre?

Comment ça, quel nègre?

Mais le nègre qui écrira mes petites histoires à ma place. Comme Erik Orsenna (Prix Goncourt) l'a fait, pendant de longues années, pour les discours de Monsieur Mitterrand. Thierry Pfister pour Pierre Mauroy. Yves Canac et Alain Lamassoure pour Monsieur Giscard d'Estaing. Guy Carcassonne pour Michel Rocard. Juppé, Balladur, Christine Albanel de la Garde pour Jacques Chirac (qui, paraît-il, n'a jamais pondu une ligne lui-même, ce grand paresseux!)*.

Bref, tous nos grands Hommes Politiques utilisent des nègres. Les veinards.

Encore qu'avoir un nègre présente parfois des inconvénients.

Ainsi, Monsieur Giscard d'Estaing lisant un discours écrit par Monsieur Lamassoure, ce jour-là d'humeur bucolique, parla avec émotion à Mazamet... « des feuilles d'or des peupliers qui bordent le Canal du Midi ». Tollé général dans tout le Sud-Ouest où nous sommes très fiers de nos chers vieux platanes qui ombragent ledit Canal.

Monsieur Rocard commençait invariablement son propos par quelques considérations générales suivies de la phrase sacro-sainte : « Mes conseillers m'avaient préparé un discours, mais je préfère me livrer avec vous à une conversation à bâtons rompus... », ce qui ne l'empêchait pas de continuer à jeter de petits coups d'œil sournois sur les notes qu'il avait devant lui. Un jour, Monsieur Carçassonne (compagnon de la femme que j'aurais voulu être : la belle et talentueuse Claire Bretécher), pour lui faire une farce, remplaça les pages suivantes par des feuilles blanches. Monsieur Rocard se mit à bredouiller et eut beaucoup de mal à se sortir de ce mauvais pas.

Monsieur Fabius, lui, apprend par cœur les discours de Lionel Zinzou ou Henri Weber (à noter la présence dans son entourage de Gérard Miller, le célèbre psy qui soigne, paraît-il, de nombreux Hommes Politiques. Allons bon! Non seulement ils ont des nègres, mais des psy! Où va la France?), Monsieur Fabius, donc (c'est curieux : je n'arrive jamais à me souvenir de son prénom, il n'a pas une tête à avoir un prénom), commence par lire sagement et ostensible-

* Lire *Les Plumes de l'ombre* d'Emmanuel Faux, Thomas Legrand et Gilles Perey (Ramsay).

ment son texte, le replie, le met dans sa poche et fait semblant d'improviser la suite devant une assemblée admirative. Quel petit coquin ! A son propos, on raconte à Paris la blague suivante : « Tu sais pourquoi Fabius se promène toujours avec son dernier bouquin à la main ?... parce qu'il n'a pas encore fini de le lire ! »

Et que dire de l'exploit de Monsieur Stirn, engageant des comédiens pour figurer des faux/vrais militants afin de faire semblant d'écouter de vrais/faux discours écrits par de faux nègres mais lus par de vrais ministres ?

Mais si je ne trouve pas de nègres acceptant d'écrire à ma place ou trop chers (à cause de ou malgré mon ISF), que ferai-je ?

Un de ces petits boulots épatants pour ceux qui ont dépassé l'âge fatidique de la retraite ? Par exemple :

... Président de la République comme Monsieur Mitterrand : soixante-seize ans.

... Président du Sénat, comme l'était encore Monsieur Poher à quatre-vingt-deux ans.

... ou même Pape (soixante-douze ans) !

Un ennui : la concurrence est rude. Aussi, Messieurs les Députés, je préfère continuer à écrire dans mon coin tandis que vous voterez la suppression de l'ISF pour les écrivains (et les peintres aussi, tiens, au passage !). Au cas où Monsieur Charasse menacerait de se pendre avec ses bretelles, je m'engagerai à ne plus jamais dire du mal de lui. Au contraire, je chanterai sans cesse ses louanges : « Hosanna à Charasse ! Hosanna à Charasse ! » (S'il n'est plus ministre, je promets d'agir de même avec son remplaçant.)

Et je ne raconterai plus, Messieurs les Députés, que vous ronflez, la bouche ouverte, sur vos bancs à l'Assemblée Nationale, que vous y lisez le journal, écrivez votre courrier personnel, bavardez entre vous, ricanez ignoblement quand Monsieur Neuwirth plaide pour la contraception (oui, je sais. C'était il y a longtemps ! Mais je ne vous ai jamais pardonné. Une

Béarnaise, c'est rancunier pis qu'une éléphante). Je ne cafterai plus que vous êtes carrément absents quand la séance vous embête.

J'irai même jusqu'à vous faire un peu de publicité. Ah! nos chers Députés! Quels sacrés bonshommes! Toujours sur le terrain (surtout trois mois avant les élections). Obsédés par le Bien Public («L'avenir, aujourd'hui, est différent du passé» — Jacques Chirac). Connaissant les préoccupations quotidiennes de tous («La vraie vie, c'est celle de la banlieue (...) Souvent pauvre, certes, mais si chaude, si conviviale et bariolée» — Jack Lang). Cherchant à y apporter des remèdes («En 1993, l'objectif doit être de donner la majorité à la majorité» — Jean-Pierre Soissons). Avec parfois des solutions hardies («Tout le monde doit être bilingue dans une langue et en parler une autre» — Valéry Giscard d'Estaing)*.

Oui, pensez-y : un bon petit coup de pub ne vous serait peut-être pas inutile?

P-S : Savez-vous que, dans le dossier à remplir pour l'ISF, figure une question digne de l'Inquisition, qui dit à peu près ceci : «Combien de sous y avait-il dans votre sac au 31 décembre de l'année précédente?»

Je me demande si, le prochain 31 décembre, je ne vais pas débarquer à l'Assemblée Nationale, avec un commando de copains, et faire vos poches à vous pour compter, à mon tour, combien il y a dedans!

---

* Cités dans *Le Dico français-français* de Philippe Vandel (J.-C. Lattès).

17

LETTRE À MONSIEUR LE PRÉSIDENT DE LA RÉPUBLIQUE FRANÇAISE

1ᵉʳ septembre

Monsieur le Président de la République Française,

Je me permets de vous écrire pour vous informer respectueusement que je suis une citoyenne saisie d'un gigantesque RAS-LE-BOL!

RAS-LE-BOL d'avoir, depuis un an, rempli *46 fois* des papiers, des bordereaux, des dossiers, pour une Administration qui détient le record mondial de la paperasserie. 7 500 lois, 82 000 décrets, 18 000 circulaires annuelles corsètent la vie en France.

RAS-LE-BOL d'avoir, depuis un an, libellé *46 fois* (je répète : *46 fois)* un chèque pour payer des impôts, des cotisations sociales, des contributions obligatoires, des prélèvements divers, etc., à un Trésor Public qui ressemble dans mes cauchemars à une gigantesque pieuvre aux mille tentacules fouillant dans toutes mes poches.

RAS-LE-BOL d'avoir donné à l'Etat plus de la moitié de ce que je gagne tout en constatant que les chômeurs augmentent, les illettrés aussi, les pauvres, les exclus, les fauchés, les mécontents de tous bords.

RAS-LE-BOL d'apprendre que pendant ce temps-là certains gaspillent mes sous, que d'autres en mettent plein leurs poches, et que les incompétents ne sont jamais ni responsables ni punis.

RAS-LE-BOL d'entendre à longueur de (sinistre) télévision des Hommes Politiques — qui semblent appartenir à une autre planète — jacasser dans leur langue de bois ronronnante comme celle des anciens curés sur des sujets auxquels je ne comprends rien (d'accord, je l'ai déjà dit, mon QI est faible). Mais jamais m'expliquer pourquoi le kilo de patates est vendu 70 centimes par les paysans, alors que moi je l'achète 4,50 francs. A noter que les grosses têtes qui sont au pouvoir baladent une arrogance, une sûreté d'eux, un contentement hautain qui donnent envie de les foutre à poil et de les flanquer dans la Seine. Et pas un de ces coûteux conseillers en communication qui les entourent n'ose leur dire qu'ils sont tout simplement «antipathiques». A la porte! Quant aux Députés de base, ils ne tiennent jamais au courant leurs électeurs (en tout cas pas moi) de ce qu'ils font, ni s'ils votent telle loi qui éventuellement leur déplaît. Ensuite, ce joli petit monde se demande avec angoisse si le peuple — qui va voter — les AIME toujours. A leur place, je serais dubitative, très dubitative, très très dubitative...

RAS-LE-BOL de vivre dans un pays triste où les jeunes manquent d'enthousiasme — terrifiés qu'ils sont par leurs examens —, les adultes perpétuellement stressés — de perdre leur boulot — et les vieux malheureux de leur solitude dans les grandes villes. Il n'est plus vrai, hélas, le proverbe: «Heureux comme Dieu en France.»

RAS-LE-BOL de ne pas pouvoir prendre de vacances, tranquille, parce que *je sais* que c'est le moment que choisit sournoisement le Gouvernement pour augmenter de 0,X % une cotisation quelconque (en espérant que les Français sur la plage ne remarqueront rien*). Ou pour mettre en application une loi qui va agacer la moitié de la population. Comme le permis à six points, le 1er juillet précisément. Résultat: les routes bloquées par les camionneurs en colère et une semaine de congés payés perdue pour les travailleurs.

* Ça y est! A partir du 1er août, les Assedic ont augmenté de 0,8 %...

Si Monsieur Sarre partait en vacances le 1ᵉʳ juillet, au milieu des bouchons, sans chauffeur mais avec femme, enfants et bagages, pour rejoindre une petite maison à Palavas louée pour son mois de congé (ô combien attendu après onze de boulot !), ce genre de chose n'arriverait pas.

RAS-LE-BOL de trouver en rentrant à Paris, après un été pluvieux, l'avis du Percepteur d'avoir à payer une année de plus le solde (accablant) de mes impôts. Cela ne vous tente pas, Monsieur le Président de la République, d'avoir, un beau jour, un grand élan du cœur, et d'apparaître le 1ᵉʳ septembre à la télévision : « Français, Françaises, pour vous souhaiter un bon retour de vacances et vous encourager à bien travailler cet hiver, crac, j'annule tous vos impôts du 15 octobre. » Vous qui aimez tant le Panthéon, vous y seriez enterré comme un héros, couvert de roses. J'y apporterais moi-même une brassée de mes préférées (des rouges Bengale « Mon Chéri »).

HONTE d'avoir dû payer 18,60 % de TVA sur l'enterrement de ma mère. Le Fisc Français s'attaque même aux cadavres.

Monsieur le Président de la République, je craque !
Et je me tire !
Oui, Monsieur le Président de la République, j'ai l'honneur de vous avertir que je vais partir. Me barrer. Me tailler. Me carapater. Me casser. Mettre les bouts. Faire mes paquets. Attraper mes cliques et mes claques. Prendre la poudre d'escampette.

Bref, QUITTER LA FRANCE.

Pour où ?
Je ne sais pas encore.
Mais il doit bien exister de par le grand monde un petit coin où vivre tranquille — sans la hantise du Percepteur. Où travailler en paix — sans être dérangée sans cesse par une Administration étouffante. Où

vieillir sans trop d'inquiétude avec de belles rides et mes économies.

Rien qu'à l'idée de ce paradis, j'ai envie de sauter de joie. J'ai failli tout d'abord faire appel à l'Alliance Nationale pour une Expatriation Heureuse, une agence de Milan qui, moyennant 560 francs par jour, se charge d'organiser votre disparition — du billet d'avion à l'installation dans l'endroit de vos rêves. Slogan : «Fuyez, c'est votre droit!» Non, non, ce n'est pas une blague (c'est ainsi que beaucoup de maris disparaissent avec leur secrétaire). Le Signore Umberto Gallini, le Directeur, garantit le secret professionnel et l'impossibilité d'être retrouvé. J'étais emballée. Jusqu'au moment où j'ai réfléchi que je ne désirais pas m'enfuir avec mon kiné à Madagascar et que le Percepteur n'avait qu'à faire suivre un quelconque membre de ma famille — qu'il n'était pas question d'abandonner —, et me voilà faite aux pattes.

— Pourquoi ne t'achètes-tu pas simplement un bout de plage dans le paradis fiscal des îles Caïmans? m'a suggéré Marilyn, mon amie et conseillère.

Trop de monde. Je déteste les touristes. Surtout quand j'en suis une.

Alors parcourir l'océan Pacifique, comme le chanteur Antoine, sur une goélette (défiscalisée) ou sur le trois-mâts de Nanard Tapie baptisé en douce, paraît-il, *Merci Béré*? Ou m'installer au milieu du merveilleux lagon de Bora Bora comme Paul-Emile Victor (s'il existe quand même un percepteur, il doit venir en pirogue et hésite peut-être à le faire quatre fois par mois)?

NON! Ce n'est pas la mer que j'aime, mais la terre. Ses paysages, ses aubes légères, son parfum du soir, sa vitalité féconde même pour laisser pousser de mauvaises herbes.

Alors Marilyn a eu une idée formidable: l'Irlande. L'Irlande qui respecte tellement les écrivains qu'elle les exonère d'impôts. Complètement — si! si! Incroyable! N'est-ce pas? L'Irlande avec ses vertes prairies, ses moutons, ses murets de pierre, ses lacs paisibles peuplés de poissons et d'oiseaux sauvages, ses forêts de chênes, de châtaigniers, de pins…! L'Irlande avec ses pubs remplis d'Irlandais un peu gais de bière et de whisky, jouant du violon ou chantant des ballades anciennes!

C'est décidé.

Je vais m'installer comme «résidente privilégiée» (à condition d'y vivre six mois plus un jour) dans cet heureux pays.

Un de mes amis, Académicien, m'a déjà signalé deux maisons. Un vieux château en ruine dans le Comté de Wexford, avec le fantôme d'une jeune lady qu'on voit peigner sa longue chevelure, les nuits de pleine lune. Et une épaisse porte d'entrée à deux trous: l'un pour voir qui frappe, l'autre pour tirer si l'on n'aime pas qui a frappé. (Quelle ingénieuse idée!)

Ou plutôt une ravissante maison blanche à toit de chaume, dans le Connemara, entourée de trois cents hectares de collines de bruyère où je pourrai enfin avoir mon troupeau de deux cents moutons à tête noire.

J'y transporterai mes bibliothèques et je lirai le soir, tout mon soûl, près d'un grand feu de tourbe. J'écrirai, comme toujours, le matin, en admirant des fenêtres de mon bureau un petit lac gris et lisse. L'Homme viendra très souvent: il adore la pluie. Je ferai bâtir deux petits cottages pour mes filles. Mes petits-enfants auront leurs chevaux. Je planterai des camélias et des ifs irlandais.

Avec l'argent économisé sur mes impôts, je sauterai dans l'avion de Paris pour un oui, pour un non, un nouveau film, une pièce de théâtre, un dîner chez des amis. Et j'habiterai au Ritz. Qui sait, un certain nombre de copains m'imiteront peut-être et nous formerons là-bas une petite bande joyeuse et travailleuse.

ADIEU, Monsieur le Président de la République !

Nicole de Buron

P.-S. : Je rouvre ma lettre.

En y réfléchissant bien, partir en Irlande présente quand même certains aspects déplaisants.

D'abord, vendre La Micoulette.

A cette idée, un Opinel me poignarde le cœur.

Mon esprit se refuse à imaginer des inconnus vautrés sur ma méridienne en velours rouge devant la cheminée de la grande pièce. Ou ronflant dans mon immense lit à baldaquin dans lequel je me prends pour la Reine d'Espagne. Ou faisant la chasse à mes adorables bébés lézards qui courent en se tortillant sur les murs.

Respecteront-ils, ces inconnus, le silence auquel la maison est habituée ? Ecouteront-ils avec ravissement le bourdonnement des abeilles dans les glycines, les cris des oiseaux agités à la tombée du soir, le grondement de l'orage qui passe derrière la colline du Sud ?

Soigneront-ils le grand cèdre qui ombrage la Maison des Vendangeurs et qui vient de tomber malade ? (Le Forestier n'est pas encore passé pour me donner son diagnostic.)

Et moi, est-ce possible que je vous abandonne, vous, tous mes arbres bien-aimés que j'ai plantés avec tant de passion (et de lumbagos) ? Vais-je pouvoir vivre heureuse sans vous voir grandir (quelquefois de travers comme des enfants difficiles) ? Pourrais-je supporter que d'autres que moi mangent vos fruits (même piquetés par les geais ou grignotés par les écureuils) ?

Non.

Mais il y a plus grave.

Que va devenir Monsieur Louis ?

Il ne veut pas me suivre en Irlande.

— *A y être*, pourquoi pas dans la lune ? m'a-t-il répondu, farouche.

L'idée m'est insupportable de ne plus voir arriver Monsieur Louis tous les matins et discuter un bon quart d'heure sur le temps *(qui n'accompagne pas)*, sur le travail à faire (« je vais palisser le Chardonnay de la vieille Bergerie et j'en ai pour la journée, *pas moinsse !* ») et sur la vie locale (« les voisins de la Grangette, *macarel*, ça y est, ils ont mis la mémé à l'hospice ! »).

Absolument odieuse, carrément impossible à envisager, la perspective de le mettre au chômage, dans une région qui compte déjà 15 % de chômeurs. Comment vivrait-il, lui, « LA FEMME » et ses trois enfants ?

Sans compter qu'il risque de tomber malade de chagrin, car il adore lui aussi La Micoulette au point d'y passer le dimanche, mine de rien, « pour s'assurer que tout va *bieng* ! ».

Mais le Cheik Zayed d'Abou Dhabi refuse de l'engager sous prétexte qu'il a déjà ses 8 000 jardiniers asiatiques. Et les acheteurs anglais veulent arracher les vignes (mes vignes !) pour créer un golf (et pourquoi pas un terrain de cricket comme il y en a partout désormais dans le Périgord !).

Et Apolline ? Ce n'est pas avec sa retraite de misère qu'elle va pouvoir vivre, la pauvre !

Non. Je ne peux pas vendre La Micoulette !

Je ne peux pas les laisser tous tomber : ma maison, Monsieur Louis, mes arbres, Apolline. Et le tableau de mon aïeule, celle qui avait déjà refusé d'émigrer en 1790. (Elle a failli le payer cher. Elle devait monter sur l'échafaud le jour où Robespierre a été guillotiné. Profitant du désordre, elle s'est sauvée de la prison, a loué un cheval à l'auberge et galopé soixante kilomètres pour revenir se cacher dans son domaine avec l'aide de ses fermiers.)

Et mes chiens-loups adorés ? Ma Faxie dite la

Mémère et mon Blitz dit Gros Pépère, comment supporteraient-ils le dépaysement ?

Alors, Monsieur le Président de la République, j'ai eu une idée.

Pourquoi ne serait-ce pas VOUS qui iriez en Irlande à ma place ?

Vous êtes écrivain, vous aussi, et vous rêvez sûrement d'entrer dans la Pléiade avec le grand livre de vos Mémoires. Vous êtes accablé d'impôts comme tous les Français (à moins que Monsieur Charasse ne vous ait accordé une déduction fiscale extraordinaire, ce qui m'étonnerait de lui). Vous devez commencer à en avoir assez de l'Elysée, de la politique, et de tous ces courtisans qui vous entourent et qui ne vous disent jamais la vérité.

Alors vous démissionnez de la Présidence de la République !

Vous venez vous installer chez moi, dans le Connemara. Et vous y menez une vie heureuse, sans soucis financiers ou autres, consacrée à la littérature, à la promenade dans les collines et à la garde de mes précieux moutons à tête noire.

Moi, pendant ce temps-là, je prends votre place à l'Elysée.

Après tout, il y a déjà eu une Madame le Premier Ministre. Pourquoi pas maintenant une femme Présidente de la République ? (Sans vouloir être désagréable avec vous, ça changerait des mecs !)

Vous pouvez me faire confiance. Je crois avoir prouvé que j'étais honnête, consciencieuse et travailleuse.

Mais pétardière.

Alors, hop, je me mets à réformer à tour de bras tout ce qui ne va pas en France.

« Vaste programme », aurait dit le Général de Gaulle, mais LA RÉVOLUTION TOUS AZIMUTS ne me fait pas peur. Au contraire. Cela m'enthousiasme. Je vire les incompétents, les paresseux, les gaspilleurs, les corrompus, les menteurs, les blablateurs, les prétentieux (là, il y en a un paquet!), les moroses, les vieux cons, les petits chefs, tous les «crates»: les bureaucrates, les technocrates, les eurocrates, les médiocrates, etc. Allez! Allez! tous dehors! Il y a assez de chômeurs pour vous remplacer.

Et pour ceux qui s'accrocheraient à leurs privilèges, je ressors même la guillotine de nos Grands Ancêtres. Ne vous inquiétez pas, c'est juste pour faire peur. Je n'ai pas l'intention de m'en servir...

Seulement d'un GRAND BALAI!

On s'amuserait, non?

DOCUMENTATION

Parcourus, lus et même annotés !

— les **Rapports de la Cour des Comptes** 1990-1991-1992.
— le **Projet de Loi de Finances pour 1992**, et le *Journal Officiel*.
— la **Liste des Associations Loi 1901** ayant reçu une subvention en 1989 et 1990.
— le **Bottin Administratif**.
— le **Trombinoscope**.
— le **Who's who in France**.
— le **Catalogue des achats du Ministère de la Culture** (1990).
— la **Lettre de l'IFRAP**.
— la **Revue Economique et Statistique** (INSEE).
— **Documents divers du Credoc**.

— *Toujours plus*, de François de Closets (Grasset).
— *Tant et plus*, de François de Closets (Grasset-Seuil).
— *Le Rapport Lambda*, d'Agnès Gerhards (Seuil).
— *Sécu-faillite sur ordonnance*, de Michel Lépinay (Calmann-Lévy).
— *Les Mains dans le cambouis*, de Jean-Michel Normand (Régine Deforges).
— *Allez, les filles*, de Christian Baudelot (Seuil).
— *Les Criminels du béton*, d'Alain Paucard (Les Belles Lettres).
— *Le Style Cinquième*, de Charles Dantzig (Les Belles Lettres).

— *La Roue de la fortune*, de Christian Morin (Perrin).
— *La République des jeux*, d'Edouard Brasier (Robert Laffont).
— *Les Jeunes et l'Argent*, de Marie-Françoise Hans (Grasset).
— *L'Argent facile — Dictionnaire de la corruption en France*, de Gilles Gaetner (Stock).
— *Les Couleurs du succès*, de Luciano Benetton (Fixot).
— *Le Bazar de la solidarité*, de Louis Bériot (J.-C. Lattès).
— *Nos solitudes*, de Michel Hannoun (Seuil).
— *Histoire vraie de Roberto Succo — assassin sans raison*, de Pascale Froment (Gallimard).
— *Roberto Zucco*, de Bernard-Marie Koltès (Editions de Minuit).
— *Où sont les toilettes?*, d'Isabelle Monrosier (Ramsay).
— *Jardins de Paris*, de Denise et Jean-Pierre Le Dantec (Flammarion).
— *Grands Travaux* et *Guide de Paris* (numéros spéciaux de *Connaissance des Arts*).
— *Paris Projet*, n° 29.
— *Guide de l'Architecture moderne à Paris*, d'Hervé Martin (Syros-Alternative).
— *Paris-Tonkar — 4 ans de graffiti*, de Tarek ben Yakhlef et Sylvain Doriath (Florent Massot et Romain Pillement).
— *Graffiti Art* (Direction des Musées de France-Association Acte II).
— *John Voss* (Cahiers d'Art Contemporain — Galerie Lelong).
— *Plumes de l'ombre — les Nègres des Hommes Politiques*, d'Emmanuel Faux, Thomas Legrand et Gilles Perey (Ramsay).
— *La France du piston*, de Claude Askolovitch et Sylvain Attal (Robert Laffont).

— *110 moyens légaux pour arnaquer l'Etat*, de Bertrand Deveaud (J. Grancher).
— *Lettre ouverte aux écolos qui nous pompent l'air*, de Bernard Thomas (Albin Michel).
— *Pourquoi ont-ils tué Jules Ferry?*, de Philippe Nemo (Grasset).
— *La Cause des élèves*, de Marguerite Gentzbittel (Seuil).
— *Contribuables, mes frères*, de Philippe Bouvard (Robert Laffont).
— *Le Racket fiscal*, de Robert Matthieu (Presses-Pocket).
— *Le poisson pourrit par la tête*, de José Frèches et Denis Jeambar (Seuil).
— *Le Cadavre de Bercy*, de Thierry Pfister (Albin Michel).
— *Le Dico français-français*, de Philippe Vandel (J.-C. Lattès).
— *Le Tapis rouge*, d'Alain Decaux de l'Académie française (Perrin).
— *Dictionnaire des injures de la langue française : les 9 300 gros mots*, de Robert Edouard (Sand).

Plus lecture assidue des quotidiens nationaux et locaux, des magazines féminins et des hebdos : *Le Canard Enchaîné, L'Evénement du jeudi, L'Express, Le Nouvel Obs, Paris-Match, VSD, Le Figaro Magazine, Le Point*. Et *Actuel*.

3652

Achevé d'imprimer en Europe (France)
par Brodard et Taupin à La Flèche (Sarthe)
le 17 mars 2003 – 17610.
Dépôt légal mars 2003. ISBN 2-290-30584-7
1er dépôt légal dans la collection : août 1994

Éditions J'ai lu
84, rue de Grenelle, 75007 Paris
Diffusion France et étranger : Flammarion